KB066153

시골에서
로큰롤

* 이 도서의 국립중앙도서관 출판예정도서목록(CIP)은 서지정보유통지원시스템 홈페이지(http:// seoji.nl.go.kr)와 국가자료공동목록시스템(http://www.nl.go.kr/kolisnet)에서 이용하실 수 있습니다. (CIP제어번호: CIP2015024241)

田舎でロックンロール

시골에서
로큰롤

오쿠다 히데오 지음

권영주 옮김

은행나무

차례

01

Sgt. Pepper's
Lonely Hearts Club Band

The Beatles

최근 아날로그 레코드를 사들이는 데 푹 빠져 있다. 예전에 엘피라고 불렀던 지름 30센티미터짜리 검은 비닐 음반 이야기다. 지난 반년 사이 300장 이상 샀으니 가히 미쳤다고 할 수 있다. 생각해봐라, 하루 평균 두 장이다. 스위치가 켜진다는 게 바로 이런 건가. 나는 현재 폭주 중이다.

발단은 재작년 여름 우리 집 오디오를 새로 장만한 것이었다. 신문 연재소설을 탈고한 나는 1년 2개월간 계속된 원고 마감의 나날에서 해방되어 '지름' 모드가 발동해 있었다. 다들 있지 않나, '아아, 돈 쓰고 싶다, 화끈하게 써버리고 싶다' 하는 시기가. 젊은 아가씨들이 말하는 '자기한테 주는 상'이란 그거다.

큰일을 마친 사람이라면 이런 장면에서 고급 외제차를 산다든지, 오페라를 보러 밀라노까지 간다든지, 떨거지들을 데리고 긴자에서 하룻밤 새 100만 엔을 쓴다든지 하는 호쾌한 행동을 할 것이다. 그러나 내가 끝낸 것은 한낱 신문 연재소설이었다. 성격은 수수한 데다 소심하다. 뭘 지를까, 소위 고급 브랜드에는 전혀 관심 없고, 해외여행은 이제 귀찮고, 노랑이라 남들에게 한턱내는 것도 싫고…….

그래서 일단 기타부터 사봤다. 라리비의 팔러 사이즈 어쿠스틱. 대략 10만 엔. 칠 줄도 모르면서. 띠링, 띠링. 대충 퉁기기만 해도 즐겁다. 다음으로 뭘 할까. 그래, 의자를 사자. 가까운 이데에 가서 편안한 의자를 네 개, 마음에 드는 패브릭을 골라 주문했다. 아아, 돈 쓰는 거 참 좋다. 자, 다음.

거실의 오디오에 눈이 갔다. 그러고 보니 이걸 산 지 한 10년 됐지. 시디플레이어에 앰프, 스피커까지 하나같이 10만 엔대. 딱히 불만은 없지만 더 좋은 것으로 업그레이드하는 것도 나쁘지 않은 선택이다. 그렇기는 한데 내 귀는 장식으로 달려 있으니 말이지…….

여기서 잠깐 옛날이야기를 하자면, 나는 이십대 때 작은 광고 회사에서 일했는데, 클라이언트 중에 오디오 관련 제조사 및 수입사가 많았던 탓에 벼락치기로 오디오 공부를 한 시기가 있었다. 그때까지 록을 좋아해서 레코드는 많았지만, 오디오에 대한 지식은 전무했고 관심도 없었다. 록 팬은 10만 엔짜리 스피커를 사느니 그 돈으로 레코드를 사겠다는 사람이 태반이거니와, 나도 그중 한 명이었다.

카트리지는 MM형과 MC형이 있고…… 스피커는 밀폐형과 베이스 리플렉스형이 있고…… 이런 기초부터 공부해서 모르는 게 없다는 얼굴로 클라이언트를 상대했다. 제품 설명회가 있을 때는 회장으로 달려가 일을 거들기도 했다.

시청회, 참 많이 갔다. 케이블을 바꾸면 소리가 이렇게 또렷해진다느니, 오디오 보드를 깔면 소리가 이렇게 두드러진다느니. 모여드는 사람들은 당연히 마니아이다 보니 소리의 변화에 "오오" 하며 탄성을 지른다든지 납득했다는 듯 고개를 끄덕이신다. 나도 따라서 귀에 신경을 집중해보는데…….

전혀 모르겠다. 뭐가 그렇게 다르다는 건가. 봐요, 보컬이 전면으로 나왔죠? 알겠냐, 그런 거. 베이스 소리가 알알이 도드라져 들리는 것도 다르잖아요? 몰라, 알 같은 게 어디 있다는 건데? 회장 구석에 우두커니 선 나는 완전히 이교도였다.

어느 날, 나는 사장에게 털어놓았다.

"사장님, 전 음의 차이를 전혀 모르겠습니다."

"쉿, 아는 척하고 있어."

지시는 간결했다.

미각도, 촉각도, 청각도 당연히 사람마다 다르다. 쉽게 말해서 아는 사람이 있고 모르는 사람이 있다는 말이다. 나는 슬프게도 '모르는 사람' 그룹이었다. 와인 테이스팅도 솔직히 말해서 고통이다.

그 뒤 나는 오디오에 관해 이해하기를 포기했다. 도대체가 시청회에서 레퍼런스 곡으로 이쓰와 마유미의 〈연인이여〉를 다섯 번, 여섯 번씩 들려준다는 게 도무지 이해가 안 간다. 좋아하지도 않는 음악을 소리가 좋다는 이유로 그렇게 많이 듣는다고? 이 사람들은 귀도 가치관도 나와 다르다. 소리의 미묘한 차이를 분간할 수 있다고 한들 부럽지도 않다. 내가 좋아하는 것은 사운드가 아니라 뮤직이다. 애초에 오디오에 들이는 비용도, 청취 환경도 차이가 많이 난다. 난 벽에 모르타르를 바른 싸구려 연립 사는 사람이라고. 마크 레빈슨 앰프를 JBL 스피커에 연결하면 어떻게 되겠느냐 이 말이다.

여담이지만 당시 나는 주로 카스테레오로 음악을 들었다. 시부야 타워레코드에서 수입 음반을 사 와 집에서 카세트테이프에 더빙해 차 안에서 듣는 것이다. 매일 바빠서 집에서는 잠만 잤다. 음악은 운전 중에 듣는 것. 그것만으로 충분히 행복했다.

그런 흐름은 레코드에서 시디로 옮겨 온 뒤로도 달라지지 않았다. 시디는 카스테레오에 딱 맞는다. 카세트테이프에 더빙하지 않아도 바로 재생할 수 있다. 내게 시디는 음질 운운하는 문제보다 바늘이 튀지 않는다는 점이 획기적이었다. 먼지나 흠집을 신경 쓰거나 음반을 뒤집을 필요가 없다는 점도 매력적이다.

그렇게 해서 레코드는 싸서 벽장으로 보내고, 그 뒤 대략 사반세기 동안 시디를 3000장 정도 샀다. 레코드로 갖고 있는 것도 태반은 시디로 다시 샀다. 낡은 턴테이블은 갖고 있지만 쓰는 일은 거의 없었고, 이제 레코드를 꺼낼 일은 없으리라고 생각하고 있었다.

그래서 하던 이야기로 돌아가자면, 나는 달리 갖고 싶은 게 없는 데다 고급스러워 보이는 기기가 거실에 있으면 손님에게 잘난 척할 수 있는지라 결국 오디오를 바꾸기로 했다. 예산은 총액 100만 엔쯤. 이 정도면 중급 기기의 약간 상위 모델을 살 수 있다. 내 귀는 장식으로 달려 있으니까 세계의 명기 같은 거 사봤자 돼지에 진주다. 그리고 그것을 계기로 턴테이블도 새로 구입하기로 했다. 시디화를 기대할 수 없는 애청 레코드도 몇십 장 있었던 터라 없이 살 수는 없었다.

나는 수십 년 만에 오디오 잡지를 사서 기종을 검토했다. 물론 외계어 같다. 뭘 사면 좋을지 알 수 없다. '에잇, 100만 엔 주면 엉터리는 아니겠지' 하고 오디오 상점에 가서 점원의 조언을 받으며 전부터 이름만은 알고 있던 브랜드로 한 세트를 구입했다. 시디플레이어도 SACD 재생을 지원하는 것으로 바꾸었다. 얼마나 신나던지. 내 사치는 이 정도가 한계일지도.

며칠 뒤 오디오 기기가 집에 배달됐다. 상자에서 꺼내 선반에 설치하고 배선을 하고……. 중급쯤 되면 기기가 하나같이 무겁다. 앰프는 20킬로그램. 스피커는 다리에 스파이크를 장착해야 한다. "잠깐 할 말이 있는데요" 하며 편집자를 집으로 불렀다. 아아, (그럭저럭) 잘나가는 작가라 다행이다.

땀 뻘뻘 흘리며 세팅을 끝내고 드디어 전원을 켰다. 처음에는 낮은 볼륨으로 재즈 피아노 트리오만 죽어라 틀었다. 소위 길들이기다. 느닷없이 레드 제플린부터 틀었다가는 스피커가 놀란다.

슬슬 워밍업이 됐을 무렵 이날을 위해 사놓은 SACD를 틀어보았다. 우선은 녹음 상태가 좋은 것으로 유명한 도널드 페이건의 《The Nightfly》다.

놀랐다. 귀가 장식으로 달린 나도 음상(音像)을 선명히 알 수 있었다. 음 하나하나가 뚜렷이 분리되어 입체감이 느껴졌다. 첫 곡 서두의 신시사이저가 눈앞에서 소용돌이쳤다. 아아, 감격스러워라. 기분이 점점 고조되었다.

이어서 고등학교 때부터 애청하던 제프 벡의 《Blow By Blow》. 아니, 이럴 수가. 기타의 초킹을 똑똑히 알겠다. 게다가 리처드 베일리가 치는 드럼은 어쩌면 그렇게 신명 나는지. 가공할 SACD. 잠깐, SACD를 모르는 사람이 있을까? 그야 있겠지.

SACD란 슈퍼 오디오 시디(Super Audio Compact Disc)의 약자로, 간단히 말해서 기존의 시디보다 음질이 훨씬 뛰어난 디스크를 말한다. 방식이 다르니 SACD를 지원하는 플레이어로만 재생할 수 있다. 나도 자세히는 모르지만, 소리의 입자가 고와서 자연의 생음에 가깝다고 한다. 확실히 시디 소리는 콘트라스트가 명확해서 윤곽이 뚜렷하지만, 차분한 맛은 없다. 이것도 SACD를 알았기에 할 수 있는 말이지만.

어쨌든 나는 오디오에 푹 빠졌다. 밤은 순전히 음악 감상 시간이 되어, 나이 쉰 넘어서 처음 듣는 '소리 좋은 록'에 도취되었던 것이다.

그렇게 이야기는 제2라운드로.

이어서 나는 아날로그 음반을 들어보기로 했다. 시디로 바꾼 이래로 다른 사람 주고 하느라 많이 줄었지만, 그래도 엘피가 500장은 남아 있었다. 《Polnareff A Tokio》 등 죽어도 시디로 나오지 않을 앨범도 갖고 있었다. 그런 레코드를 오랜만에 턴테이블에 얹고 바늘을 올려놓아 재생해보니……

터무니없이 좋았다. 아니, 솔직히 말해서 전부 좋은 것은 아니었다. 500장 있는 레코드 가운데 스무 장 중 하나꼴로 소리가 깜짝 놀라게 좋은 게 있었다. 대체 어떻게 된 일인가.

가령 고등학교 때 산 두비 브라더스의 《Stampede》. 전부터 막연히 '소리 좋은걸'이라고 생각했지만, 제대로 된 오디오 장치 및 제대로 된 음량으로 들으니 장난감 상자를 뒤집어엎은 것처럼 생동감 넘치는 소리로 록을 하지 뭔가. 헉, 굉장하잖아. 완전 꽝꽝 울린다. 그때까지 별로 자주 꺼내 듣지 않았던 《Stampede》가 30년 남짓 지나서 단번에 애청 음반이 되었다.

이렇게 소리가 대단한 레코드가 내 라이브러리에 가끔 있다. 몇 개 예를 들어보자면……

위시본 애시 《Live Dates》

스티븐 스틸스 《Live》

제임스 테일러 《Sweet Baby James》

앨런 투산트 《Southern Nights》

폴리스 《Regatta De Blanc》

관심 없는 분들은 건너뛰고 읽어주시길. 만인에게 재미있을 에세이는 아니니까.

젊었을 때부터 수백 번은 들었을 좋아하는 앨범이 실은 엄청나게 음질이 좋은 레코드였다는 사실에 나는 경악했다. 아아, 가공할 일이로다. 지금까지 나는 대체 뭘 한 것인가. 이번에 오디오를 새로 사지 않았다면 우리 집에 이런 보물이 있는 것도 모르고 인생을 마칠 뻔하지 않았나.

그중에서도 나를 녹아웃시킨 것은 소니 롤린스의《Saxophone Colossus》였다. 아시다시피 최고의 재즈 명반이다. 아주 오래 전에 산 보통의 모노럴 국내 음반인데, 흡사 눈앞에서 라이브 연주를 듣는 것처럼 박력이 엄청났다. 맥스 로치가 치는 심벌은 '아아, 저기서 울리는구나' 하고 손가락으로 가리킬 수 있을 만큼 위치가 뚜렷했다.

나는 깨달았다. 요는 녹음. 원본이 되는 마스터테이프의 퀄리티에 좌우되는 것이다. 이게 고음질이면 소리가 흠잡을 데 없다. 녹음이 평범하면 그 어떤 명곡, 명연주도 진가를 발휘할 수 없다. 앞서 말한 두비 브라더스로 말하자면《Stampede》뿐 아니라 다른 작품도 전부 소리가 좋다. 이것은 프로듀서인 테드 템플먼과 엔지니어 돈 랜디, 두 사람의 공일 것이다. 오디오 면에서 보면, 이글스도 리틀 피트도 두비 브라더스의 적수가 못 된다.

좋은 음질로 녹음된 음악을 듣는다는 거 참 좋구나. 오디오 장치에 돈을 얼마만큼 들이든 이것만은 달리지지 않는다. 원석이 다르니까.

그 뒤 나는 더더욱 수렁에 빠져들게 된다. 똑같은 앨범이라도 레코드의 경우 발매국과 발매 시기에 따라 소리가 엄청나게 다르다는 사실을 깨달은 것이다.

계기는 비틀스였다. 아시는 분도 있을 것 같은데, 2012년 비틀스의 리마스터 엘피가 전 세계에서 발매되었다. 이제 와서 새삼 무슨 아날로그 음반이냐고 의아하게 생각한 사람도 있겠지만, 세계는 고요한 아날로그 붐이 진행 중이다. 레코드 회사에게는 돈 벌 기회다.

물론 나도 구입했다. 전 앨범 열네 장이 수록된 박스 세트로 5만 9800엔. 참고로 나는 시디 스테레오 박스 세트(3만 5800엔)와 모노 박스 세트(3만 9800엔)도 발매됐을 때 샀다. 완전히 바보다.

리마스터 엘피의 소리는 어떨지 기대하며 들어봤는데, 아닌 게 아니라 소리는 포근하고 온기가 느껴졌다. 세부까지 잘 연마된 소리라는 인상이었다. 그래서 가장 자주 듣는《The Beatles(The White Album)》를 전부터 갖고 있던 국내 엘피(도시바의 EAS 음반이다. 마니아만 아는 이야기이지만)와 비교해 들어봤더니……

놀랐다. 옛날 국내 음반 쪽이 소리가 신선하고 힘차고 젊고 거친 것이, 나는 이쪽이 훨씬 좋았다. 뭐하러 새로 산 건가(소리의 차이를 알았다는 의의는 있었지만).

어떤 원리로 이렇게 소리가 다른 건가 인터넷으로 조사해본 결과, 귀가 장식으로 달린 나도 간단한 구조를 이해할 수 있었다.

첫째, 아날로그는 커팅(비닐 음반에 홈을 파는 작업) 기술자의 취향이나 실력에 따라 소리가 달라진다. 저음을 앞으로 낸다든지, 멜로디를 강조한다든지 하는 것은 커팅에 따라 바뀌는 것이다. 영국 음반과 미국 음반, 일본 음반은 각 나라의 기술자가 커팅을 한다. 따라서 차이가 발생한다.

둘째, 마스터테이프가 원본이니 원산국의 초판 프레스에 가까울수록 소리가 신선하다. 당연한 사실에 나는 눈에서 콩깍지가 우수수 떨어지는 듯했다.

그야 그럴 것이다. 자기테이프에 녹음했으니 녹음한 순간부터 열화가 시작된다. 따라서 비틀스라면 영국에서 프레스된 예전 음반일수록 마스터테이프의 소리에 가깝다는 뜻이 된다. 다른 나라에서 프레스된 레코드는 자식인지 손주인지 이미 몇 차례 더빙된 테이프를 원본으로 만든 복제품인 셈이니 신선도 면에서 당할 수 있을 리 없다. 비유를 하자면 참치는 쓰키지 어시장. 고급 재료가 유통되는 곳은 도쿄 긴자. 전 세계 미식가들은 진짜 참치 뱃살을 먹고 싶으면 도쿄로 성지순례를 오는 수밖에 없다.

아날로그 음반 판매 사이트 등을 보면 비틀스 영국 오리지널 음반 초판 프레스가 얼마나 비싼지 모른다. 그런가, 마니아들은 이런 물에서 놀고 있었나.

그래서 일단 직접 들어보고 볼 일이라고 나도 비틀스 영국 오리지널 음반을 영접해보았다. 《Sgt. Pepper's Lonely Hearts Club Band》의 영국 모노럴 음반. 레코드 번호는 PMC7027. 가격은 1만 2800엔. 미리 말해두는데 중고 레코드 값이다.

바늘을 얹고 들어보니…… 충격이었다. 생생하다는 게 이런 것을 말하는 건가. 세부까지 각이 서 있고, 노이즈까지 포함한 전체의 에너지감이 엄청나다. 좌우지간 신선하다. 방금 밭에서 뽑아 온 흙 묻은 채소 같은 느낌. 나는 완전히 녹아웃당했다. 이 정도면 5만 엔 내도 아깝지 않다.

듣는 이를 압도하는 소리란 스튜디오에서 측정한 음향 특성이 아니라는 사실을 처음으로 깨달았다.

나는 우리 집에 오는 편집자를 붙들어다 "자네, 잠깐 이쪽으로 와보게" 하며 강제로 《Sgt. Pepper's Lonely Hearts Club Band》를 들려주곤 하는데, 예외 없이 다들 깜짝 놀라는 터라 매우 만족스럽다. 게다가 이 앨범은 내가 중학교 2학년 때 태어나서 처음 산 엘피다. 그때도 무척 감격했지만, 약 40년 세월을 지나 작품의 대단함을 재인식할 수 있어 감개무량했다.

정말이지 오래 살고 볼 일이다. 흑흑.

이때 경험 덕에 단숨에 가속도가 붙은 나는 그 뒤로 오리지널 음반 초판 프레스 헌터가 되어 틈만 나면 중고 레코드 가게를 얼씬거리며 다닌다. 물론 오리지널 음반이라고 모두 소리가 좋은 것은 아니라 기대가 큰 만큼 실망할 때가 더 많다. 저번에도 《The White Album》 1970년대 프레스 영국 음반을 1만 3000엔에 샀는데, 값에 비해 신통치 않았다. 이로써 《The White Album》은 레코드로 세 장, 시디로 두 장 갖고 있게 되었다. 내가 생각해도 바보다 싶지만, 그만둬지지 않으니 어쩔 수 없다.

자신이 십대 때 듣던 록이며 팝을 좋은 음질로 다시 듣는다는 것은 어른이기에 가능한 은밀한 즐거움이다. 나는 이제 새 음악을 받아들이지 못한다. 현역이 아닌 것이다. 복고 지향이라고 하든 말든, 사람이 뭔가를 받아들이는 데에는 허용량이라는 게 있다. 그게 다 찬 사람은 그 안에서 조용히 노는 게 일종의 점잖음이 아닐까. 다 큰 어른이 유행 따위 쫓아다니면 안 된다.

그런 이유로 최근 편집자에게 아날로그 음반 이야기만 늘어놓았더니, "그럼 오쿠다 씨의 십대 시절 음악 체험을 한번 글로 엮어내 보죠" 하고 추어올려주는 바람에 이 연재 에세이를 쓰게 되었다.

첫 회는 서론. 다음부터는 내가 자란 기후 현 가카미가하라 시라는 시골에서, 1960년대, 어떻게 해서 로큰롤 소년이 탄생했는지를 써나갈 예정이다. 부디 많은 관심을.

The Beatles(The White Album) / The Beatles

비틀스의 최고 걸작은 《Abbey Road》라고 생각하지만, 제일 많이 들은 음반은 이것이다. 이 당시 비틀스는 각자 따로 활동한 탓에 오합지졸 앨범이라고 혹평을 받기도 했지만, 그런 혼돈조차 빛을 발하는 게 비틀스의 힘이다. 특히 A면의 여덟 곡은 《Abbey Road》의 B면에 필적하는 스토리성이 (우연히 생겨난 것이라 해도) 있어서 쾌감을 준다. 〈Ob-La-Di, Ob-La-Da〉 같은, 단독으로는 들을 마음이 안 나는 어린이 런치 세트 같은 튠이 〈Glass Onion〉과 〈Wild Honey Pie〉 같은 의욕 없는 곡 사이에 끼어 중화되는 게 그렇게 근사할 수 없다.

Stampede / The Doobie Brothers

본문에서 쓴 대로 좋은 소리에 반해 최근 죽어라 듣고 있지만 명반이라 할 정도는 아니다. 하지만 여봐란듯이 고뇌하는 척하지 않는, 미국 서부 해안의 태양 아래 로큰롤 밴드로서는 최고의 앨범이다. 음영이 없는 탓에 평론가들에게 좋은 평을 못 받는다는 점에서 나는 이글스보다 100배는 더 좋다.

Polnareff A Tokio / Michel Polnareff

갖고 있다고 말하기 창피한 1972년 내일(來日) 공연의 실황 녹음 음반. 당시 팬들 사이에서 백밴드의 서툰 연주가 문제시되었다. 이것만은 무슨 일이 있어도 시디로 나오지 않을 것이다. 그런 까닭에 귀중한 음반인데, 중고 레코드 가격이 일관되게 오르지 않는 것을 보면 팬들도 참 냉정하다.

02

A Horse With No Name
America

1972년 봄, 나는 라디오를 샀다. 소니 최신 기종이었는데, 인터넷으로 찾아보니 '더 일레븐'이라는 이름의 제품이었다. 게다가 사진까지 올라와 있는 덕에 '그래, 이거야, 이거' 하고 옛날 생각이 나서 눈물 날 뻔했다.

인터넷에 따르면 가격은 1만 5300엔. 고작 라디오 주제에 그렇게 비쌌나 싶어 놀랐지만, 가전제품의 가격이 폭락하기 전 시대였으니 그게 보통이었을 것이다. 글로벌화 훨씬 이전, 즉 모든 것을 국내에서 만들던 시절, 물건에는 적정가격이 있었다.

우리 부모님은 자식이 사달라는 대로 다 사주는 부모가 아니었던 터라, 내가 동원할 수 있는 자금은 세뱃돈과 저금이었다. 동네 전파상에서 카탈로그를 입수해서 매일 질릴 줄도 모르고 바라봤던 기억이 있다. 전파상 주인은 어린애가 살 것도 아니면서 구경한다고 생각했는지 처음에는 상대하지 않았지만, 실제로 주문하러 가자(동네 조그만 전파상이니 진열품도 재고도 없었다) 갑자기 싱글벙글 웃으며 "몇 학년이니? 이제 중학교 들어가는 거야?" 하고 이것저것 말을 붙였다. 내가 여덟 살부터 열여덟 살까지 살았던 기후 현 가카미가하라 시의 중학교는 모두 남학생이 머리를 밀어야 했던 터라(물론 싫었다) 바로 알아볼 수 있었다.

나는 초등학교를 졸업하고 빡빡머리가 되는 동시에 내 라디오를 손에 넣었다. 거기에는 '난 이제 어린애가 아니야'라고 주위에 선언하는 일면이 있었다. 소년에게 자신의 라디오란 텔레비전 앞에 온 가족이 모여 함께 보내는 시간을 거부한다는 뜻이요, 독립의 상징이었다.

중학생이 된 지 얼마 안 됐을 때, 같은 반 학생 하나가 "오쿠다, 벌써 라디오가 있냐?" 하고 부러워했을 때는 얼마나 으쓱했는지 모른다. 그래, 난 라디오를 갖고 있다고. 드디어 틴에이저. 앞으로 멋진 일이 잔뜩 기다리고 있을 거다.

나는 자의식이 강한 소년이었다. 창피한 말이지만 심지어 스스로 꽤 멋있다는 생각까지 했다. 라디오 하나로 행복해지다니 참 싸게 먹히는 시골 소년이다.

내 청춘은 그날부터 시작된 것 같다.

라디오를 손에 넣은 나는 저녁을 먹자마자 2층 내 방에 틀어박혀 라디오를 들으며 내 시간을 가졌다. 고등학교에 가서는 학업을 포기했지만, 이때는 진지하게 공부했던 것 같다. 표준 점수라는, 태어나서 처음 하는 경쟁은 의외로 재미있었거니와, 장래에 관해서도 막연히 생각하게 되었다. 게다가 이제는 달리기 속도가 빠른 것만으로 여자에게 인기를 얻을 수 없다는 사실도 서서히 알게 되었다. 중학생이 되면 부모가 강요하지 않아도 자연히 공부가 본분이 된다.

당시 내가 매일 듣던 것은 기후 방송의 〈영 스튜디오 1430〉이라는 프로그램이었다. 밤 10시부터 11시 50분까지 하는데, 요일마다 디제이가 달랐다. 지역 방송국에 주파수를 맞춘 것은 같은 반 학생이 많이 듣기 때문이었다. 지역이 좁다 보니 신청곡 엽서를 읽어주는 확률이 높아 인기가 많았다. 내가 보낸 엽서가 읽히면 다음 날 아침 학교에서 자랑할 수 있다.

참고로 내 펜네임은 '코털 군'이었다. 검도부 선배들에게(글쎄 검도부였지 뭔가) "오쿠다, 코털 나왔다" 하고 놀림받아 펜네임으로 가져다 썼다. 보아하니 나는 당시 이미 나 자신을 웃음거리로 삼는 자학 취미가 있었던 것 같다. 어쨌거나 이 〈영 스튜디오〉를 통해 파퓰러음악을 접하게 됐는데…….

느닷없이 티 렉스를 듣고 록의 계시를 받아…… 하는 식이라면 멋있겠지만, 그렇지는 않았고 처음에는 가요곡을 열심히 들었다. 미나미 사오리, 아사오카 메구미, 아마치 마리, 야마구치 이즈미……. 얼굴도 예쁘겠다, 음악도 쉽겠다. 뭐, 중학교 1학년 따위 원래 이렇다. 아오이산카쿠조기의 〈태양이 준 계절〉이라든지 가미조 쓰네히코의 〈누군가 바람 속에서〉 같은 곡도 좋아했다. 이시바시 쇼지의 〈새벽의 정거장〉은 아마 지금도 부를 수 있을 것이다. 연예인을 동경하는 마음이 남들 못지않게 있었는지, 두 살 터울인 누나가 구입하는 〈묘조〉 등을 빌려 열심히 읽곤 했다.

이어서 일본의 포크 음악에 관심을 갖게 되었다. 요시다 다쿠로, 이즈미야 시게루, 아가타 모리오, 사토 기미히코('케메'라고 불렸다)……. 포크에 이끌렸던 것은 그들이 텔레비전에 거의 나오지 않고 기존의 연예계와 선을 긋고 있었기 때문이다. 장발에 청바지 차림으로 직접 곡을 쓰고 직접 기타를 치며 노래한다. 매스컴 인터뷰에서도 우등생 같은 발언을 하지 않고 태도도 뻔뻔하다. 그들은 본모습을 감추고 아이돌을 연기하는 연예인과 달리 자유의 냄새가 났다.

아니, 잠깐. 연예인을 동경했다며? 뭐, 그렇기는 하지만,

중1이란 보는 것, 듣는 것 전부가 처음 체험하는 것이다 보니 물드는 속도가 장난이 아니다. '남자는 사흘 만에 만나거든 눈을 크게 뜨고 보라'라는 말이 있는데, 중1은 한 달이면 취향과 기호 전반이 확 바뀐다. 초여름을 맞을 무렵 나는 이미 가요곡을 업신여기고 있었다.

그 증거로 1972년 여름방학, 오디션 프로그램 〈스타 탄생!〉에 사쿠라다 준코(당시 중학교 2학년)가 등장했을 때 같은 반 남학생들이 난리가 나서는 그녀의 사랑스러움을 저마다 찬미했건만, 나는 전혀 관심이 없었다. 흥. 그래봤자 아이돌 아니냐. 곡도 못 쓰면서. 얼마 안 되는 기간에 태도가 싹 바뀌었으니 나도 참 깊이가 없는 인간이다.

당시 포크의 이미지는 '자유'였다. 어른들이 무슨 말을 하건 알 바 아니다, 우리는 원하는 차림새를 하고 원하는 곳에 가서 원하는 대로 살겠다……. 이런 자유를 시골 중학생은 격하게 동경했다.

1970년대 초반, 도회지는 어땠는지 모르지만 내가 살던 지역은 정말이지 어처구니없을 만큼 억압적이었고 관리 교육이 활개 치고 있어서 학교는 그저 한없이 갑갑한 장소였다. 입만 벌리면 규칙, 규칙, 규칙. 유연성이라고는 눈곱만큼도 없었고, 유머도 농담도 일절 통하지 않았다.

지금도 기억나는데, 여름을 방불케 하는 5월 말의 어느 더운 날, 교복 상의를 벗어 어깨에 걸치고 학교에 갔다가 교문 앞에서 생활지도 교사에게 걸렸다. 하복 착용은 6월 1일부터이니까 5월에는 상의를 갖춰 입고 등교하라고 모두가 보는 앞에서 혼났다.

더운데 상의를 벗으면 안 되나? 뭘 위해 참는 거지? 그게 눈을 모로 치켜뜨고 혼낼 일인가. 교사는 다들 이런 식이라 조금이라도 남과 다르게 행동하는 학생은 철저하게 단속되었다. 교사에게 따귀를 맞는 일도 일상다반사였다. 나는 중학교 때 동급생들이며 선후배들과는 즐거운 시간을 보냈지만, 당시 내가 다닌 학교는 분명히 말해 거지 같았다. 훗날 내가 작가가 되어 나오키상을 수상하자, 모교에서 강연이니 기념행사 참가 등을 누차 청했지만 모조리 거절했다. 병신, 내가 거길 왜 가나 (나는 뒤끝이 있는 타입이다).

잠시 곁길로 새자면, 1972년 당시 우리가 동경했던 정경이랄지 상황은 후지필름의 텔레비전 광고였다. 'Have A Nice Day'라는 카피 아래 바다며 산에서 젊은 남녀 그룹이 장난치고 노는 내용이었다. 그들의 패션이 좌우지간 멋져서, 이런 청춘을 보낼 수 있으면 좋겠다고 눈부신 기분으로 보곤 했다. 배경에 흐르는 음악도 포크 곡조라, 포크에 밝은 인상을 부여하는 데 일조했다. 미나미 고세쓰가 나와 포크를 축축하게 만든 것은 그보다 조금 뒤다. 포크는 기본적으로(반전(反戰) 노래조차도) 밝고 낙천적이었다.

그나저나 후지필름의 광고 전략은 획기적이었다. 사진필름을 가족의 기념 촬영 용도가 아니라 젊은 층을 타깃으로 팔려 했다. 청년 문화는 어느 시대에나 있었지만 젊은이가 소비 트렌드를 주도하기 시작한 게 1970년대 초두가 아니었을까. 시대는 내가 사는 시골을 빼고 급속하게 변화하고 있었다.

이렇게 해서 가요곡을 버리고 포크에 빠졌건만, 그 기간 또한 아주 짧았다. 라디오에서 흘러나오는 외국 팝송이 내 마음을 사로잡기 시작한 것이다. '처음에는 뭐였더라' 하고 기억의 실을 끌어당겨 보니…… 더 뉴 시커스의 〈I'd Like To Teach The World To Sing〉, 비요른 앤드 베니의 〈She's My Kind Of Girl〉, 메신저스의 〈That's The Way A Woman Is〉 같은 곡이 생각난다. 한가한 사람은 유튜브로 검색해보시길. 전부 들을 수 있다(엄청난 시대가 됐다).

하나같이 귀를 사로잡는 넘버로, 요새 식으로 말하면 '소프트록'에 속하는 음악이려나. 내가 이 노래들에 반한 이유는…… 뭘까. 나도 잘 모르겠다. 서양을 동경하는 마음이 있었는지, 외국곡을 듣는다는 행위가 인텔리 같아 보였는지, 단순히 곡이 좋았는지……. 아마 전부일 것이다. 외국 팝송을 들으면 일본 음악은 모조리 초라하게 느껴져 이제 가요곡으로도 포크로도 돌아갈 수 없었다.

애초에 전후 일본의 대중음악은 다수가 영미의 파퓰러음악을 모방하는 데서 시작했다. 그렇다면 본고장 쪽이 더 빛나 보이는 것은 자명한 이치일지도 모른다. 똑같이 청바지를 입고 기타를 들어도 몸통이 길고 다리가 짧은 재패니즈보다 다리가 긴 금발 백인이 훨씬 멋있다. 그것만으로도 마음이 끌리는 이유로 충분하지 않나.

그렇게 해서 1학년 여름방학을 앞두었을 무렵, 내가 가장 좋아하는 음악은 외국의 팝스였다. 〈영 스튜디오〉에 신청하는 곡도 전부 그쪽이었다. 엽서를 읽고 곡을 틀어주면 정말 기뻤다. '코털 군'은 매일 밤 혼자 흥을 내고 있었다.

참고로 당시 활자로 접할 수 있는 외국 팝송에 대한 정보가 거의 없다시피 했던 터라, 곡명도 아티스트의 이름도 귀로 듣는 수밖에 없었다. 그렇기에 아메리카 〈A Horse With No Name〉 같으면 바로 알 수 있지만, 길버트 오설리번 〈Alone Again〉 정도가 되면 한 번으로는 알아듣지 못해서 꽤나 황당한 이름으로 잘못 듣곤 했다. alone이라는 영어 단어는 아직 배우기 전이었고, O'Sullivan이라는 아일랜드 이름을 시골 중학생이 알 턱이 없다. 길버트 설리던 〈얼로 어게인〉이라고, 실소를 금치 못할 엽서를 보낸 기억이 있다. 내 영어 듣기 능력은 옛날부터 일관되게 레벨 D다.

그렇지만 잠깐 변명을 하자면 당시에는 일본인 전체가 영어에 약해서 해도 너무하는 가타카나 표기가 꽤 많았다. 재니스 조플린을 '재니스 재플린'이라고 한다든지……. 분명 배우 찰리 채플린의 성에 영향을 받은 것이라고 추측된다. 밥 딜런이 '밥 다일런'이던 시대가 있었다. 지금도 어떻게 좀 하지 싶은 것은 미국 밴드 올리언스(Orleans)로, 남부 도시 뉴올리언스의 Orleans이니 당연히 '올리언스'라고 표기해야 한다. 백 보 양보해서, 프랑스에 경의를 표해 원래 지명으로 따진다 해도 '오를레앙'이어야 할 것이다. 그렇건만 일본 음반사의 담당 디렉터가 '올리앙스'라고 읽는 바람에 현재에 이른다. 아, 맞다. 다이애나 로스가 있던 여성 코러스 그룹 수프림스(Supremes)가 있었다. 지금 같으면 중학생도 '수프림스'라고 읽을 수 있을 것이다. 그것을 대체 누가 '슈프림스'라고 표기한 건가. 나만 창피한 게 아니었다.

하던 이야기로 돌아와서, 외국 팝송에 푹 빠진 나의 애청 프로그램은 일요일 밤에 하는 〈홀리데이 히트 팝스〉(이 역시 기후 방송)라는 한 시간짜리로 바뀌었다. 매주 인기 차트의 10위부터 1위까지 틀어주는 베스트 텐 프로그램이었다. 유행하는 외국 팝송을 한 번에 열 곡이나 들을 수 있으니 이보다 더 기쁠 수 없다. 나는 전용 공책을 마련해 매주 순위를 기록했다.

참고로 1972년 7월 16일에 방송된 차트를 적어보면⋯⋯.

① 아메리카 〈A Horse With No Name〉

② C. C. R.(크리던스 클리어워터 리바이벌) 〈Someday Never Comes〉

③ 닐 리드 〈Mother Of Mine〉

④ 시카고 〈Make Me Smile〉

⑤ 로버트 존 〈The Lion Sleeps Tonight〉

⑥ 폴 매카트니 앤드 윙스 〈Give Ireland Back To The Irish〉

⑦ 스리 도그 나이트 〈Family Of Man〉

⑧ 로라 〈Joli Nicolas〉

⑨ 폴 사이먼 〈Me And Julio Down By The Schoolyard〉

⑩ 링고 스타 〈Back Off Boogaloo〉

아니, 그 공책을 40년이나 갖고 있었단 말이야? 하고 놀라는 사람도 있겠지만, 그럴 리 없다. 7년 전쯤, 이때 체험을 바탕으로 소설을 쓰려고 당시 〈홀리데이 히트 팝스〉 디제이였던 다쿠, 곧 간다 다쿠로 씨(지금은 우리 고향에서 대학 교수로 계신다)를 기후 방송을 통해 소개받아 만난 적이 있다.

오오, 당신이 다쿠 씨이십니까. 저 청취자였습니다. 그게 참 쑥스럽고 기분이 묘했다. 그런데 간다 씨가 기록 마니아라 옛날 차트를 일일이 리스트로 작성해 보관해두신 것이었다. 그것을 부탁해서 복사했다. 그때 감사했습니다. 또 도움이 됐답니다.

차트를 베끼다가 생각난 게 하나 있었다. 〈Me And Julio Down By The Schoolyard(나와 훌리오와 교정에서)〉의 '교정'을 나는 어째선지 '황제'로 착각하는 바람에* 그렇게 써서 신청곡 엽서를 보냈다. 곡을 들으면 'Me And Julio Down By The Schoolyard'라고 노래하니 보통은 교정이라고 알 만한데. 아니 뭐, 중1은 원래 영어 단어를 많이 모르는 데다가 듣기 실력은 레벨 D니 말이다. 그건 그렇고 어째서 '황제'라고 생각한 걸까. 스스로도 수수께끼다.

* 일본어로 교정과 황제는 발음이 같다.

그나저나 참 옛날 생각 난다. 세대가 다른 사람은 눈곱만큼도 감흥이 없으리라는 것은 알지만. 회고 소재는 정말이지 다루기가 쉽지 않다. 이미 소비되어 지나가버린 풍속이나 유행은 시대를 공유한 사람들에게만 설득력을 갖는다. 세키카와 나쓰오 씨가 전에 에세이에 쓴 말인데, 나도 전적으로 동감이다. 나름대로 나 좋으면 남들도 좋다는 식이 안 되도록 조심하고 있다.

어쨌든 〈홀리데이 히트 팝스〉 덕에 만반의 태세가 갖추어졌다. 내 외국 팝송에 대한 정열과 라디오 의존증은 한층 심해지는데, 독자 여러분은 '그 정도로 푹 빠졌으면 레코드를 사지 않나'라고 생각할 게 틀림없다.

그런데 집에 없었지 뭔가, 오디오가. 이것은 내게 최대의 아킬레스건이었다.

오쿠다가(家)는 중류 가정이었다고 생각한다. 아버지는 회사원에 어머니는 부업으로 재봉틀을 돌렸고, 자기 집이 있고, 자가용이 있고, 생활에 부족함은 없었다. 하지만 돈에 여유가 있었느냐 하면 그렇지는 않았거니와, 어머니는 검약가였다. 게다가 시골이다 보니 몇몇 부잣집을 제외하면 어느 집이나 마찬가지였다. 오디오가 있는 집은 몇 없었고, 그나마 응접실을 장식하는 사치품이었다.

맞다. 또 생각난 게 있는데, 당시 중류 가정의 상징이라 하면 응접실의 응접세트와 샹들리에였다. 둘 다 오쿠다가에 있었으니 역시 중류였을 것이다. 두 평 좀 넘는 양실에 소파와 샹들리에라니, 부유한 건지 가난한 건지 잘 알 수 없지만.

나는 어머니에게 오디오를 사달라고 졸랐다.

"어머니, 우리도 오디오 사요."

"안 돼. 우리 집은 그렇게 비싼 거 못 사."

"뭐 어때서. 사요."

"안 돼."

발붙일 틈도 없었다. 나는 어렸을 때부터 사치는 적이라고 어머니에게 각인된 면이 있다. 장난감을 사달라고 떼를 써도 일절 들어주지 않았다. 지금도 그 여파가 남아 있어서 돈을 쓰려면 어쩐지 마음이 찜찜하다. 북한의 저 대장이 우리 어머니에게 교육을 받았다면 좋았을 텐데.

나는 이것만은 순순히 포기되지 않아서 끈질기게 교섭을 계속하기로 했다. 없는 이상 당분간은 라디오에 집중하는 수밖에 없다.

그나저나 1972년 당시의 인기 차트를 보면서 하는 생각인데, 그 무렵에는 아직 팝스와 록이 혼재되어 있었고 쌍방의 포지션에 대한 인식조차 없었다. 앤디 윌리엄스도 카펜터스도,

시카고도 닐 영도 차트상에서는 똑같은 음악으로 취급됐고, 청취자도 딱히 구별하지 않았다. 외국 팝송이 아직 카테고리로 나뉘기 전이었을 것이다. 그리고 록이라는 이름은 어딘지 모르게 격식 차린 느낌이 들어서 입에 담으면 궁둥이가 근질근질했다. 외국 팝송 잡지 〈뮤직 라이프〉도 '팝 제너레이션을 위한'이라고 표지에 못 박고 있었다.

"오쿠다는 취미가 뭐야?" 하고 누가 물으면 나는 가슴을 펴고 "팝스!"라고 대답했다. 살짝 자랑스러운 순간이었다. 같은 반 학생들보다 어른이 된 듯한 기분이 들었다. 일본 전국 어디나 마찬가지였을 것 같은데, 당시 외국 팝스를 듣는 중학생은 반에서 조숙한 축에 속하고 공부도 비교적 잘하는 애들이 많지 않았을까. 내가 다니던 중학교는 한 학년에 여섯 학급, 합해서 250명 정도였는데, 팝스를 듣는 학생은 열 명 남짓 될까 말까 했다. 그리고 다들 성적이 좋았다. 그렇기에 같은 취향을 가진 학생들끼리 금세 친해졌다. "C반 아무개네 형한테 시카고의 엘피가 있다더라" 하는 정보가 돌면 우리는 일제히 흥분해서 어떻게 친구가 될 수 없을까 우애 어린 시선을 보내곤 했다.

그에 관한 이야기는 나중에 차차 하기로 하고.

아무튼 내 라디오 데이스는 점차 열을 띠었다.

Homecoming / America

〈A Horse With No Name〉을 들으면 지금도 가슴이 찡하지만, 걸작은 이 쪽이다. 1972년, 73년에 아메리카는 일본의 팝송 소년 소녀를 사로잡았다. 〈A Horse With No Name〉과 이 앨범에 수록된 〈Ventura Highway〉, 〈Don't Cross The River〉까지 철벽의 킬러 튠 3연발이다. 그 정도 있으면 나머지는 필요 없다. 정말이지 기적 같은 2년간이었다. 1975년에도 〈Sister Golden Hair〉가 히트했지만, 관심이 다른 곳으로 넘어간 다음이라 '아직도 있었어?' 하고 상대하지 않았으니 나도 참 차가운 인간이다.

Paul Simon / Paul Simon

이 사람, 원래는 마니아가 좋아할 재인(才人)이건만, 사이먼 앤드 가펑클이 아녀자들에게 인기를 얻는 바람에 여러 해 걸려서야 비로소 재능을 올바로 평가받은 게 참 딱하다. 그 시대에 레게 리듬을 도입했고 재즈 쪽의 마이크 마이니에리, 론 카터 등을 백밴드로 기용했다. 당시 많이 들었지만 내게는 돼지에 진주였다.

Mardi Gras / Creedence Clearwater Revival

이 밴드를 C. C. R. 라고 부르는 것은 일본인뿐이고, 미국에선 '크리던스' 라고 부른다. 앨범 중에서 〈Someday Never Comes〉만 명곡이고 나머지는 졸작, 괜히 샀다고 후회했다. 〈Someday Never Comes〉를 듣고 싶은 사람은 유튜브로 들으시라. 여담인데, C. C. R.의 대표곡 〈Have You Ever Seen The Rain〉의 '비(Rain)'는 베트남전쟁에서 사용된 네이팜탄을 말한다는 게 일본에서는 정설처럼 돼 있지만, 저번에 옛 멤버가 음악 프로그램 인터뷰에서 "어, 그래요? 처음 듣는 이야기인데요"라고 해서 왕년의 팬들이 전원 휘청했다.

03

The Slider
T. Rex

중학교 1학년 여름 내가 처음 산 성인 잡지는 〈스크린〉이었다. 음악 잡지 〈뮤직 라이프〉보다 영화 잡지가 더 먼저였던 것은 트레이시 하이드의 포스터가 부록으로 딸려 있었기 때문이다.

트레이시 하이드. 오로지 우리 세대만 열광했던 영국의 아역 배우다. 나와 동갑인 1959년생. 열한 살 때 출연한 〈작은 사랑의 멜로디〉가 그해 일본에서 개봉되어 크게 히트를 쳤다.

나도 보러 갔다. 동급생들과 함께. 고향에 하나밖에 없던 낡아빠진, 변소 소독약 냄새가 진동하던 영화관으로. 지금 생각하면 내 의사로 내 돈 내고 본 첫 영화였다.

관리 교육을 그 무엇보다도 중시하던 중학교였지만, 여름방학이면 보호자를 동반하지 않고도 보러 갈 수 있는 영화를 딱 한 편 지정했는데 그게 〈작은 사랑의 멜로디〉였다. 줄거리는 영국 퍼블릭스쿨에 다니는 남자애와 여자애가 사랑에 빠진다는 그저 그런 청춘 연애물인데, 규칙이 엄한 학교와 머리가 굳은 어른들에게 맞서 한 방 먹이는 게 참으로 통쾌한, 중학생에게는 속이 시원한 영화였다(참고로 각본은 젊은 날의 앨런 파커). 게다가 트레이시 하이드가 얼마나 귀엽던지……. 동급생 일동이 한눈에 뿅 갔다. 나는 지금도 '세상에서 제일가게 귀엽다'고 단언할 수 있다(괜히 힘주긴).

영화 안에 비지스와 CSN&Y(크로스비, 스틸스, 내시 앤드 영)의 곡이 사용되어 그 점에서도 내 관심을 끌었다. 큰 음량의 스테레오로 외국 팝송을 들은 것은 아마 그때가 처음이었을 것이다. 라디오의 작은 스피커로 들을 때와 달라서, 악기의 울림도 코러스의 아름다움도 전부 신선했다.

영화에는 또 조숙한 소녀들이 믹 재거의 포스터에 돌아가며 키스하는 장면이 있었다. 섹스 심벌이란 이런 존재인가 하고 세계지도 동쪽 끄트머리, 그중에서도 시골 촌구석에 사는 중학생은 이해했다. 그렇기에 〈작은 사랑의 멜로디〉는 내게 록 무비다.

나는 트레이시 하이드의 포스터를 내 방(두 평 남짓한 다다미방) 흙벽에 붙여놓고 세계를 몽상했다. 외국 팝송과 동시에 외국 영화도 좋아하게 된 것은 너른 바다에 대한 동경 때문이었을 것이다. 열두 살 난 내게 고향은 따분하기 그지없는 우물 안이었다.

또 하나, 잡지 〈스크린〉에서 나를 사로잡은 것은 〈이지 라이더〉의 화보 사진이었다. 조사해보니 이 영화, 1969년 작품이고 일본 개봉은 1970년 1월이었다. 1972년 여름이면 개봉하고 1년 반이나 지난 셈인데, 어째선지 이런저런 잡지에 기사가 실렸다. 당시는 단관 영화관도 비디오 대여점도 없었으니, 영화 한 편이 전국의 재개봉관을 도는 데 상당한 시간이 걸린 탓이 아니었을까 싶다.

어쨌거나 나는 〈이지 라이더〉의 피터 폰다와 데니스 호퍼가 개조한 초퍼 바이크를 타고 황야를 질주하는 사진에 격하게 동경심을 품었다. 〈작은 사랑의 멜로디〉가 소년의 반항이라면 이쪽은 젊은이의 진심 어린 반항이다. 장발에 수염, 청바지에 가죽점퍼, 부츠. 폭력에, 섹스에, 그렇게 멋있을 수 없다. 게다가 사운드트랙이 스테픈울프에 더 밴드, 더 버즈에 지미 헨드릭스. 이쪽도 진짜 록이다.

내가 이 영화를 실제로 본 것은 한참 지나서였는데, 사진이 닳도록 봤던 탓에 구석구석 다 아는 줄 알았다. 달랑 한 장의 사진이 한 중학생의 마음을 뒤흔들고 다대한 영향을 미쳤으니 예술의 힘은 대단하다. 어린애에게 세계 명작 전집 같은 것을 읽히려고 드는 교육자가 많은데, 하여간 멍청하다. 공무원이 되는 사람들은 가슴을 불사르는 감동을 체험해본 적이 없는 걸까. 그런 문제는 그냥 내버려두는 수밖에 없다. 사람은 자력으로 발견한 게 아니면 감동하지 않거니와, 애초에 원하지 않는 사람에게 감동이고 뭐고 없다.

이 두 편의 영화에서도 알 수 있듯이 당시의 분위기는 '반체제'였다. 케케묵은 가치관에 반기를 들어 어른들이 눈살을 찌푸리게 한다. 이것이 바로 젊은이의 특권이요, 의무였다. 새로운 일을 하지 않으면 젊은이인 의미가 없다.

물론 지금도 젊은이는 낡은 가치관을 깨뜨리려 하고 있을 테고, 반역 정신을 갖고 있으리라고 생각한다. 하지만 쇼와*의 어른들은 정말이지 머리가 딱딱하게 굳어 젊은 층의 유행은 뭐든 다 용납할 수 없다고 하는, 참으로 믿음직한 옹고집 영감쟁이들이었다. 지난 회에도 썼지만, 내가 다녔던 중학교도 죄 그런 교사들뿐이라, 가령 면 와이셔츠가 남학생들 사이에서 유행하기 시작하면(예전에는 화학섬유 와이셔츠가 주류였다) 그것만으로 '괘씸하게 어디서 감히. 면 셔츠 금지!'였다. 거참, 반항하는 보람이 얼마나 있던지. 자유를 동경하는 정도가 요

* 1926~1989년

새 젊은이와 다르다. 아아, 우리가 원하는 것은 자유.

그렇기에 나는 '우리 학교에서는 절대 금지'인 것일수록 더욱 좋아했다. 그건 이런 형태로 나타났다.

당시 내가 다니던 중학교에 방송부가 있었다. 급식과 청소 시간에 교내 방송으로 음악을 틀어주는 게 주된 역할이었다. 대개는 학교에서 소장하는 클래식과 이지 리스닝 레코드를 틀었지만, 학생이 레코드를 가져오는 것도 가능했다. 선정은 상급생 방송부원이 했다.

그런데 이 상급생들이 하여간 아니꼬운 인간들이라, 조금이라도 비트가 있는 음악이면 "이런 건 안 돼" 하며 사전 검열에서 퇴짜를 놓았다. 어느 시대에나 교사의 위광을 등에 업고 거들먹거리는 새끼 권력자가 있게 마련이다.

가끔 당번이 느슨해서 시카고나 스리 도그 나이트를 트는 '방송 사고'도 있었지만, 그런 때는 생활지도 교사가 방송실로 달려가 중지시키는 게 통례였다.

가끔 일어나는 '방송 사고'는 우리 소수의 팝스 팬에게 기분이 단숨에 고조되는 축제나 다름없었다.

급식 시간에 교내 방송 스피커에서 갑자기 배드핑거의 〈Day After Day〉가 흘러나왔다.

"오오!" 나는 밥을 먹다 말고 환희에 찬 탄성을 지른다.

"오쿠다, 이건 누구야?" 같은 반 여학생이 묻는다. 다들 내가 팝스 팬이라는 것을 (내가 평소 시끄럽게 떠벌리고 다니는 통에) 알고 있다.

"배드핑거란 영국 밴드야." 나는 으쓱대며 대답한다. 외국 팝스를 안다는 것만으로 아주 자랑스럽다.

"자, 이제 ××가 달려간다." 누가 생활지도 교사 이름을 들며 말한다.

모두가 마른침을 삼키며 지켜보면, 과연 곡이 중간에 뚝 끊겨 교실에 폭소가 터져 나온다.

교사들의 머리가 굳어 있을수록 학생들은 자유의 숭고함을 알게 되니, 역설적으로 보면 이것도 귀중한 교육일지도 모른다.

방송부원이 허가하는 레코드는 한마디로 말해서 '시끄럽지 않은 음악'이었다. 같은 비틀스라도 〈Yesterday〉는 되고 〈I Want To Hold Your Hand〉는 아웃이다. 〈Let It Be〉의 도넛판을 들고 방송실로 가는 친구를 따라간 적이 있었다. 턴테이블에 얹어 피아노로 시작되는 도입부를 듣고 "이거라면 틀어도 되겠네"라고 말했던 방송부 2학년이 기타 솔로에 이르러 "역시 안 되겠군" 하고 냉소하며 딱지 놓았던 게 지금도 기억난다. 이런 검열에 열을 올리던 학교의 앞잡이 녀석들은 지금 어떤 인생을 살고 있을지 대단히 궁금한데, 분명 회사의 앞잡이로 활약 중이실 것이다.

방송부원의 검열을 통과하는 레코드에는 사이먼 앤드 가펑클과 카펜터스가 많았다. 그 때문에 내가 어른이 되기까지 두 그룹을 이지 리스닝보다 좀 나은 정도의 음악이라고 경멸했던 것은 매우 불행한 일이었다(지금은 아주 좋아한다).

그러던 중 교내 방송에서는 죽어도 나오지 않을 듯한 그룹이 팝 차트에 멋지게 등장했다. 티 렉스다.

티 렉스의 〈Metal Guru〉를 라디오에서 처음 들었을 때는 과장이 아니라 벼락을 맞은 듯한 충격을 받았다. 뭐니 뭐니 해도 도입부가 근사하다.

"와우 와우 와우 예 예예 아하 하."

가사가 아니다. 그냥 스캣. 그런데 어째서 이렇게 마음을 뒤흔드는 걸까. 백만 마디의 말을 동원하지 않아도 'WOW!'와 'YEAH!'로 멋지게 소화해내는 게 록이라는 것을 나는 통감했다.

실은 가사도 모르면서 나는 왜 영어 노래를 듣는 걸까 하는 문제에 대한 답을 아직 못 찾았는데, 원점이 이것이니 어쩔 수 없다. 분명 마크 볼란의 외침을 들었을 때 내게 마법이 걸린 것이다.

티 렉스는 팝송 팬들 사이에서 폭발적인 인기를 거두었다.

순식간에 내가 매주 듣던 〈홀리데이 히트 팝스〉의 차트를 한 달음에 달려 올라가…… 라고 쓸 셈으로 당시 차트를 찾아보니…… 그렇지도 않았다. 7월에 19위로 처음 등장해서 베스트 텐에 입성하는 데 4주 걸렸고, 얼마 동안 상위권을 지켰지만 결국 1위는 못 됐다. 그동안 1위를 차지한 것은 5주 연속으로 C. C. R.의 〈Someday Never Comes〉, 2주 연속으로 카펜터스의 〈It's Going To Take Some Time〉, 4주 연속으로 앤디 윌리엄스의 〈Love Theme From The Godfather〉였다.

음. 그게 현실이었나. 모두가 티 렉스에게 전기 충격을 받지는 않았던 것이다. 하지만 앤디 윌리엄스에게 졌다니……. 나는 머릿속에서 멋대로 추억을 고친 모양이다.

다만 당시의 차트가 어떻게 만들어졌느냐 하면, 지방 방송국의 디제이가 매주 모여 각종 데이터를 참고하면서 "슬슬 이 곡 1위 어때?" 하고 합의제로 결정했다고 한다(지난 회 등장했던 기후 방송의 전 디제이가 그런 내부 사정을 가르쳐주었다). 아무래도 평균적인 게 될 수밖에 없다. 적어도 내 주위에서 티 렉스는 '나고야 항에 고질라 출현!' 정도의 충격을 줘서 다들 뻔질나게 신청곡 엽서를 쓰곤 했다.

티 렉스는 음악뿐 아니라 스타일 면에서도 시골 중학생의 얼을 빼놓았다. 남자가 화장을 한다, 남자가 스팽글이 붙은 의

상을 입는다, 남자가 혀 짧은 소리로 요염하게 노래한다……. 모든 게 참신했고 우리에게는 처음 마주친 '시대의 최첨단'이 었다.

'글램 록'이라고 불린 이 새로운 음악의 중심적 존재가 밴드 의 리더 마크 볼란이었다.

티 렉스는 〈Metal Guru〉의 히트를 시작으로 진격을 거듭했 다. 〈Telegram Sam〉〈Children Of The Revolution〉〈Solid Gold Easy Action〉. 그들의 강점은 부기 사운드로, 기타 리프 가 귀에 확 들어오고 멋들어져서 나는 아주 좋아했다. 이제는 데이비드 보위와 비교하는 사람이 아무도 없겠지만, 일본에서 는 당시 보위보다 인기가 있었고 거물 취급을 받았다.

하지만 '오래가진 못하겠군' 하는 직감도 있었다. 한 가지 패 턴뿐이니 싫증 나면 그것으로 끝이다. 시골의 초짜 팝송 팬이 이런 생각을 할 정도였으니, 아니나 다를까 티 렉스는 눈 깜짝 할 새 힘을 잃어 내 관심 내에서도 사라졌다. 그 뒤 화제가 된 것은 마크 볼란이 교통사고로 사망한 1977년이었다. 볼란은 전부터 "난 서른 살까지 못 살 거다"란 발언을 했는데, 그 말대 로 스물아홉 살에 죽었다. 하여간 록 스타의 인생은 덧없다.

'글램 록'이라는 카테고리가 출현한 덕에 '록'이라는 말 자체 가 시민권을 얻은 것도 이 무렵이었다고 생각한다. 얼마 전까지만 해도 입에 담으려면 약간 쑥스러웠는데 자신 있게 '록!'이라고 말할 수 있게 된 것이다. 그리고 나도 외국 팝송이면 뭐든 좋아하는 대신 '록인 것'과 '록이 아닌 것'으로 자연히 나누게 되었다.

일본의 팝송 시장은, 아마 음반사에서 부서 편성을 대충 한 탓이라고 생각하는데, 이지 리스닝과 록의 오월동주 기간이 길었다. 더 브라더스 포, 트리오 로스 판초스, 카라벨리 현악단의 레코드 광고가 산타나나 시카고와 함께 나란히 실리곤 했다. 판매하는 쪽도 록을 어떻게 다룰지 방침을 정하지 못했던 게 명백했다. 가령 하드록의 명반《Deep Purple In Rock》의 당시 레코드 재킷에는 '노래와 연주 딥 퍼플'이라고 일본어로 인쇄되어 있었다. 이거 보라고, '노래와 연주'인 건 맞지만, 그룹사운드가 아니거든. 하여간 맥 빠져서.

티 렉스를 알면서 내 방침은 정해졌다. 팝이여, 안녕. 쇼킹 블루도, 실비 바르탕도, 그래스루츠도 이제 나는 볼일 없다. 생각해보면 저쪽 나라 가요곡 아닌가. 귀 버렸다, 귀 버렸어. 내게 필요한 것은 록이다. 그것도 하드하고 업 템포일수록 좋다.

그나저나 라디오를 손에 넣은 지 반년도 안 돼서 이렇게 마음이 싹 바뀔 줄이야. 봄까지만 해도 '미나미 사오리는 참 귀엽기도 하지' 하며 실실 쪼개던 인간이, 여름방학이 닥쳤을 무렵에는 어엿한 음악 마니아를 자처하고 있었다. 앞에서도 여러 번 말했지만 중학생은(나만 그런가?) 금세 바뀌게 마련이다. 여름방학이 끝나고 오랜만에 만난 같은 반 여학생이 가슴이 철렁할 만큼 예뻐진 것을 보고 당황했다…… 하는 경험 없으신지? 중학생은 한 달만 있으면 딴사람이 될 수 있다.

여기서 잠깐 옷 이야기도 하자. 이성에 눈이 가기 시작하는 나이였으니 자연히 패션에도 관심을 갖게 됐다. 나는 록을 사랑하는 소년으로서 당연히 복장도 록다워야 한다고 생각했다. 비록 머리는 까까머리였지만.

내가 맨 처음 산 것은 벨보텀 청바지였다. 1972년 당시 청바지의 주류는 벨보텀으로, 정말이지 창피하기 그지없는 시절이었다. '숏다리 일본인한테 그게 어울리겠냐' 하고 말해주는 사람이 아무도 없는 가운데, 국민이 일치단결해서 돌진한 감이 있다. 뭐, 유행이란 게 원래 그런 것이지만.

나는 밥슨의 벨보텀을 입고(청바지 하면 밥슨이었다. 리바이스도, 리도 기후에서는 들어본 적도 없었다) 의기양양하게 거리를 활보했다……고 하고 싶지만, 시골이다 보니 활보할 거리가 없어 자전거로 논길을 달렸다. 내 애차는 세미드롭 핸들 자전거였다. 깜빡이는 붙어 있었던가. 생김새가 머리에 떠

오르는 분은 그것만으로 충분히 서글픈 기분이 드시지 않을지. 시골에는 패션 리더가 없는지라 따라 할 대상을 찾지 못하는 것이다. 게다가 당시의 패션 잡지는 아이비룩이 대세였고 록다운 패션은 아직 코드가 확립되어 있지 않았다. 규칙이 없으니 다들 저 좋을 대로 입었다. 선순환인지 악순환인지 알 수 없지만 이 시기의 패션은 순전히 입는 사람 마음이었다.

컬러 진이라는 것도 있었다. 나도 갖고 있었다. 앞과 뒤의 색깔이 달랐다. 그것도 흰색과 옅은 파랑이라든지. 떠올리기도 싫다.

하지만 당시에는 의기양양하게 입었다. 휴일에 학교 친구들과 모이면 전원이 벨보텀 청바지에 바스켓 슈즈('밧슈'라고 불렀다), 프린트 티셔츠 차림이었다. 나는 '이런 게 청춘이지' 하고 들뜬 기분으로 생각했던 기억이 있다. 지금 생각하면 어머니가 사다 주던 옷을 내가 직접 고르게 된 것도 중1 때부터였으니, 온갖 것에 자아가 눈뜨기 시작한 나이였을지도 모른다.

아버지는 내 복장이 심히 마음에 안 들었던 듯, 볼 때마다 "하여간 저 꼬락서니하곤" 하고 투덜거렸다. 아버지가 불편하기 그지없는 나는 집에 왔을 때 마당에 차가 있으면 뒷문으로 들어가 2층으로 직행했다.

참고로 통이 넓은 바지는 학교에서도 유행해(교복의 경우

'나팔바지'라고 불렀다) 일부 상급생이 입었다. 물론 교칙 위반이니 교사들이 뻔질나게 복장 검사를 해서 잡았지만, 감시의 눈을 피해 폼 나게 빼입은 모습이 1학년의 눈에는 그렇게 멋있어 보일 수 없어서 나는 격하게 동경했다. 다만 1학년이 나팔바지를 입는 것은 교사뿐 아니라 상급생에게도 '시건방지다'고 간주될 듯해서 용기가 필요했다. 또 뭣보다 부모님이 사줄 리도 없었다. 어떻게 돈을 마련했는지 기억나지 않지만, 나는 옷도 내 돈으로 샀던 것 같다. 내 한 달 용돈은 1000엔이었다. 진짜 어떻게 한 거지?

외국 영화와 외국 팝송과 청바지는 시골 중학생이었던 내게 무엇과도 바꿀 수 없는 것이 되었다. 단순한 취미가 아니라 없으면 살 수 없는 존재였다.

십중팔구 내 인생 방침은 중학교 1학년 여름에 정해졌을 것이다. 자유롭게 살고 싶다, 남이 안 하는 일을 해보고 싶다, 체제와는 반대편에 서고 싶다, 소수파로 있고 싶다, 모두가 오른쪽을 보고 있을 때 나만은 왼쪽을 보고 싶다. 청개구리라고 한다면 "네, 맞습니다" 하고 대답하는 수밖에 없지만, 나는 아저씨가 된 지금도 베스트셀러 책은 읽지 않고, 브랜드 물건 따위 사지 않고, 권위를 믿지 않는다. 문학상을 타면 여러모로 편리하

지만, 근본적으로는 '그런 거 하나도 안 고맙거든' 하는 어린애
같은 오기가 있다. 그럼 받지 말라고? 아니, 상금은 탐나니까.

내가 소설가가 된 것은 그 시기의 감동 체험이 바탕에 있다
고 자신 있게 말할 수 있다. 책은 눈곱만큼도 안 읽었으니 말
이다.

PICK UP

Great Hits / T. Rex

기본적으로 베스트 앨범을 사는 것은 태만이라고 생각하지만, 이 밴드에 관해서는 이것 한 장으로 충분할 것이다. 어째서 〈Get It On〉이 안 들어 있는 건가 하는 불만은 있지만, 단명했던 시대의 총아의 히트곡을 한꺼번에 들으면 참 쾌감이 넘친다. 발매는 1973년. 아직 인기가 있던 시기에 베스트 앨범을 낸 것은 서비스 정신이라기보다 벌 수 있을 때 벌어놓겠다는 레코드 회사의 냉철한 계산이었으리라.

Aladdin Sane / David Bowie

꽤 오래전 일인데, 영미 뮤지션에게 '존경하는 뮤지션'을 묻는 설문 조사를 했더니 이 사람이 압도적인 1위였다. 일본인에게는 잘 감이 안 오거니와 솔직히 나도 잘 모르겠다. 하지만 이 앨범은 좋아해서 많이 들었다. 히트했던 〈The Jean Genie〉는 내게 '동경하는 록의 수도 런던' 그 자체로, 망상이 한없이 부풀곤 했다.

Don't Shoot Me I'm Only The Piano Player / Elton John

이 사람, 처음에는 '음유시인'이라는 서정적인 이미지로 일본에 소개됐는데, 이 앨범 언저리부터 본바탕이 드러나면서 화려한 로큰롤 가수로 글램 록 카테고리에서 이야기될 때도 있었다. 1971년 첫 내일 공연 때, 전반은 피아노를 치면서 노래했지만, 후반에 들어 백밴드가 합류하자 기발한 의상을 입고 펄쩍펄쩍 뛰어다니지, 피아노에 올라서서 춤추지, 어떻게 반응해야 할지 몰라 청중이 난감해했다는 게 공연을 본 사람의 증언이다. 참고로 그의 앨범 중에서 내가 제일 좋아하는 것은 《Madman Across The Water》이다.

04

Pictures At An Exhibition
Emerson, Lake & Palmer

1972년 당시, 영상으로 록 뮤지션을 볼 기회는 거의 없다시피 했다. 요새 같으면 유튜브로 뭐든 볼 수 있지만, 그때는 비디오 플레이어조차 일반 가정에 보급되어 있지 않았거니와 애초에 영상 자체가 변변히 없었으니 머나먼 외국은 그저 멀 뿐이었다. 레드 제플린이라는 굉장한 밴드가 영국에 있는 모양인데, 라디오에서는 안 틀어주고 텔레비전에는 나올 낌새도 없다. 시골 사는 로큰롤 소년은 잡지 화보 사진을 보며 상상하는 수밖에 없었다.

내가 가장 분했던 것은 티 렉스가 일본에 와서 후지텔레비전의 〈리브 영!〉이라는 프로그램에 출연했다는 뉴스를 어디선가 접했을 때였다. 후지텔레비전 계열 방송국이라면 우리 지역에서는 도카이텔레비전이다. 당시는 텔레비전도 지역색이 강했던 터라 '안 하는 프로그램'이 꽤 있었다. 훗날 상경했을 때 도쿄의 역사 인식이 나와 달라서 놀랐는데, 우리 지역에서는 프로레슬링 중계라 하면 국제 프로레슬링(스트롱 고바야시며 선더 스기야마가 있었다)이었고, 프로야구 중계라 하면 드래곤스 경기였다. 도쿄 사람이 열 올리며 이야기하는 자이언트 바바라든지 나가시마 시게오는 '그게 뭐래요?' 수준이었다. 지방은 지방대로 독자적으로 살고 있었다.

그런데 무정하게도 도카이텔레비전에서는 〈리브 영!〉인지 뭔지를 방영해주지 않았던 탓에 나는 살아 움직이는 마크 볼란을 볼 수 없었다. 아아, 분해라, 분해 죽겠다. 나는 어째서 기후 따위에서 태어난 건가. 신은 너무 불공평한 게 아닌가. 오쿠다 소년의 상경 계획은 아마 이때 시작된 게 아닐까 싶다. 록 하면 도쿄, 기후 같은 곳에 있으면 안 된다. 도시와 시골의 격차는 외국 문화에 있어 특히 현저했다. 외국 영화만 해도 마이너한 작품은 지방의 경우 재개봉관에조차 오지 않았다.

그러던 중에 마침내 텔레비전에서 록 영상을 볼 기회가 찾아왔다. NHK의 〈영 뮤직 쇼〉다. 1972년 10월 8일, 에머슨, 레이크 앤드 파머(이하 ELP), 같은 달 10일, 롤링 스톤스. 징검다리 연휴로, 오후 3시인지 4시부터 방영했다고 기억한다. 그것도 꼬박 한 시간.

우어. 나는 코피가 날 만큼 흥분해서 교정을 두세 바퀴 뛰었다…… 라는 건 농담이고, 몇 번 껑충껑충 뛴 것은 틀림없다. 드디어 살아 움직이는 록 뮤지션을 보게 된 것이다. 게다가 라이브 영상이다. 스튜디오에서 녹화한 립싱크와는 비교도 안 되는 콘서트 장면이다. 한 번 더, 우어.

나는 신나서 텔레비전 앞에 진 치고 앉았다. 휴일 오후이니 내가 채널을 점거했다고 뭐라 할 가족도 없다.

시간이 되어 '영 뮤직 쇼'라는 타이틀이 화면에 나타났다. 지금 생각하면 딱 NHK다운 센스의 이름이지만, 그때만 해도 아직 '영'은 사어(死語)가 아닌 정도가 아니라 시대의 축복을 받은 단어였다. 〈영 오! 오!〉에, 〈세이! 영〉에, 신문의 라디오와 텔레비전 편성표에 '영'이라는 글자가 잔뜩 춤추고 있었다.

프로그램은 오프닝 멘트고 뭐고 없이 대뜸 영상으로 시작됐다. 유럽의 어느 도시, 호텔 객실에 ELP의 세 멤버가 자고 있다. 그러다가 퍼즈가 걸린 베이스 소리가 자명종 대신 흘러나오고, 세 사람은 일어나 서둘러 무대로 향한다. 그리고 스포트라이트 아래 콘서트가 막을 연다.

이 영상은 후에 디브이디로 나왔다. 나도 물론 기뻐하며 구입해서 수십 년 만에 보며 감격의 눈물을 흘렸는데(솔직히 영상 작품으로서는 B급), 서두 장면만은 줄곧 기억하고 있었다.

키스 에머슨이, 그레그 레이크가, 칼 파머가 움직인다! 그것만으로도 오줌을 지릴 것 같았다.

내용은 첫 앨범 수록곡이 태반으로(물론 그때는 무슨 곡인지도 몰랐다), 거칠기는 해도 젊은 연주에 나는 무척 만족했다. 사진으로만 봤던 키스의 건반에 칼 꽂기라든지, 오르간에 올라타 로데오처럼 흔드는 퍼포먼스는 얼마나 폼 나던지, 요새 같으면 '겉멋'이라고 혹평받을 것 같지만 당시에는 '파괴'도 록의 중요한 키워드였다. 1970년대 초반, 전 세계에서 과연 얼마나 많은 기타와 드럼이 무대에서 부서졌을지.

프로그램에서는 차이코프스키의 〈호두까기인형〉을 편곡한 〈Nut Rocker〉도 연주되어 나는 미칠 듯이 기뻐했다. 이 곡, 동네 슈퍼마켓의 주크박스에 어째선지 도넛판이 달랑 한 장 들어 있어서 나는 귀중한 용돈에서 30엔인지 50엔인지를 들여 가끔 듣곤 했다. 시골 슈퍼에서 ELP의 곡을 틀고 '어떠냐, 이게 록이다' 하며 장 보러 나온 사람들(대다수가 아줌마)을 향해 가슴을 펴고 으쓱거린 것이다. 괴상한 중학생이라고 생각했을 것 같다.

ELP 멤버 세 사람은 다들 테크니션이었다. 그중에서도 내 시선을 사로잡은 것은 키스가 연주하는 모그 신시사이저였다. 비용, 하는 기이한 음색이 당시 최첨단 사운드로 주목을 받아,

프로그레시브 록의 대명사나 다름없는 악기였다. SF 영화의 세트 같은 거창한 시스템에 맞서는 키스는 마치 용과 싸우는 검사 같아서는 좌우지간 멋있었다. 이때를 계기로 ELP는 한동안 내 페이버릿 밴드가 되었다.

이틀 뒤, 이번에는 롤링 스톤스의 차례였다. 롤링 스톤스는 당시 이미 비틀스 해체 후의 거물 밴드로서 발군의 존재감을 자랑하고 있었다. 하지만 기후 촌구석까지 들어오는 정보가 워낙 없는 탓에 내가 아는 것이라고는 뭔지 몰라도 엄청난 밴드인 듯하다는 것뿐이었다. 그래, 어디, 어느 정도인지 내 눈으로 직접 확인해주마.

방영된 것은 지금은 유명해진 '하이드파크 콘서트'였다. 런던 한복판에 있는 광대한 공원에서 록 밴드의 야외 콘서트가 무료로 개최된다는 문화가 우선 부러웠다. 히피 같은 차림새의 젊은 남녀가 잔디밭에 앉아서 제각각 즐기고 있었다. 좋겠다, 진짜 좋겠다. 여기선 잘해봐야 오봉 춤인데. 그 속에 나도 섞이고 싶다는 마음이 뼈에 사무쳤다.

무대는 〈Midnight Rambler〉로 시작해서 〈(I Can Get No) Satisfaction〉〈Jumpin' Jack Flash〉 등의 히트곡을 간간이 끼워 넣으며 〈Sympathy For The Devil〉로 마무리한다는 호화로운 구성이었다. 특히 〈Sympathy For The Devil〉에는 오시

비사(아프리카 출신 등으로 결성된 흑인 밴드)의 퍼커션이 참가해서, 나는 처음으로 아프로비트라는 것을 체험했는데……. 격하게 감동했다고 쓰고 싶지만, 솔직히 오쿠다 소년에게는 돼지에 진주였다. 이해할 수 있는 바탕이 없으니 불손하게도 'ELP랑 비교하면 좀 지루한가' 같은 생각을 했다.

음악도, 영화도, 소설도 나중에야 대단함을 알게 되는 경우가 많이 있다. 뛰어난 예술을 이해하려면 감상하는 쪽에도 지식이 필요한 것이다. 시골 중학생에게 그런 게 있을 리 없다. 내가 롤링 스톤스의 위대함을 깨달은 것은 그로부터 약 5년 뒤였다. 부끄럽지만 당시에는 ELP 쪽의 손을 들어주고 말았다.

지금 생각하면 중학교 때 나는 흑인 음악의 요소가 든 것을 싫어했던 면이 있다. 리듬보다 멜로디, 루스보다 타이트, 반복의 그루브보다 현란한 변조를 좋아했다. 차분히 음미할 끈기가 없는 것이다. 어린애는 가만히 못 있는 것과 마찬가지다. 그렇기에 클래식 음악을 도입한 것에 마음이 끌려 ELP, 예스, 딥 퍼플 등에 경도한 것이다.

〈영 뮤직 쇼〉는 그 뒤로도 부정기적으로 방영되어 그때마다 나는 흥분해서 텔레비전에 껌처럼 딱 붙었다. 핑크 플로이드, 리언 러셀, 딥 퍼플, 엘턴 존 등등……. 높은 시청률은 바랄 수도 없는, 일부 로큰롤 소년이나 좋아할 프로그램을 NHK는 용케 중단하지 않았다. 가끔 'NHK 시청료 같은 걸 왜 내냐' 하고 배짱 튕기는 사람을 보는데, 나는 이때 고마웠던 마음이 지금도 남아 있는 터라 동의할 수 없다. 만약 상대가 1970년대 팝송 팬이라면 '이 배은망덕한 놈아' 하고 혼내주겠다.

이처럼 오쿠다 소년은 〈영 뮤직 쇼〉로 록 영상을 처음 체험하면서 더더욱 록에 빠져들었지만, 우리 집에는 여전히 오디오가 없었다.

"어머니, 나 오디오 사줘요."

"안 돼."

"요번 시험에서 표준 점수 ××점 넘으면 사줘요."

"안 돼. 우리 집엔 그런 돈 없어."

여전히 이런 공방을 일주일에 한 번은 되풀이하고 있었다.

하지만 부모님의 입장도 모르지 않는다. 당시 오디오는 무척 비싸서 20만 엔쯤 했다. 아버지의 월급이 얼마였는지는 모르지만, 한낱 아들의 취미를 위해 쓸 수 있는 금액이 아니었다. 미니 컴포넌트는 아직 세상에 존재하지 않을 때라, 레코드를 들으려면 호화로운 가구풍 오디오 아니면 장난감 같은 포터블 기기 중에 선택할 수밖에 없었다. 포터블 기기로 엘피를 듣는 것은 슬픈 일이다. 나는 제대로 된 스테레오 오디오가 갖고 싶었다.

이 무렵, 신문 배달을 진지하게 생각했다. 하지만 검도부 아침 훈련도 있으니 말이다. 대체 몇 시에 일어나라는 말인가. 중학생은 정말로 불편하다고 생각했다. 아르바이트조차 하고 싶어도 못 한다.

이런 소년 시절을 보낸 탓인지 나는 젊었을 때, 부모에게 돈 타내서 살면서도 부끄러운 줄 모르는 인간들이 아주 싫었다. 부모가 차를 사주었다든지, 부모가 해외여행 갈 돈을 대주었다든지, 결코 시샘해서가 아니라 쓰레기 같은 놈들이라고 생각했다. 지금도 부모의 유산만 믿고 사는 철 덜 든 녀석을 보면 한 대 확 때려주고 싶다. 잠깐 이야기가 딴 길로 샜다.

오디오가 없는 그런 인고의 나날 가운데, 나는 신병기를 손에 넣었다. 카세트 녹음기다. 그런 게 오쿠다가에 있었느냐고? 있었다. 두 살 위인 누나가 중학교에 들어갔을 때, 부모님이 영어 회화 교재를 사주면서 장만했다. 그 기기가 반침에서 먼지를 덮어쓰고 있었다. 이 언저리의 기억이 분명하지 않은데, 누나도 나처럼 끈기 없는 중학생이었던 모양이다. 피는 속일 수 없다.

나는 "내가 쓸게"라며 영어 공부를 하는 척하면서 카세트 녹음기를 물려받았다. 녹음 재생이 되는 리코더와 교재 카세트

테이프 열 몇 개. 음하하하. 만세다, 베이비(아직 사어가 아니었다). 이제 라디오에서 나오는 록을 녹음해서 아무 때나 들을 수 있다.

신이 난 오쿠다 소년은 자전거를 타고 전파상으로 달려가 케이블을 구입하고 녹음에 도전했다. 밤에 내 방에서 공부하며 라디오를 듣다가 디제이가 "그럼 다음 곡을 들어볼까요. ××중 '노상방변 왕자' 군의 신청곡으로, 리언 러셀의 〈Tight Rope〉입니다"라고 하면, 연필을 내던지고 녹음기 앞에 앉아 타이밍 맞춰 녹음 버튼을 딸각 눌렀다. "This is a pen" 등등 외국인이 말하는 교재 테이프에 덮어씌워 녹음하는 것이다. 어엿한 자원의 유효 활용 아닌가.

그렇게 해서 테이프에 녹음된 외국 팝송이 늘어가는 게 기뻤다. 나는 중1 때 컬렉션의 즐거움을 알았다. 어서 진짜 레코드로 실현하고 싶다고, 별이 총총한 창밖 밤하늘을 바라보며 한숨을 쉬곤 했다.

중학교 1학년 가을에 또 하나 진전이 있었다. 〈뮤직 라이프〉를 드디어 구독하기 시작한 것이다. 지금도 잊을 수 없는 첫 권은 1972년 11월호, 표지는 리언 러셀. 장발에 수염, 뻔뻔한 표정으로 카메라를 향해 눈을 부라리는 그의 커버 사진이 얼마나 멋있던지, 액자에 넣어 장식하고 싶을 정도였다.

당시 집 근처에 서점이 없어서(아마 지금은 더 없을 것이다) 잡지를 사려면 3킬로미터쯤 떨어진 상가(그런 게 있기는 했다)까지 가야 했다. 휴일에 자전거를 타고 가면 되는데, 〈뮤직 라이프〉의 포로가 되고 나니 발행일에 사야 직성이 풀렸다. 나는 매달 20일이면 학교 끝나고 오는 길에 집과는 반대 방향에 있는 서점까지 가서 잡지를 구입했다. 합해서 4킬로미터쯤 걷지 않았나 싶은데, 전혀 힘들지 않았다.

지금 생각해도 작았던 서점은 열 평쯤 되는 공간에 단행본과 만화와 잡지가 진열되어 있었다. 내게는 동네에서 유일하게 문화의 향기가 나는 장소라, 한번 가면 30분쯤 죽치고 있으면서 온갖 잡지를 서서 읽곤 했다. 만화도 봤다.《전설의 골목대장》전권이라든지. 주인아저씨가 용케 뭐라 안 했다 싶다. 이상한 이야기이지만 들치기는 없었던 것 같다. 우리 중학교에서는 들치기 이야기를 들어본 적이 없었다. 고등학생이 되어 인접한 기후 시로 학교를 다니면서 도시 아이들 중에 들치기하는 학생이 꽤 많다는 사실에 나는 충격을 받았다. 시골 사람은 다들 순진했던 것이다.

그나저나 이 서점, 〈뮤직 라이프〉를 몇 권이나 들여왔을까. 내 기억에 매달 두 권쯤 있었던 것 같은데⋯⋯. 그중 한 권을 내가 샀다는 뜻일까?

〈뮤직 라이프〉를 구입하면 구석구석 샅샅이 읽었다. 광고도 빠짐없이 읽었다. 사진은 지겨운 줄도 모르고 바라봤다. 나는 특히 좋아하는 밴드의 멤버를 외우는 것에 푹 빠졌다.

시카고 멤버 일곱 명은 지금도 안 보고 말할 수 있다. 로버트 램, 테리 카스, 피터 세트라, 대니얼 세라핀, 제임스 팬코, 월터 패러자이더, 리 로크네인. 스리 도그 나이트 일곱 명도 말해줄까. 대니 허턴, 코리 웰스, 척 니그런, 마이클 올섭…….

그런 에너지를 어째서 영어 단어나 역사 연호 암기에 쏟지 않았는지 지금 생각하면 쓴웃음이 날 뿐이지만, 당시에는 록에 관해서라면 뭐든 다 알고 싶었다. 〈뮤직 라이프〉에는 부문별 인기투표의 중간발표가 실려 있었는데, 낯선 외국 이름이 줄줄이 나열된 명단을 시험공부 할 때보다 더 열심히 보며 '멜 샤커는 그랜드 펑크 레일로드의 베이시스트' '더그 클리퍼드는 C. C. R.의 드러머' 하고 외우느라 여념이 없었다. 하여간 멍청한 중학생이었다.

또 화보 사진을 오려 클리어파일식 책받침에 끼워 넣는 것도 종종 했다. 다른 학생들은 아이돌 사진이 많았지만, 나는 '흥, 애송이들' 하고 코웃음을 치며 록 뮤지션의 사진을 넣고 으쓱댔다. 덕분에 초기의 〈뮤직 라이프〉는 너덜너덜했다. 아까

운 짓을 했다 싶지만, 전부 처분해버린 지금은 아무래도 상관
없다.

〈뮤직 라이프〉는 고2 때까지 계속해서 사다가 그 뒤 〈뉴 뮤
직 매거진〉으로 배턴터치된다. 칩 트릭이며 키스 같은 비주얼
계 밴드가 대두되면서 〈뮤직 라이프〉가 단순한 팬 잡지가 된
탓이었는데, 그래도 아직 읽을 만한 기사가 많았다고 생각한
다.「에릭 클랩턴 / 상처투성이 신화」등 외국 잡지 기사를 번
역한 것도 있어서, '그렇군, 클랩턴은 알코올중독으로 폐인이
나 다름없었나' 같은 사실을 나는 중1 때 알았다. 곡을 들어본
적은 없었지만. 망상만 활발해지는 오쿠다 소년이었다.

다른 이야기로 넘어와서, 중1 가을에 첫 학교 축제가 열렸
다. 프로그램 중에 학급별 음악 발표회가 있었는데, 한 3학년
남학생이 일렉트릭 기타를 친다는 소문이 온 학교에 짜하게
퍼졌다. 세상에, 일렉트릭 기타를 가진 사람이 우리 학교에 있
다고? 흥분한 우리는 정보를 수집했다. 그에 따르면 누나와 같
은 반 남학생이 문제의 인물인 듯했다. 누나에게 확인하자 "응,
우리 반 ××야. △△란 곡(제목은 잊어버렸지만 음악 교과서
에 실릴 법한 무난한 곡이었다고 기억한다)의 간주 부분에서
칠 거야"라고 가르쳐주었다.

또다시 우어. 마침내 일렉트릭 기타 소리를 생으로 듣게 됐구나. 내 주위에는 심지어 어쿠스틱 기타를 가진 사람도 없었다. 본 적이 있는 악기라곤 음악실에 있는 것뿐.

이거 참 기대된다. 어떤 소리가 날까. 앰프는 없는지라 대신 라디오에 연결하는 모양이다. 그런 변칙적인 기술도 흥미를 자극했다.

그날이 되어 체육관에 전교생이 모인 가운데, 나는 몸을 앞으로 내밀고 누나 반의 차례를 기다렸다. 누나에게 평소 얕보이고 산 탓도 있지만(누나와 남동생의 관계는 어디나 마찬가지 아닐까) 1학년의 눈에 3학년은 어른이나 다름없어 보였다. 성장기이니 체격 차도 크다. 털 난 것도 다를 것이다.

자, 나왔다. 문제의 남학생은 일렉트릭 기타를 어깨에 메고 있었다. 오오, 멋지다. 일렉트릭 기타 소리가 드디어 시골 중학교 체육관에 울려 퍼진다.

그러나 소리는 들리지 않았다. 뭐야, 어떻게 된 거야? 나중에 누나에게 묻자 "아아, 그거? 깜박하고 라디오를 안 켰대"라고 했다. 하여간 얼빠진 3학년 같으니. 나는 일렉트릭 기타의 소리를 실제로 듣기까지 2년을 더 기다려야 했다. 우리 고향에서 록은 여전히 먼 곳에 있었다.

PICK UP

Tarkus / Emerson, Lake & Palmer
타이틀곡이자 레코드 A면 전체를 사용해 연주되는 모음곡은 프로그레시브 록의 대걸작이라고 생각하는데, 마니아들의 이 밴드에 대한 평가는 늘 냉랭하다. 무대에서 기발한 퍼포먼스를 과하게 하는 탓에 광대 취급을 받는 걸까. 〈Tarkus〉는 클래식 음악가가 여러 차례 커버한, 록 넘버로서는 흔치 않은 예다. 완벽한 곡 구성이 클래식계 분들의 심금을 휘젓는 것이리라.

Live In Japan / Chicago
1972년 일본 공연을 녹음한 두 장짜리 음반. 너무너무 좋아서 지금까지 대체 몇 번을 들었는지. 당시 시카고는 일본에서 정말로 인기가 있었다. 밀월 시대라고 할 수 있을 정도로, 이 앨범 중 두 곡은 일본어 가사를 붙여 불렀다. 오랫동안 일본에서만 한정 발매된 탓에 외국 경매시장에서 터무니없는 값이 붙곤 했다. 후에 멤버들이 네 장으로 구성된 〈Chicago At Carnegie Hall〉보다 '더 잘 만들어졌다'라는 발언을 해서 일본 팬들은 모두 자랑스러웠다.

Carney / Leon Russell
카펜터스의 히트곡 〈Superstar〉의 작곡자라기에 어떤 로맨틱한 뮤지션인가 했더니만 구수하고 질펀한 중년 아저씨였다. 이렇게 끈적한 보컬을 나는 중학생 때부터 즐겨 들었던가 하고 나 자신의 넓은 수비 범위에 감탄하게 된다. A면 첫째 곡 〈Tight Rope〉는 일본에서도 히트를 쳤다. 본인이 가장 놀라지 않았을까.

05

Abbey Road
The Beatles

내가 외국 팝송 초년생이었던 1972년 당시 비틀스는 어떤 존재였는가 하면, 반드시 거쳐야 하는 관문 같은 것이었다. 해산된 게 1970년. 그러니 이미 지나간 과거가 됐을 텐데, 마치 당장이라도 신작이 나올 것처럼 뜨겁게 이야기됐고 그 어떤 밴드보다도 대단한 위광을 떨치고 있었다.

다만 여기에 관해서는 나보다 나이가 열 살쯤 위인, 비틀스를 실시간으로 들었던 선배들의 증언이 흥미롭다. 열혈팬이었던 사람일수록 '비틀스 세대 같은 건 없었다'라고 딱 잘라 말하니, 세상일이란 게 원래 그런 것이리라고 깊이 납득하게 되는 부분도 있다.

"비틀스를 듣는 인간은 한 학년에 두세 명. 비율로 따지자면 대략 1퍼센트. 그런 걸 '세대'라고 부를 수 있겠냐고. 레코드도 일본에선 안 팔렸고."

지당하신 말씀이다. 많은 전설은 끝나고 나서 열심히 만들어지는 것이다. 편승하는 사람도 있을 테고.

내가 실제 체험한 바로는 프로야구의 나가시마 시게오 씨가 그렇다. 1970년대 후반 첫 번째 감독 시절, 고라쿠엔 구장에서는 나가시마 씨에 대한 가차 없는 야유가 사방에서 터져 나오곤 했다.

"나가시마 이 멍청이!" "당장 꺼져라!"

매스컴의 논조도 혹독했다. '칸퓨터 야구'* 같은 조어를 만들어내 이치에 맞지 않는 작전을 비아냥거렸다.

그런데 1980년에 해임되자마자 세간은 일제히 태도를 싹 바꾸어 '위대한 야구인 나가시마 시게오'의 추억을 이야기하기 시작했다. 내 인상으로는 그때부터 전설 만들기가 시작된 것 같다. 몇 년이 지나니 '안 좋게 말하면 안 되는 사람'으로까지 격상되어 감히 손댈 수 없는 존재가 되었다.

실은 비틀스도 그런 부분이 있지 않을까. '비틀스의 모험'이라는 기나긴 시험이 끝나 한숨을 돌린 뒤 다 같이 정답을 맞춰보기 시작했다. 그게 1972년경. 도대체가 《Revolver》 이후의

* 일본어로 '감'과 '컴퓨터'를 조합한 것

비틀스는 지나치게 앞서가서 '꺄아, 폴!' 하는 부류의 팬은 못 따라가게 됐다. 드디어 차분하게 다시 들어볼 때가 된 것이다.

"그거 사실 어땠어?""내 생각엔 걸작이던데.""너무 전위적이지 않아?""아니, 실험적이었어."

그런 논의가 전 세계에서 오가고, 라디오에서도 비틀스의 역사를 검증하는 특별 프로그램이 빈번히 기획되었다. 그렇기에 나는 비틀스를 실시간으로 알지는 못했지만, 검증 대상으로서의 비틀스라면 시대의 한복판을 살았던 세대라고 가슴을 펴고 말할 수 있다.

그 탓인지 나와 같은 세대에는 비틀스의 작품을 예리하게 분석하는 음악 평론가가 많이 있다(일반인은 모를 수도 있지만). 유아사 마나부(1957년생), 와쿠이 고지(1958년생), 모리야마 나오아키(1959년생). 그들은 모두 비틀스가 해산하고 나서 열심히 들은 경우일 것이다. 열광을 모르기에 객관적으로, 비틀스를 역사 가운데 놓고 이야기할 수 있거니와, 오디오 측면에서 평가를 내릴 수도 있다. '난 부도칸 공연 봤다' 같은 경험을 암행어사 마패처럼 내세우며 '나의 비틀스'만 이야기하는 맹목적인 비틀스 신자와 우리는 출신부터가 다른 것이다.

나도 그렇게 '정답 맞춰보기'의 조류 속에서 비틀스를 듣기 시작했는데, 그들의 음악은 역시 훌륭하고 재미있었다. 현재의 록이 모조리 비틀스로부터 파생됐다는 말은 과장이라 해도, 비치 보이스나 엘턴 존 같은 팝 계열은 물론 핑크 플로이드나 예스 같은 프로그레시브 계열에서도 비틀스의 흔적을 찾아볼 수 있다. '그들은 역시 대단한 밴드였다'고 존경하는 마음이 더욱 커졌다.

내가 이미 해산한 밴드의 음악에 푹 빠진 것은 중학생의 지적 호기심을 크게 자극했기 때문이라고 생각한다. 뭐든 알고 싶은 나이에 비틀스는 대상으로 안성맞춤이었다. 들어서 즐겁고, 이야기해서 즐겁고, 배워서도 즐겁다. 즉 연구할 가치가 있었다. 전국시대 무장이나 신센구미에 빠지는 사람들과 마찬가지로 나는 비틀스에게 빠져든 것이었다.

시골 중학교의 팝송 팬들 사이에서도 비틀스는 격이 달랐다. 록의 기초 교양이니 듣지 않고 넘어갈 수 없다. 문학을 좋아하지만 아쿠타가와도 미시마도 읽어본 적이 없다는 사람이 있다면 '사이비'라고 상대도 해주지 않을 것이다. 그것과 마찬가지다. 선배에게 '아니, 오쿠다는 《Sgt. Pepper's Lonely Hearts Club Band》도 안 들어봤다고?' 같은 말을 들었다가는 끽소리도 못 할 것이다. 만사를 제쳐놓고 들을 수밖에 없다.

참고로 내가 제일 처음 들은 비틀스 앨범은 《Abbey Road》였다. 물론 우리 집에는 오디오가 없는 터라 친구가 산 레코드를 얻어 들은 것인데, 그 이야기를 잠시 하자면…….

늘 같이 어울려 노는 친구 중에 S라는 포목점집 아들이 있었다. S의 집은 시골에서는 흔치 않게 문화적인 가정으로, 아버지는 취미로 바이올린을 연주하며 클래식 음악을 애호했다. 그 영향인지 S도 클래식 기타를 배웠다. 아마 내가 처음 본 인텔리 일가였을 것이다.

그런 그가 엘피를 산다고 하기에 억지로 붙어 따라갔다. 나는 레코드 가게에 들어간다는 것만으로도 흥분 상태였지만, 실은 다른 꿍꿍이가 있었다.

그 전에 레코드를 사러 가는 S를 따라갔을 때, 이 자식이 "아버지한테 받은 돈인데 클래식 안 사면 혼나"라고 변명하면서 비발디의 《사계》를 샀다. 아이고, 재미없어라. 괜히 따라갔다. 나는 '오늘은 꼭 비틀스를 사게 해주마' 하며 의욕을 불태우고 있었다. 당시 나는 록의 전도사 노릇도 열심히 하면서 주위 친구를 붙들고 록을 들으라고 포교 활동을 부지런히 벌이고 있었다.

"야, 비틀스 사라." 내가 옆에서 말했다.

"들어본 적 없는데." S가 말했다.

"그러니까 앞으로 들으면 되잖아.《Abbey Road》. 그거 걸작이다."

"진짜로?"

"그럼 진짜지. 잡지마다 다 걸작이라고 하는걸."

"그렇지만 아버지가……."

"괜찮아. 말 안 하면 몰라."

"집에서 레코드를 틀면 당연히 들킬 거 아냐."

"이게 진짜, 안 사면 절교한다." 내가 을렀다.

"그래." S는 선뜻 대꾸했다.

"그런 말 하지 말고. 야, 제발 부탁이다." 나는 눈썹으로 팔자를 그리며 두 손을 모으고 애원했다.

이상과 같이 필사적으로 설득한 보람이 있어 나는 S가 《Abbey Road》를 사게 하는 데 성공했다.

돌이켜 생각하면 나는 이런 거머리 같은 행위를 빈번하게 했던 것 같다. 아사오카 메구미의 싱글 음반을 사러 간다는 친구를 따라가 거의 뒤에서 꼼짝 못하게 붙들다시피 해서 딥 퍼플의 《Highway Star》를 강제로 사게 한다든지. 하여간 민폐 덩어리 동급생이었다.

어쨌거나 S의 집에서 들은 《Abbey Road》는 평판대로 걸작이었다. A면 첫 두 곡에서 이미 음악에 빨려 들고, B면에서 눈이 핑핑 돌 듯한 구성의 메들리에 흥분이 한층 고조되어, 노도와 같은 종반으로 몰아친다. 클래식도 아닌 파퓰러음악으로 이렇게까지 드라마틱한 레코드를 만든 게 비틀스의 공적이다. 대략 40분의 분량으로 어디까지 가능한지 한계에 도전했다. 레코드 예술의 창시자가 비틀스인 것이다.

나 자신은 고등학생이 된 뒤《Abbey Road》를 샀다. 친구가 갖고 있는 레코드는 듣고 싶으면 빌리면 되니까 새로운 음악을 하나라도 더 듣고 싶은 우리에게 소유하는 레코드가 친구끼리 '겹치는' 것은 낭비일 뿐이다. 하지만《Abbey Road》만큼은 꼭 갖고 싶어서 샀다. 지금도 비틀스의 최고 걸작이라고 생각한다. 후에 시디로 나와 B면 첫 곡〈Here Comes The Sun〉첫머리의 어쿠스틱 기타가 A면 마지막 곡〈I Want You〉의 세찬 음의 홍수에 바로 이어지게 되면서 전체를 아우르는 느낌이 더욱 커졌다. 시디는 아직 그림자도 없던 시대에 폴 매카트니는 연속해서 듣는 것을 전제로 앨범을 만든 게 틀림없다(《Abbey Road》는 실질적으로 폴이 혼자서 만든 앨범이다)! 하고 나는 멋대로 추리하고 있다. 비틀스는 그런 즐거움도 제공해준다.

그런데 내가 중학교 다닐 당시 비틀스는 해산했지만 멤버네 명은 의욕적으로 솔로 활동을 하고 있었다. 그중에서도 폴은 잇따라 신곡을 발표했는데, 나는 내심 '으음' 하고 의아하게 여기는 부분이 있었다.

〈Give Ireland Back To The Irish〉로 정치적 메시지를 발신하는가 하면, 그에 이은 〈Mary Had A Little Lamb〉에서는 흡사 동요처럼 메르헨을 노래하고, 〈Hi, Hi, Hi〉에서는 음담을 연발해 영국에서 방송 금지 처분을 받았다. 이 맥락 없음은 대체 뭔가. 폴은 천재들 중에 많은 '분위기 파악 못 하는 사람'이 아닐까, 하고 나는 당시부터 내내 의심하고 있었다.

그게 확신으로 바뀐 것은 1993년 《Paul Is Live》를 발표했을 때다. 《Abbey Road》를 진부하게 흉내 낸 재킷을 보니(아마존에서 검색해보시라) 머리가 지끈거렸다. 어떻게 이런 짓을. 말리는 사람이 아무도 없었다는 말인가? 분명 '이번엔 꽝이네' 하고 팬들이 쓴웃음을 짓게 하는 것도 천재가 천재인 까닭일 것이다.

폴의 센스는 내게 여전히 수수께끼로 남아 있다. 역시 존과 폴은 둘이 함께 있으면서 기적 같은 화학반응을 일으켰던 게 틀림없다.

참고로 당시 존 레넌도 딱히 신격화되지는 않았고, 이상한 일본 여자의 꾐에 넘어간 난감한 스타라는 포지션이었다. 내 또래 중에 오노 요코를 좋아하는 사람은 없을 것이다. 지금도.

영국 록의 대표가 비틀스라면 미국은 엘비스 프레슬리

다. 뭐니 뭐니 해도 '로큰롤의 제왕'이라 불리는 슈퍼스타다. 1970년대에는 확실히 '왕년의 스타'라는 이미지였지만, 그래도 썩어도 준치라고 팝송 팬에게는 그 역시 반드시 거쳐야 하는 관문이었다.

그런 프레슬리의 무대를 뜻하지 않게 텔레비전 생중계로 볼 수 있는 기회가 찾아왔다. 매번 똑같아서 미안하지만, 우어. 오쿠다 소년은 또다시 흥분했다.

공연은 1973년 1월 14일, 장소는 하와이 호놀룰루. 공연 시작 시간은 오전 0시로, 일본 방영 시간은 일요일 오후 7시. 이 무대는 전 세계에 텔레비전으로 중계되었지만, 일본의 황금 시간대에 맞춰 편성한 게 아니냐는 말이 있었다.

이 얼마 전에 〈Burning Love〉라는 곡이 전미 차트 넘버원에 빛났고, 일본에서도 그런대로 히트를 쳤다. '♪ 하카 하카 버닝 러!'라는 그거다(여기 독자는 아무도 모르려나). 나는 이 곡이 아주 좋았다.

나는 며칠 전부터 가족에게 "요번 일요일에 저녁 7시부터 프레슬리 볼 거니까 방해하지 마"라고 선언해서 채널 선택권을 확보했다. 가족들이 어떻게 반응했는지는 기억나지 않는다. 가족과 함께 봤는지 혼자 봤는지도 기억에 없다. 그야 그럴 만도 하다. 40년도 더 된 일이니까. 헉, 40년. 한숨이 절로 나온다.

7시가 되어 드디어 프로그램이 시작됐다. 콘서트장은 미국인들로 한가득이다. 객석의 불이 꺼지고 "꺄아" 하는 환성이 터져 나왔다. 백밴드의 연주가 흐르는 가운데, 프레슬리가 스포트라이트를 받으며 멋지게 등장했다. 오쿠다 소년은 몸을 앞으로 내밀고 화면 속에 들어갈 듯한 기세로 쳐다봤다.

다음 순간, 나는 눈을 의심했다. 피둥피둥 살찐 중년 아저씨가 더덕더덕 장식을 붙인 점프수트를 입고 엉덩이를 흔들며 노래하는 것이었다. 엥? 이게 록의 제왕이라고? 진짜로?

프레슬리는 기타를 들고 있었지만 거의 치지 않으니 그냥 장식이나 다름없었다. 가부키처럼 부자연스러운 동작에서는 내가 아는 록의 ㄹ 자도 느껴지지 않았다. 브라운관 속에서 펼쳐지는 무대는 미국의 가요 쇼였다. 부르는 곡도 〈My Way〉라든지 〈Something〉 같은 남의 노래뿐이었다.

기대했던 〈Burning Love〉도 불렀지만, 딱히 감개는 없이 나는 그저 곤혹할 뿐이었다. 으음, 이게 대체······.

지금 생각하면, 당시 나는 음악을 전체적으로 조감하지 못하고 일부 록 관련 현상만을 과대평가하며 록의 무브먼트가 전 세계를 석권한 양 오해했던 것 같다. 일본에서나 미국에서나 일반 대중은 록을 듣지 않는다. 자세히 관찰하니 청중은 돈

좀 있어 보이는 백인 부부들뿐이었고 장발에 청바지 차림의 젊은이는 거의 없다시피 했다.

나는 몇 곡 만에 싫증이 나 다 보지도 않고 중간에 그만두었다. 기대했던 만큼 실망이 컸던지라 프레슬리는 그 뒤 내 시야에서 자취를 감추었다. 엘비스 프레슬리는 내가 생각하는 록이 아니었다.

그 뒤, 다양한 문헌을 읽고 관계자의 이야기를 듣고 하면서 겨우 이해하게 됐는데, 당시 일본의 팝송 팬은 영미 음악계와 매우 다른 식으로 음악을 들었던 것 같다. 장발에 청바지 차림이고 직접 연주하면 그게 바로 록이라고 생각했지만, 그건 엄청난 오해였던 것이다.

여기에 관해서는, 1995년에 발행된 〈라이브 인 재팬 - 록, 감동의 내일(來日) 공연사〉라는 무크에 작가 가가미 아키라(오카다 히데아키라는 이름으로 음악 평론도 했다)가 스리 도그 나이트의 첫 내일 공연을 봤을 때의 일을 쓴 글을 보고 나는 "아하, 그런 거였나!" 하며 무릎을 쳤다.

때는 1972년, 외국 연예인의 일본 방문이 아직 흔치 않던 시절, 미국의 인기 보컬 그룹 스리 도그 나이트가 일본에 왔다. 콘서트가 열리는 부도칸으로 신나서 달려간 가가미 청년은 그곳에서 기이한 광경과 맞닥뜨렸다. 도쿄에 거주하는 미국인이 중앙 객석에 잔뜩 앉아 있었는데, 그중 다수가 가족끼리 온 사람들이었다는 것이다. 금발에 파란 눈 아이들이 곳곳에서 떠들고 있었다.

'이거 봐, 이건 록 콘서트라고. 반체제에 불량인 록 콘서트인데, 왜 아빠랑 엄마랑 젖비린내 나는 꼬마들이 와 있는 거냐?'

가가미 청년은 어색함을 떨치지 못하고 속으로 부르짖었다고 한다.

어째 그 광경이 눈에 선하다. 지금이니 할 수 있는 말이지만, 결국 록이라고 불린 음악은 전체의 극히 일부에 불과했고, 태반은 대중오락이자 쇼 비즈니스였다. 극동 섬나라의 팝송 팬은 그 점을 이해하지 못하고 과대평가했던 면이 상당히 있었다. 스리 도그 나이트 멤버들도 일본에서 자신들을 다루는 방식에 대해 놀라지 않았을까. 이미 여러 번 썼다시피 당시는 여러 가지가 뒤섞여 있던 시대였다.

하던 이야기로 돌아가서, 그 위성중계 탓에 내 또래에 프레슬리 팬은 거의 없다. 다들 그 모습을 보고 휘청했던 것이다.

1973년 1월, 일본의 팝송 팬들에게 또 하나의 큰 사건이 있었다. 롤링 스톤스의 첫 내일 공연이 취소된 것이다. 믹 재거의 마약 불법 소지에 따른 체포 전력 때문에 일본 법무성에서 입국을 허가하지 않았기 때문이다. 당시 나는 롤링 스톤스의 매력을 아직 알기 전이었거니와 기후의 중학생이 도쿄 부도칸에 갈 수 있을 리도 없으니, 딱히 나와 상관있는 사건은 아니었다. 그렇지만 신문과 텔레비전에서 톱뉴스로 다루는 게 자랑스러워서 '내가 좋아하는 록이 뉴스에 나온다'며 흥분했다. 마약 사건으로 입국할 수 없다니 그야말로 록 아닌가. 공명심에 사로잡힌 말단 공무원이 직권을 남용한 탓에(체포된 지 5년도 더 됐을 때였다) 되레 롤링 스톤스가 얼마나 대단한 거물인지 세상에 널리 알린 셈이었다.

미술 시간에 선생님이 "야, 오쿠다, 롤링 스톤스가 못 온다며? 넌 어떻게 생각하나?" 하고 말을 시켜서 얼마나 기뻤는지 모른다. 나는 "일본은 록 후진국이니까 어쩔 수 없지 않겠어요?" 하고 쿨하게 대답하고는 잠시 어른이 된 기분을 맛보았다. 같은 반 학생들도 '오오' 하는 눈빛으로 나를 봤던 것 같다. 착각일 수도 있지만.

롤링 스톤스는 《Exile On Main St.》를 낸 직후로, 그야말로 전성기에 있었다. 일본 공연이 실현됐다면 전설이 됐을 게 틀림없지만, 그 경우 1990년의 도쿄돔 10회 공연이 그렇게 떠들썩하지 않았을 것이다. 역사란 보완되는 것이구나 싶다.

영화 〈태양을 훔친 사나이〉(하세가와 가즈히코 감독, 사와다 겐지 주연)에서는 원자폭탄을 손에 넣은 테러리스트가 '롤링 스톤스를 일본에 오게 하라'고 정부에 요구했다. 사이고 데루히코는 〈롤링 스톤스는 오지 않았다〉라는 가요곡을 불렀다.

기후의 촌구석뿐 아니라 일본 전체가 아직 록으로부터 멀리 있었던 것이다.

Elvis In Hawaii / Elvis Presley

본문에서는 흉봤지만, 얼마 전 중고 레코드를 사서 들어봤더니 뜻밖에 참 좋았다. 내용도 녹음도 훌륭하다. 엘비스는 역시 노래를 잘한다. 존도 폴도 상대가 안 된다. 당시의 무지함을 사과하고 싶다. 제가 어렸습니다. 요컨대 '디너쇼'로서 일급품인 셈이라 이걸 즐기려면 듣는 사람의 성숙도 역시 중요하다는 뜻인가. 저도 조금은 어른이 됐습니다.

Around The World / Three Dog Night

'무인도에 가져갈 음반 열 장'을 누가 묻는다면 비틀스나 롤링 스톤스보다 먼저 이 밴드의 베스트 앨범을 고를지도 모르겠다. 그만큼 사춘기에 열심히 들었던 음악은 특별하다. 라이브 음반인 이 작품에는 히트곡이 수두룩하다. 속 재킷에는 1972년 내일 당시의 사진이 다수 실려 있어, 당시 일본에서 그들이 얼마만큼 인기 있었는지를 알 수 있다. 공항에서 팬들에게 둘러싸였을 때 그들이 제일 놀랐을 것 같다.

Exile On Main St. / The Rolling Stones

처음 들은 것은 중2 때. 같은 반 학생의 형이 갖고 있어서 들었는데, 지루해서 두 장짜리 음반을 끝까지 들을 수 없었다. 솔직히 고백하자면 '걸작이었다'는 것을 마흔 살 넘어서야 깨달았다. 인기 절정이던 때 용케 이런 뒤죽박죽인 앨범을 냈다 싶다. 믹과 키스는 어떤 신념을 갖고 있었을까. 본인들에게 한번 물어보고 싶지만, 아마 그들도 답을 모를 것이다. 자신의 피가 얼마나 진한지 스스로는 모르는 법이다.

06

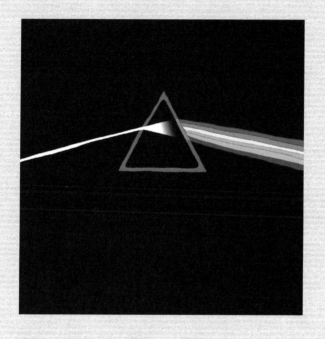

The Dark Side Of The Moon
Pink Floyd

1973년 4월, 오쿠다 소년은 중학교 2학년이 됐다. 1년 사이에 키는 8센티미터 컸고 수염도 살짝 났다. 성장도 성정도 한창때. 그 무렵 구기 대회에서 농구 경기 중에 다리가 부러진 적이 있었다. 처음에는 전치 1개월이라고 진단을 받았건만 보름 만에 싹 나아서, 의사가 "젊으니까 좋구나" 하고 눈을 둥그렇게 떴던 게 지금도 기억에 남아 있다. 세상 모든 것이 나를 축복해주는 듯했다. 십대는 그런 시기다.

'쇠뿔은 단김에 빼라'라는 속담이 정말 딱 맞아서, 지금 생각하면 중학교 때는 주입식 교육이 최고인 것 같다. 당시 나는 새벽 6시에 일어나 검도부 아침 훈련에 갔다가, 여섯 시간 동안 착실히 수업을 받고, 방과 후에는 해가 질 때까지 검도부에서 호되게 훈련을 받다가, 집에 와서 산더미 같은 숙제를 하면서 틈틈이 록에 푹 빠져들었다. 용케 몸이 버텼다 싶다. 이제는 30분만 일하면 집중력이 떨어져 컴퓨터로 마작 게임을 하면서 게으르게 시간을 보낸다. 하하하.

2학년으로 올라와 반이 바뀌었는데, 새로운 반에는 마음 맞는 친구가 없어서 나는 아무 그룹에도 끼지 못했다. 중학생에게는 그것만큼 재미없는 일이 없는 터라 즐거웠던 추억이 별로 없다. 하지만 그 대신 강력한 팝송 팬이 두 명 있어서 그것만은 위로가 되었다.

한 명은 F라는 남학생이었다. 전에 팝송 팬은 다들 성적이 좋았다고 썼는데, 그는 예외로 공부가 꽝이었다. 게다가 동작도 굼떴으니(나도 참 못된 소리를 한다) 원래라면 말을 섞을 일도 없었을 것이다. 그런데 이 녀석에게 고등학생인 형이 있어 집에 비틀스 레코드가 여러 장 있다는 사실이 판명되는 바람에 무시할 수 없게 되었다.

"야, F, 다음에 너희 집에 놀러 가도 되냐?"

"뭐하러?"

F는 무척 냉담했다. 성격도 특이한 녀석이었다.

"비틀스 좀 듣자."

"형 레코드를 맘대로 만지면 혼나."

"뭐 어때서. 잠깐만 듣자. 응? 응?"

나는 비굴하게 애원해 간신히 놀러 가기로 약속을 받아냈다. 굽신굽신하기는 싫었지만, 비틀스를 듣고 싶다는 욕구 앞에서는 어쩔 수 없었다.

그래서 휴일에 쳐들어갔는데, F의 집은 낡은 단층집인 데다 별로 유복해 보이지 않았다. 어둑어둑한 방에서는 퀴퀴한 냄새가 났다.

그 방에서 앨범 《Let It Be》를 들었다. 그 밖에도 이것저것 들었을 텐데 기억이 확실치 않다. F의 집에 《The Concert For Bangladesh》 레코드가 있었다는 것은 기억난다. 박스에 든 세 장짜리 앨범을 보고 얼마나 흥분했는지 모른다. 《The Concert For Bangladesh》는 조지 해리슨이 중심이 되어 뉴욕 매디슨 스퀘어 가든에서 개최했고 에릭 클랩턴, 밥 딜런 등 대단한 멤버가 참가해서 화제가 된 자선 콘서트의 라이브 음반이었다. 당시 가격으로 5000엔. 와우, 이런 걸 갖고 있었다니. 운도 참 좋다.

나는 물론 듣고 싶었는데, F는 "글쎄, 어쩔까" "관둘까" 하고 애만 태우며 좀처럼 턴테이블에 올려놓으려 하지 않았다. 보아하니 일부러 심술을 부리는 모양이었다.

"야, F, 좀 듣자."

그래도 저자세로 나가는 나 자신이 한심했다. 나는 그 정도로 록에 굶주려 있었던 것이다.

F의 집에 세 번쯤 간 것 같은데 이상하게 가족은 누구 한 사람 나타나지 않았다. 보통은 어머니가 주스라도 가져다줄 텐데, 그런 일도 없었다. 그리고 F의 집에는 더치와이프가 있었다.

F가 "내가 좋은 거 보여줄게"라면서 형 방의 반침에서 비닐로 된 뭔가를 꺼내 오더니 튜브처럼 바람을 불어넣었다. 그때가 더치와이프를 처음 본 것이었다(그 뒤로도 본 적이 없지만).

"으헤헤." F는 저속하게 웃으며 그것으로 나를 쿡쿡 찔렀다. 나는 분위기에 맞춰주는 척했지만 솔직히 불편하기만 했다.

어렸을 때는 다른 집의 가정 사정에 관심이 전혀 없었던 터라 생각해본 적도 없었지만, '특이한 가정'이 꽤 있었다. 지금 생각하면 '그 집 어머니는 후처였나'라든지 '걔네 아버지는 야쿠자였던 것 같군'이라든지. F의 집은 마지막까지 수수께끼였다. 그가 중학교를 졸업한 뒤 어떻게 됐는지도 모른다. 이야기가 곁길로 샜다.

같은 반에 있던 또 하나의 팝송 팬은 Y라는 여학생이었다. Y는 성격이 활발하고 조숙한 데다 공부도 잘해서 눈에 띄는 학생이었다. 늦잠 잤다는 이유로 아무렇지도 않게 2교시에 등교한다든지 해서 교사에게 찍히는, 시골 중학교에서는 이색적인 존재였다. 늦잠을 자서 지각하다니, 우리 어머니 같으면 절대 용납하지 않을 것이다. 그러니 Y의 집도 조금 특이했는지도 모른다.

Y에게는 팝송 팬인 고등학생 언니가 있었던 덕에 집에 레코드가 많이 있었다. 가끔 학교에 가져와서 친구들과 빌려주고 빌리고 했던 터라, 먼발치에서 바라보며 '엘피를 대체 몇 장이나 갖고 있는 거냐'며 놀라고 또 부러워하곤 했다.

나는 우리 집에 오디오가 없어서 그 속에 끼지 못하는 게 그렇게 분할 수 없었다. 그래서 Y 앞에서는 록에 별로 관심 없는 척했다.

"오쿠다, 그랜드 펑크 레일로드 좋아해?" Y가 물었다.

"별로. 시끄럽기만 하잖아."

"그래? 멋있는데. 라이브 음반을 한번 들어봐."

"됐어. 난 안 좋아해." 나는 일부러 무관심하게 대답했다.

사실은 듣고 싶어 죽겠다. 하지만 오디오가 없으니 빌려달라는 말도 못 한다. 점점 비굴해지는 오쿠다 소년이었다.

뜻밖에 Y는 록 콘서트 경험도 있었다. 언니를 따라 나고야까지 보러 갔다고 했다.

가카미가하라 시의 중학생에게는 인접한 기후 시조차도 눈부신 도회지였다. 나고야쯤 되면 대도시였는데, 그런 곳에서 부모도 없이, 그것도 밤거리를 걷는다는 행위는 모험이나 다름없어 보였다. Y는 그런 일을 아무렇지도 않게 해내는 것이다.

"나 오늘 아이치 현 체육관에서 시카고 보고 올 거야." Y가 말했다.

"진짜? 좋겠다."

이때만은 오쿠다 소년도 항복했다. 내게는 멀기만 한 록 콘서트였다. 이튿날 "어땠냐? 어땠어? 곡은 뭐였어?" 하고 감상을 조르지 않을 수 없었다.

조사해보니 시카고의 나고야 공연은 1973년 4월 17일이었다. 그럼 반이 바뀌고 난 직후였다는 뜻이니, 중학생은 참 빨리 친해진다고 아무래도 상관없는 부분에 감탄했다.

Y는 가을에 티 렉스의 콘서트에도 갔다. 도저히 내가 당할 상대가 아니었다.

나로 말하자면 라디오에 열심히 신청곡 엽서를 보내 테이프에 녹음하는 나날을 보내는 수밖에 없었다. 중학생은 정말 불공평하다고 생각했다. 자아는 싹터도 자기 힘으로는 어쩔 수 없는 일이 너무 많았다.

그런 때, 오쿠다 소년에게 낭보가 들어왔다. 부모님이 드디어 오디오를 사주겠다고 한 것이다. 나는 기뻐 날뛰었다. 우어,

우어, 우어. 여기서는 세 번은 부르짖어야겠다.

경위는 잘 기억나지 않는데, 내가 하도 갖고 싶어 해서 부모님이 '이건 사주는 게 낫겠군' 하고 판단한 것으로 보인다. 자식에게 쉽게 뭘 사주면 안 되지만, 정말 필요로 하는 물건까지 못 갖게 하면 정신적 고통을 줄 뿐이다. 아버지와 어머니는 내가 슬슬 위축되기 시작한 것을 눈치챘는지도 모른다.

오디오 구입이 결정됐을 때부터 나는 완전히 흥분 상태에 빠져 무슨 레코드를 맨 처음 살까 검토하기 시작했다. 나는 그날이 올 것을 믿으며 저금을 하고 있었다. 2000엔짜리 엘피를 석 장은 살 수 있는 액수였다(나는 축재에 힘쓰는 타입의 소년이었는지도 모른다). 이런 때는 단번에 다 써버려야 한다.

우선 비틀스의 《Sgt. Pepper's Lonely Hearts Club Band》는 빼놓을 수 없다. ELP의 《Pictures At An Exhibition》도 꼭 사고 싶다. 남은 한 장은……. 나는 〈뮤직 라이프〉의 광고를 보며 아주 행복한 시간을 보냈다.

오디오는 특별한 쇼핑이라고 일가족 넷이서 동네에 있는 미야자키 전파상(왠지 몰라도 이름이 기억난다)으로 사러 갔다. 아버지도 나도 제품에 관한 지식이 없어 주인의 안내로 오디오를 몇 개 구경했다. 주인이 제일 강력하게 권한 것은 빅터의 4채널 스테레오로, 나도 첫눈에 이거다 싶었다. 당시는 4채널 방식의 전성기로, 빅터가 CD-4 방식, 소니가 SQ4 방식으로 경쟁하고 있었다. 가전 제조사의 규격 경쟁은 예전부터 있었다.

하지만 4채널 스테레오는 비쌌다. 사이드보드 같은 가구풍 디자인에 정가가 20만 엔쯤 하지 않았을까(이쪽은 기억나지 않는다. 인터넷으로 검색했지만 찾지 못했다). 나는 아무리 그래도 '이걸로 사자'는 말은 못 하고 잠자코 눈치만 보고 있었다. 결정권을 가진 사람은 아버지다. 사치스러운 소리를 할 생각은 없었다. 오디오를 사주는 것만으로도 감지덕지였다.

아버지는 선뜻 "그럼 이걸로 살까" 하고 중얼거리더니 나를 돌아보며 "히데오, 이거면 되겠냐?" 하고 물었다.

나는 내 귀를 의심했다. 세상에, 이걸 사준다고? 대체 무슨 일이 생긴 거지?

아버지는 통이 컸다. 주인이 카세트덱도 곁들이라고 권하자 "그럼 그것도" 하며 의젓하게 고개를 끄덕였다. 한꺼번에 두 가지나 산 것이다.

꺄악. 내가 미국 여중생이었다면 아빠 목에 덥석 매달려 키스했을 것이다. 졸도할 것 같다.

이건 나중에 안 일인데, 아버지는 남들 앞에서 허세를 부리는 면이 있었다. 가령 네 식구가 외식을 하는데, 마쓰(松), 다케(竹), 우메(梅), 세 가지 코스가 있으면 아버지는 반드시 가장 비싼 '마쓰'를 시켰다. 그리고 어머니가 "여보, 됐어. 그렇게 비싼 걸 뭐하러. 그냥 '다케' 시키자. 애들한테는 지나친 호사라고"라며 참견하면 그제야 중간급으로 타협을 보는 게 오쿠다가의 패턴이었다.

아버지는 딱 좋은 순간에 허세를 부려주었다. 그리고 어머니는 이번에 한해 방관자였다. 모르는 상품인 데다 너무 비싸서 감이 잘 안 왔는지도 모른다. 어쨌거나 그렇게 해서 우리 집에 '오디오가 온다 예! 예! 예!'(뭔지 아시겠죠.)* 딱 그런 기분이었다.

오디오는 두 평 남짓한 응접실에 놓였다. 집을 지을 때 산 것까지는 좋았지만 활약할 기회가 거의 없었던 응접세트 중에서 1인용 소파 두 개가 창고로 들어가고, 그 빈자리를 오디오가 차지했다.

아버지는 호화로운 오디오 기기가 우리 집 응접실에 놓인 광경이 무척 마음에 드는 듯 만족스레 실눈을 떴다. 이때 아버지가 산 레코드는 도노사마 킹스의 《눈물의 정조》(이해 300만 장 이상 팔린 대히트곡)였다. 이 음반은 겨우 한두 번 틀고 창고로 갔다. 아버지는 음악에 관심이 없는 듯, 그 뒤로

---

* 1964년에 개봉된 비틀스의 첫 주연 영화 〈어 하드 데이스 나이트(A Hard Day's Night)〉의 일본어 제목이 '비틀스가 온다 예! 예! 예!'였다.

는 레코드건 시디건 한 장도 사지 않았다. 그런 아버지도 작년 83세로 타계했다. 아멘. 아니, 우리 집은 천태종이었던가. 나무아미타불. 그때 오디오 사주셔서 고맙습니다.

그건 그렇고 내가 처음 산 레코드 이야기를 하자. 검토에 검토를 거듭한 결과, 앞서 언급한 두 장과 더불어 핑크 플로이드의 《The Dark Side Of The Moon》을 골랐다. 프로그레시브 록의 거물 밴드가 그해 4월에 내놓은 신작이었다. 3분짜리 노래가 아니니 라디오에서 틀어주는 일은 없었지만, 절찬하는 평을 워낙 많이 들었던 터라 꼭 들어보고 싶었다.

오쿠다 소년, 단번에 엘피 석 장을 소유하게 되었다. 흑흑. 염원을 이룬다는 게 이런 건가요.

처음으로 자기가 산 레코드에 바늘을 올려놓았을 때의 감격을 쓰고 싶지만, 공교롭게도 기억이 없다. 원래 그런 것이다. 40년도 더 된 일이다. 이 에세이는 일절 각색 없이 쓰고 싶으니 꾸며내지는 않으련다. 하지만 지금까지의 경험에 비추어볼 때, 오쿠다 소년이 재킷을 이리 뜯어보고 저리 뜯어보고, 레코드는 미술품 다루듯 조심스레 다루고, 온 신경을 집중해 들었을 것은 상상하기 어렵지 않다. 첫 석 장을 날이면 날마다 듣고 또 들었을 것이다. 지금도 전곡을 완벽하게 뇌내(腦內) 재생할 수 있을 정도이다. 여기서 잠깐 감상을.

《Sgt. Pepper's Lonely Hearts Club Band》는 '팝 역사에 찬연히 빛나는 명반'이라고 처음부터 각인돼 있었던 탓에 나도 '그럴 게 틀림없다'고 믿으며 들었다. 확실히 곡의 완성도와 A면, B면을 하나로 아우르는 것은 훌륭해서, '40분간의 예술'을 최초로 이룩해낸 앨범이라는 것을 열세 살 중학생인 나도 이해할 수 있었다. 나는 다른 팝송 팬들에게 "이걸 안 들으면 어디 가서 명함도 못 내민다" 하고 잘난 척하며 해설을 늘어놓았다.

하지만 속으로는 《Abbey Road》가 더 좋았고, 더 뛰어나다고 느꼈다. 《Sgt. Pepper's Lonely Hearts Club Band》에는 '이거 진짜 필요한가?' 싶은 게 두어 곡 있다. 전체적으로 화장을 짙게 한 듯한 느낌도 들고.

하기야 이 앨범이 없었다면 팝의 역사는 지금과 전혀 달랐으리라는 것도 명백하다. 브라이언 윌슨의 《SMiLE》도, 더 후의 《Tommy》도 탄생하지 않았을 것이다. 명반은 영향력을 포함한 평가라고 생각한다.

《Pictures At An Exhibition》은 무소륵스키의 모음곡을 록으로 편곡해서 연주한 라이브 음반이다. 나는 클래식 음악에는 일절 관심이 없었지만, 록의 색이 입혀지니 갑자기 좋아졌다. 원래부터도 아름다운 멜로디에 리듬이 더해졌기 때문일 것이다.

　이 시대에는 록에 클래식을 도입하는 게 유행이었다. 클래식 음악에 대한 내 지식은 지금도 태반이 이때 체험에서 비롯된다. '오오, 이건 키스 에머슨의 오르간 솔로에 들어 있던 프레이즈로군'이라든지 '아니, 이건 리치 블랙모어가 그 곡에서 연주한 리프잖아'라든지. 포커스의 〈Hamburger Concerto〉의 원곡이 브람스였다는 것을 최근에야 알았다. 이런 발견을 하면 그렇게 기쁠 수 없다.

　《The Dark Side Of The Moon》은 현재 명반 중의 명반이라 이야기되는 앨범이지만, 당시 이미 일본에서도 날개 돋친 듯 팔렸다. 팝송 엘피가 오리콘 차트 2위까지 올라간 것이다 (조사해보니 1위는 아마치 마리였다). 어째서 싱글 히트도 없는 록 엘피가 그렇게 많이 팔렸는가 하면, 중학생도 쉽게 이해할 수 있는 음악이었기 때문이라고 생각한다. 심장 고동을 연상시키는 오프닝의 베이스 드럼이라든지, 뛰어다니는 발소리의 효과음이라든지, 자명종 시계의 일제 공격 등 갖은 잔재미가 들어 있다. 테마파크 같은 즐거움의 승리라 해도 과언이 아니다. 연속해서 들으면 장대한 드라마를 즐길 수 있으니 카타르시스도 있다.

핑크 플로이드는 원래 영국 포크의 풍미도 지닌 밴드였는데, 이 한 장으로 인생이 크게 바뀌어 이후 대작만 허용되는 숙명을 지게 된다. 메가히트는 그런 점이 무섭다.

이상. 이 세 장은 지금도 내 레코드 장식장에 있다. 재킷은 이미 다 해졌지만. 그나저나 중학생 때 산 물건을 지금도 소중히 간직하는 것은 우리 록 중년들 정도일 것이다. 하하하.

당시 나는 가카미가하라 시의 나카 지구에 있는 악기점에서 레코드를 사곤 했다. 내가 알기로 시내에 레코드 전문점은 없었던 것 같다. 오래된 민가 1층에 위치한 악기점은 언제 가도 사람이 없었다. 새시 문을 열고 안으로 들어가면 점포다운 조명 없이 푸르스름한 형광등만 밝혀져 있었다.

레코드는 중앙의 박스에 진열되어 있었는데, 엘피는 다 합해서 1000장이 있을까 말까 했다. 그중 팝송은 얼마나 됐을까. 없는 것은 주문해서 샀다.

나는 그곳까지 5킬로미터쯤 되는 거리를 자전거로 다녔다. 통학구역 밖으로 나갈 때는 교복을 착용한다는 규정이 있었으므로 교복 차림으로 갔다. 대체로 혼자였다. 찬찬히 고르고 싶었거니와 레코드는 혼자 사는 것이라고 생각하고 있었다.

30분 이상 걸려 한 장을 고른 다음 가게 안쪽을 향해 "여기요" 하고 부르면, 그때야 비로소 아주머니가 나와 계산해주었다. 나는 금세 단골이 되었다. 문의 전화를 자주 했던 터라 '오쿠다 군'이라고 이름으로 불리게 되었다. 덕분에 포스터도 많이 얻었다. 이번에 구글 스트리트 뷰로 그곳을 찾아봤는데 이미 없어진 뒤였다.

The Concert For Bangladesh / George Harrison

본문에서 썼듯이 세 장짜리 앨범이다. 실은 최근 들어 중고 레코드로 오리지널 음반을 구입했다. 어쩐지 원수를 갚은 기분이다. 옛 영국령인 방글라데시는 1971년 파키스탄으로부터 독립했으나 내전과 기아로 고통받고 있었다. 그렇기에 영국인인 조지가 원조하려 했을 것이다. 그런 사실을 이번에야 알았다. 자선 콘서트의 선구자이기도 하다. 하이라이트는 리언 러셀의 〈Jumpin' Jack Flash / Youngblood〉 메들리. 지금 들어도 근사하다.

Meddle / Pink Floyd

핑크 플로이드는 〈The Dark Side Of The Moon〉에 감동해서 예전 작품을 찾아 들었는데, 그중에서도 이 작품은 오래도록 애장 음반으로 남았다. A면은 〈One Of These Days〉를 빼면 거의 포크 앨범이나 다름없다. 그런 느슨함이 목가적이고 좋았다. 지금은 이런 앨범을 만들어도 대형 레코드 회사에서 절대로 내주지 않을 것이다. 상업주의가 침투하기 직전의 록이 가장 재미있었던 것 같다. 그 시대에 들을 수 있어서 행복했다.

Live Album / Grand Funk Railroad

1971년 전설의 고라쿠엔 구장 콘서트(억수같이 퍼붓는 뇌우, 팬의 폭동 등으로 일반지에까지 기사가 실렸다)로 인해 일본에서는 한동안 록의 대명사 같은 존재였지만, 한편으로는 '시끄럽기만 하고 단순하다'고 깎아내리는 의견도 많았다. GFR를 듣는 녀석은 골이 비었다는 말까지 들었다. 그러고 보니 그때 일본 공연은 전부 녹음테이프였다는 도시 전설도 뿌리 깊게 남아 있었다. 진상은 과연 어떨지. 참고로 〈Heartbreaker〉는 이노우에 요스이의 〈우산이 없어〉와 판박이다.

07

Live In Japan
Deep Purple

1973년 초여름, 오디오가 생겨 기분이 째지던 오쿠다 소년
은 더더욱 록의 길을 치달았다. 관심의 태반은 레코드를 사는
데 있었고, 용돈은 모조리 레코드 구입 자금으로 썼다. 〈뮤직
라이프〉의 앨범 평 및 새 음반 광고를 전보다 더 열독하고 음
미했다.

이번 달은 뭘 살까, 후보에 빨간 동그라미를 치면서 점점 범
위를 좁혀간다. 그리고 최종적으로 한 장을 정한다. 그래놓고
레코드 가게에 가면 다시 처음부터 고민하지만. 레코드를 고
르는 시간은 내게 더없는 행복이었다.

뜬금없이 이야기가 곁길로 새는데, 내가 지금도 카탈로그를
좋아하는 것은 그 무렵 버릇이 들어서가 아닐까 싶다. 부동산
광고 전단을 보고 있어도 전혀 싫증이 안 난다. 평면도를 보면

서 '이 중에서 하나를 산다면 이거려나' 하고 머릿속으로 시뮬레이션하면서 논다. 피자 배달 메뉴조차 '토핑을 추가한다면 이거려나' 하면서 30분은 혼자 시간을 죽일 수 있다. 하여간 팔푼이 같은 인간이 되고 말았다.

나는 처음부터 앨범파였다. 내 기억에 싱글은 몇 장 안 산 것 같다. 당시 싱글의 가격은 대개 500엔이었다. 엘피는 2000엔. 500엔 내고 두 곡에 6분밖에 못 듣는 도넛판보다 2000엔에 평균 40분의 음악을 들을 수 있는 엘피가 가격 대 성능비가 더 좋은 것은 자명한 이치다. 싱글은 약간 손해 보는 느낌이다.

하지만 그 이상으로 나는 록 레코드를 '40분짜리 작품' 으로 듣고 싶다는 욕구가 강했던 것 같다. 비틀스의 〈I Am The Walrus〉는 물론 단독으로 들어도 명곡이지만,《Magical Mystery Tour》라는 자유분방한(날이 섰고 두서가 없다) 앨범 의 A면 마지막에 올 때 존재감을 한층 더 발휘한다. 오쿠다 소년은 하나로 아울러 듣는 음악의 묘미를 알고 만 것이다. 그 탓에 인기 차트에 대한 흥미가 급속하게 식었다. 〈홀리데이 히트 팝스〉의 차트를 매주 공책에 베끼던 것도 오디오를 갖게 된 뒤 로는 그만두었다. 신청곡 엽서도 안 쓰게 됐던 것 같다. 레코드 를 산다는 목표가 생기면서 엽서 사는 돈이 아까워진 것이다.

당시 나는 한 달에 한 장꼴로 엘피를 샀다. 자세한 기억은 남아 있지 않지만, 고등학교에 입학해서 새로 한 반이 된 학생에게 '엘피를 서른 장 갖고 있다'고 했더니 엄청 놀랐던 기억만은 뚜렷하다. 그러니 중2, 중3, 대략 2년 동안 서른 장 샀다는 뜻이리라.

여기서 알 수 없는 것은 자금원이다. 레코드 서른 장을 살 돈은 대체 어디서 났나. 엘피는 도중에 2500엔으로 값이 인상됐고(석유파동의 영향이었다), 두 장짜리 앨범도 샀으니 상당한 지출이었을 것은 틀림없다. 그런데 수입은 용돈과 세뱃돈뿐. 어떻게 봐도 계산이 맞지 않는다. 나쁜 짓은 안 했고, 할머니에게 조른 적도 없고…….

중1 때 1000엔이었던 한 달 용돈은 2학년이 되면서 인상됐을 텐데, 액수까지는 기억에 없다. 설령 두 배인 2000엔이었다 해도 지출 초과다. 아무리 기억을 뒤져봐도 그 언저리에 관해서는 기억의 실이 끊어져 있다. 워낙 오래된 일이니 말이다.

뭐, 상식적으로 생각할 때 부모님이 주었을 것이다. 길 가는 사람이 주었을 리는 없고. 분명 내가 엔간히 열중하는 게 아니다 보니 부모님도 압도되어 가끔 임시 용돈을 준 것이리라. 바라면 이루어지는 법이다.

아, 하나 생각났다. 검도부였다는 것은 전에 썼는데, 나는 승급 시험 때마다 응시료(500엔쯤이었다)를 부모님에게 받아서는 시험을 치르지 않고 착복했다. 우리 중학교 검도부는 우호적인 분위기에 규율이 빡빡하지 않았던 터라 선배들이 그렇게 하기에 나도 따라 한 것이었다. 그러고 보니 나쁜 짓도 했다. 그 외에도 이렇게 저렇게 속여서 돈을 타냈나 보다. 점점 자신이 없어진다.

중2 때 산 레코드 중에 나를 가장 강력하게 녹아웃시킨 것은 딥 퍼플의 《Live In Japan》이었다. 1972년 내일 공연 무대를 거의 고스란히 수록한 실황 녹음 음반이고, 내가 처음 산 두 장짜리 앨범이기도 하다. 늘 가는 레코드 가게에 주문했는데, 어째선지 들어오기까지 한 달 가까이 걸리는 바람에(느긋한 시대였다) 꽤나 기다려야 했던 탓도 있어, 손에 넣었을 때는 감격스러웠다.

일단 뭐니 뭐니 해도 무대를 대각선 뒤쪽에서 잡은 재킷 사진이 멋지다. '우와, 이게 일본 부도칸인가.' 나는 넋을 놓고 바라보지 않을 수 없었다. 중앙 객석에서 2층까지 사람, 사람, 사람으로 꽉 찼다. 뒷면 사진에서는 청중이 의자에 앉아 있지만, 앞면 사진에서는 모두가 일어나 통로까지 메우고 있다. 비포, 애프터 식이다. 그 현장감이란. 지금 생각해도 훌륭한 재킷이다.

일본에서 'Live In Japan'이라는 제목으로 발매된 이 앨범은, 그 밖의 다른 나라에서는 'Made In Japan'이라는 제목으로 나오면서 재킷도 평범하고 시시한 무대 사진으로 교체되었다. 레코드 회사 본가는 하여간 바보 같은 짓을 했다. 일본 사람이 만든 것을 채용하는 게 아니꼬워 싫었던 게 틀림없다.

레코드는 당시 신곡이었던 〈Highway Star〉로 시작된다. 각각의 악기가 제멋대로 시작하더니 서서히 하나로 수렴되면서 열기가 높아진다. 보컬 이언 길런이 "Song called Highway Star, Yeah!"라고 곡명을 말한 순간, 드럼이 음량을 높이고 직후에 리치 블랙모어의 기타가 작렬한다. 오쿠다 소년은 이 오프닝만으로 소름이 좍 돋아서는 '마침내 최고의 하드록을 만났다'고 엄청나게 흥분했다.

모든 곡이 스튜디오 버전보다 템포가 빠르고 연주 시간이 긴 것에 나는 압도되었다. 〈Strange Kind Of Woman〉에서 이언 길런의 팔세토와 리치의 기타 애드리브가 서로 주거니 받거니 하는 게 얼마나 멋지던지. 갓 만들어 뜨끈뜨끈한 이 작품을 먼저 들은 탓에, 나중에 들은 《Machine Head》와 《Fireball》이 식은 피자처럼 느껴질 지경이었다.

하이라이트는 마지막의 〈Space Truckin'〉. D면을 통째로 사용해 20분 가까이 이어지는 연주에 나는 처음으로 임프로비제이션의 쾌감을 알았다. 불꽃 튀는 솔로의 응수, 밴드 앙상블의 아름다움, 정과 동이 교차하는 풍부한 뉘앙스가 바로 록의 왕도가 아닐까 하는 생각을 강하게 품게 되었다.

그 영향으로 1절 부르고, 2절 부르고, 후렴이 나오고, 3절 부르고, 마지막으로 또 후렴이 나오는, 3분 동안 기승전결을 이루는 히트송이 갑자기 재미없게 느껴졌다. 내가 받은 인상으로, 팝송 팬의 분기점은 임프로비제이션에 반응할 수 있느냐 없느냐가 아니었을까 싶다. 한없이 이어지는 기타 솔로며 드럼 솔로를 지루하게 느끼는 소년 소녀도 당연히 있었다. 그런 애들은 연주보다 곡을 좋아했을 것이다.

나는 주위의 팝송 팬에게 '이거 엄청나다'라며 억지로 음반을 빌려주고 듣게 했지만, 모두가 나처럼 흥분하지는 않았다. '곡이 너무 길다'는 냉담한 감상도 있어서 타인과 취향이 다르다는 것을 느껴야 했다. 오쿠다 소년은 이때부터 동급생들과 다른 길을 걷게 되었다.

여기서 생각나는 게 있는데, 중2 때 음악 시간에 딥 퍼플의 《Live In Japan》을 튼 적이 있었다. 레코드 감상 시간이 있어서 평소에는 클래식을 들었는데, 내가 음악 교사(젊고 예쁜 여선생이었다)에게 "록 한 번만 들을게요" 하고 억지로 부탁했다.

음악실에 앉은 동급생 마흔 명. 선생이 "오늘은 오쿠다가 가져온 록 레코드를 듣겠어요"라며 낡은 턴테이블에 레코드를 얹는다. 바늘을 놓는다. 흘러나오는 곡은 〈Highway Star〉.

어떠냐, 이게 진짜 하드록이다. 귓구멍 열고 똑바로 들어라. 나는 속으로 선언했다. 장짜, 장짜, 빠빠빠빠빵. 록의 세찬 리듬이 음악실에 울려 퍼졌다. 나는 여봐란듯이 몸을 가볍게 들썩이며 리듬을 타는 포즈를 취했다. 음량이 꽤 컸다고 기억한다. 내가 '소리가 크지 않으면 의미가 없다'고 멋대로 볼륨을 올렸기 때문이다.

그러나 동급생들은 반응이 없었다. 의자에 가만히 앉아 한마디도 하지 않고 듣고 있었다. 야, 너희, 몸을 움직여도 돼. 이건 록이라고. 자유롭고 어른들이 얼굴을 찌푸리는 록이라고.

하지만 다들 꼼짝도 하지 않았다. '오오' '호오' 같은 소리도 들리지 않았다. 동급생들은 그저 무표정하게 앞만 보고 있었다.

나만 혼자 설치면서 완전히 겉돌고 있었다. 지난 회에 썼던 팝송 동지인 F와 Y도 우리 반에 있었을 텐데, 기억에 없는 것을 보면 똑같이 반응이 없었을 것이다.

그렇게 해서 레코드 A면 약 20분이 끝나고 박수도 탄성도 없는 가운데 선생이 "대단한 하드록이었네요" 하고 냉담하게 말한 것으로, 록 감상 프로그램은 어색한 분위기 속에 끝났다. 으음. 나는 지루한 음악 수업에 혁명을 일으켰다고 생각했는데, 그야말로 혼자 쇼를 한 것이었다. 록의 전도사는 고독했다.

딥 퍼플의 《Live In Japan》은 안팎으로 높은 평가를 받아, 그 뒤 외국 아티스트의 일본 공연 실황 녹음 음반이 연이어 발매되었다. 산타나, 시카고, 벡 · 보거트 앤드 어피스, 마운틴……. 외국 연예인의 일본 방문이 아직 귀하던 시대였으니 기념 음반을 남긴다는 의미도 있었을 것이다. 지금에 와선 녹음해줘서 고맙다 싶은 귀중한 음반도 많이 있거니와, 덕분에 일본의 록 시장이 세계에서 주목받았다는 공적도 간과할 수 없다. 분명히 말해서 1970년대 초반의 일본은 영미 뮤지션들에게 '그런 극동 섬나라에 우리 팬이 있단 말이야?' 정도의 인식이었다. 그 때문에 녹음에 대한 허가도 '하든지 말든지' 하는 사례가 많았던 모양이다. 그런데 뜻밖의 높은 완성도에 뮤지션 자신이 놀라 본국에서도 발매되면서 'BUDOKAN'이 서서히 알려지게 된 것이다.

훨씬 나중 일이지만, 일을 통해 알게 된 홍콩의 음악 관계자가 "십대 때 일본에 가서 부도칸에서 록 콘서트 보는 게 꿈이었는데요"라고 말한 것을 듣고 감탄한 적이 있다. 한국이나 대만도 사정은 마찬가지일 것이다. 그들은 본고장을 동경하기 이전에 같은 아시아인 일본에 록 시장이 있다는 데 대해 선망을 품었다. 시골의 로큰롤 소년도 후배가 생긴 기분이다. 하하하.

그런데 당시의 각종 '라이브 인 재팬' 음반을 듣다 보면 깨닫게 되는 게 하나 있다. 당시 일본의 청중에게 만연했던 '손뼉병'이다. 재패니즈는 하여간 1년 내내, 아는 게 그것밖에 없는 양 손뼉을 치고 앉았다. 템포가 빠른 곡이야 그렇다 치더라도, 발라드가 됐건 드럼 솔로가 됐건 가리지도 않는다. 얼마나 짜증 나는지. 게다가 박자는 어긋나지, 가끔은 귀에 거슬려 미칠 지경이다. 딥 퍼플의 〈Smoke On The Water〉 첫머리에서는 청중의 오봉 춤풍 박수에 울컥한 리치가 도입부를 중단하고 기타 커팅으로 리듬을 유도하고 있고, 《Beck, Bogert & Appice Live》에 수록된 〈Why Should I Care〉 첫머리에서는 팀 보거트가 명확하게 "박수 치지 마"라며 청중에게 화를 낸다.

당시의 일본인은 록이라는 새로운 음악 앞에서 어떻게 감정 표현을 하면 좋을지 몰랐던 게 틀림없다. 저마다 즐긴다는 행위를 일본인은 특별히 어려워하는데(프로야구나 축구의 응원 풍경을 보면 알 것이다), 록도 마찬가지라 손뼉이 유일하게 '우리 지금 즐기고 있어요' 하는 의사 표시였던 것이다. 당시 일본에 왔던 뮤지션은 일본 청중에 대해 다들 입을 모아 '따뜻하고 예의 바르다'고 평했지만, 손뼉에 대해서만은 진저리를 치지 않았을까.

딥 퍼플의 라이브 음반으로 오쿠다 소년은 록의 계단을 한
단 더 올라갔지만, 임프로비제이션의 스릴을 가르쳐준 리치에
게 특히 심취해서 오랫동안 내게 기타 하면 리치 블랙모어였
다. 당시 이미 '브리티시 록 3대 기타리스트'로서 에릭 클랩턴,
지미 페이지, 제프 벡이 군림하고 있었지만, 나는 도무지 납득
할 수 없었다.

'다들 리치보다 느린데.'

그렇다. 나는 스피드가 록 기타리스트의 진수라고 믿고 있
었던 것이다.

같은 무렵 지미 페이지의 밴드인 레드 제플린의 《Led
Zeppelin II》도 사서 들었는데, 내게는 아주 답답한 블루스 록
이었다. 느릿한 〈The Lemon Song〉 같은 것은 '나 그만 가련
다' 하고 싶어질 만큼 지루했다. 〈Heartbreaker〉의 기타 솔로
는 빠르게 친다고 하는 것 같은데, 특급열차 리치호에 비하면
준특급 수준이다. 페이지 군, 왜 이렇게 느린가(아아, 중학교
2학년. 이 작품이 록 역사상 굴지의 명반임을 깨달은 것은 고
등학생이 되고 나서였다).

클랩턴도 마찬가지로, 도취되어 눈을 감고 어깨를 움츠리며

하는 초킹은 내게 시간 낭비에 불과했다. '슬로 핸드'라는 칭호부터가 시합 포기나 다를 바 없다고 생각했다.

백만은 백, 보거트 앤드 어피스 라이브 음반의 박력으로 '쓸만한 녀석'이라고 높이 평가했지만, 연주에서 거친 인상을 지울 수 없었거니와 곡에 매력도 없었다.

그 점에서 리치의 기타는 음색이 명료하고 플레이 하나하나가 면도칼처럼 예리했다. 트레몰로 암을 사용한 다채로운 비브라토도 자극적이라 듣고 있어도 싫증 나지 않았다. 그리고 무엇보다도 스테이지 액션이 멋졌다. NHK의 〈영 뮤직 쇼〉에서 본 리치는 기타를 풍차처럼 휘둘렀다가, 등 뒤로 돌려 연주했다가, 바닥에 뒹굴며 부츠 바닥으로 현을 문질렀다가, 하여간 연달아 펼치는 거친 퍼포먼스가 얼마나 근사하던지.

훗날 클래식 기타 주자가 록에 대해 "록 연주자는 미치광이인 척해서 싫다"는 발언을 해서 쓴웃음을 지은 적이 있는데, 의외로 정곡을 찌른 발언이었는지도 모른다. 나는 리치의 광기 어린 점이 좋았다. '척'인지 아닌지는 별개로 치고, 리치는 듣는 이로 하여금 '이 사람 미쳤군' 하고 두려움을 느끼게 하는 뭔가가 있었다. 온몸에서 배어 나오는 괴짜 분위기도 따라올 자가 없었다. 그러고 보니 이 사람, 남들과 공연(共演)을 하는 법이 없다.

나는 무의식중에 그의 광기와 고고함을 감지하고 공감을 느꼈는지도 모른다.

참고로, 1970년대에는 유아독존을 관철했던 리치 대장은 종반에 모발을 심은(젊어서부터 머리숱이 없었다) 언저리부터 이상해지더니, 1980년대로 넘어오자마자 대중적인 산업록으로 갈아타 왕년의 팬을 실망시켰다. "전미 탑 40에 드는 히트곡을 내놓고 싶었다"나. 이거야 원, 그게 댁이 할 소리요.

그 무렵 리치는 내 수비 범위 밖이라 화도 나지 않았지만, 지금에 와서는 그런 기행(奇行)도 귀엽게 느껴진다. 분명 그는 팬 따위 알 바 아닌 것이다(역시 유아독존인가). 지금은 젊은 아내와 함께(네 번째 부인이라 한다) 중세 르네상스풍 포크 노선으로 활동 중이다.

리치를 격하게 동경했던 오쿠다 소년은 자연스레 자신도 기타를 치고 싶어졌다. 빠른 속도로 디기디기 쳐서 같은 반 학생들을 놀라게 해주고 싶다. 음, 기타 갖고 싶다. 하지만 그런 돈은 없다.

내가 기타가 갖고 싶다고 말하자, 부모님은 처음에 들은 척도 하지 않았다. 그러나 아버지가 어느 날 "회사 게시판에 '안 쓰는 기타가 있으면 싼값에 파십시오' 하고 붙여놨다"라고 말했다. 타계하고 나서 알았는데 아버지는 회사 총무부 같은 곳에 있었던 모양이다. 아들은 아버지를 모르게 마련이다.

나는 가슴 두근거리며 그날을 기다렸다. 얼마 안 있어 아버지가 중고 포크 기타를 들고 돌아왔다. 상태가 별로 좋지 않아서 공짜로 얻었다고 했다.

우어. 나는 기뻐 날뛰었다……고 말할 수 있으면 좋겠지만, 바디의 도장이 벗겨지고 넥이 뒤틀린, 고물도 그런 고물이 없는 기타였던 터라 나는 내심 낙담했다. 넥과 현 사이가 1센티미터나 벌어져 있어 현을 제대로 짚을 수도 없었다. 아버지의 눈을 의식해 얼마 동안 연습하는 척했지만, 금세 창고에 처박아놓았다.

그 뒤 고등학생이 되고 나서 제대로 된 기타를 손에 넣었지만, 〈Stairway To Heaven〉의 도입부만 반복해서 칠 뿐이었다. 나는 철저한 작심삼일 인간이었다. 우리 집에는 지금도 기타 두 개와 우쿨렐레, 전자피아노, 트럼펫, 블루스 하프 등의 악기가 있지만, 확실하게 배운 건 하나도 없다. 악기에 대한 동경은 십중팔구 그냥 동경으로 끝날 것이다. 다시 태어날 수 있다면 리치 블랙모어가 되고 싶다. 1970년대 한정으로.

PICK UP

Beck, Bogert & Appice Live / Beck, Bogert & Appice

1973년 내일 공연의 라이브 음반. 제프 벡이 주역인 밴드인 줄 알았건만, 미국인 둘이 어찌나 설치던지, 노래하지, 고함치지, 객석을 마구 띄운다. 밴드의 수명이 짧았던 것도 과연 그럴 만했다. 벡은 독재자가 아니니까. 그렇기에 그 뒤의 《Blow By Blow》나 《Wired》 같은 크로스오버의 걸작이 가능했던 것이다. 이 음반은 연주도, 녹음도, 편집도 거칠지만, 그 시대 록의 기세를 잘 나타내는 것만은 분명하다.

Lotus / Santana

요코오 다다노리의 22면 재킷도 화제가 됐던 산타나의 세 장짜리 라이브 음반. 이 무대를 본 사람이 그렇게 부러울 수 없다. 1970년대 초반의 산타나는 그야말로 신들린 것 같았고 핑크 플로이드나 예스보다도 프로그레시브한 밴드였다고 생각한다. 2013년 오랜만에 일본에 와서 공연을 보러 갔더니, 무대 위에서 젊은 아내와 시시덕거리는 엉큼한 영감쟁이였다. 연주도 완전히 '라틴 가요 쇼'였고, 내 청춘 물어내라.

Led Zeppelin II / Led Zeppelin

나중에 걸작이라는 것을 깨달았지만, 처음 들었을 때는 왜 이 밴드가 딥 퍼플보다 더 급이 높다고 하는 건지 알 수 없었다. 블루스는 따분하기만 할 뿐. 중딩은 받아들일 수 있는 용량이 작다. 고백하자면 산 지 얼마 안 돼서 친구에게 반값에 팔았다. 그러다가 고등학교 때 다시 사서 그 뒤로 '평생의 벗'으로 삼았다. 블랙커피를 마실 수 있게 된 것과 같은 시기였다. 어린애 입맛을 졸업해야 알게 되는 록이 세상에 많이 있다는 뜻이다.

08

Black Ship

Sadistic Mika Band

중학교 2학년 2학기가 되어 나는 기후 시 야나가세로 영화를 보러 다니기 시작했다. 가카미가하라 시와 인접한 기후 시는 가장 가까운 역(말이 그렇지, 우리 집에서 3킬로미터 이상 떨어져 있었지만)에서 전철로 20분 정도의 거리였지만, 기분 상으로는 다른 세계에 발을 들여놓는 느낌이었다. 논밭밖에 없는 시골에서 현청 소재지다운 도시로 나가는 것이다. 기후 시에는 노면전차가 있는가 하면 백화점도, 성도, 큰 공원도 있다. 차도 많이 다닌다. 나는 기후 시에서 태어나기는 했어도 초등학교 2학년 때까지만 살았으니, 인격 형성이라는 측면에서는 거의 가카미가하라산이라 해도 과언이 아니었다. 도시의 냄새를 깨끗이 잊어버리고 어엿한 시골 소년이 되어 있었다. 그렇기에 기후 시에 가는 날은 특별한 날이었거니와 긴장도 약간 됐다.

갈 때는 교칙대로 교복을 입었다. 부모 동반 없이 영화를 보러 가는 것 자체가 교칙 위반이건만, 왜 그런지 사복 차림으로 간다는 생각을 못 했다. 야나가세에 중학생들끼리 사복을 입고 가다니, 우리에게는 너무나도 황공한 일이라 조금이라도 죄의식을 줄이고 싶었는지도 모른다.

더불어 불량배가 무섭다는 이유도 있었다. 우리 지역에는 불량 중학생이 거의 없었지만, 기후 시에는 득시글득시글했다. 검도 대회로 다른 학교에 원정 경기를 갔을 때, 체육관 뒤에서 불량 학생들이 모여 담배 피우는 장면에 맞닥뜨리는 바람에 간 떨어질 뻔한 적이 있었다. 나는 촌티 나는 빡빡머리 중학생이건만, 저쪽은 리젠트 머리에 스카맘 차림(기후에서는 '본탄'이 아니라 '스카맘'이라고 불렀다. '요코스카 맘보'의 약어라 한다), 게다가 입에 담배까지 물었다. 전형적인 불량이 아닌가. 실물을 직접 본 것은 처음이었다. 헉, 이런 인간들이 실제로 있다는 말인가. 신기해서 무심코 쳐다봤다가 "너 뭐야" 하고 에워싸는 바람에 도망치느라 애먹었다. 특히 불량배들이 풍기던 헤어 제품 냄새가 기억에 남아 있다. 우리 중학교에서는 있을 수 없는 일이었다. 아아, 이런 게 도시 애들이구나. 나의 촌놈 콤플렉스는 이 언저리에서 시작된 것 같다.

당시 야나가세는 신주쿠 가부키 정과 마찬가지로 불량배가 잔뜩 있는 무서운 곳이라는 이미지가 있었다. 평화롭게 살고 싶은 오쿠다 소년은 눈에 띄는 복장 탓에 누가 시비를 거는 일은 피하고 싶었다.

초장부터 이야기가 곁길로 샜다.

친구와 함께 보러 간 영화는 〈시계태엽 오렌지〉였다. 스탠리 큐브릭 감독의 폭력 영화다. 중학생이 왜 그런 난해한 영화를 택했느냐 하면 '여자 알몸이 많이 나오기' 때문이었다. 영화 잡지 〈스크린〉에 주인공들이 여자를 잡아 발가벗기는 화보 사진이 여러 장 나온 것을 보고, 다른 친구들과 '이거 보러 가자' 하고 뜻이 맞았다.

물론 영화는 뭐가 뭔지 알 수 없었거니와 중학생은 우리뿐이라 아주 곤혹스러웠지만, 우리끼리 야나가세에 금발 여자의 알몸이 나오는 외국 영화를 보러 갔다는 것은 어엿한 모험이었던지라 학교에서 있는 대로 떠벌리고 다녔다. "재미있었냐?" 하고 누가 물으면 "엄청" 하고 대답했던 것은(거짓말이지만) 말하나 마나다.

그다음 보러 간 것은 테렌스 영 감독의 〈아마조네스〉였다. 이것도 '여자 알몸이 잔뜩 등장한다'는 이유에서였다. 오쿠다 소년과 친구들은 야한 것이라면 사족을 못 썼던 것이다. 조사해보니 당시 〈프렌치 커넥션〉이라든지 〈더티 해리〉 같은 훗날 명화라 불리는 작품이 상영되고 있었다. 왜 그때 극장에서 실시간으로 보지 않은 건가 그렇게 후회될 수 없지만, 중학생이란 원래 어리석은 선택을 하게 되어 있을 것이다. 실패도 성장의 양식(糧食)이다.

기후 시에 가면 당연히 레코드 가게에도 들렀다. 그 무렵에는 중심가에 레코드 가게가 두 곳 있었다(하나는 지유쇼보라는 대형 서점의 레코드 매장이었지만). 그곳을 도는 게 내게는 영화 이상의 즐거움이었다. 어쨌거나 우리 동네 레코드 가게와는 들여놓은 물건이 다르다.《Leon Live》며《Yessongs》같은 세 장짜리 앨범이 당연하게 있곤 했다.

우어. 음악은 들을 수 없어도 재킷만으로 흥분했다. 그리고 손에 들었을 때 느껴지는 중량감. 레코드에서 시디 시대로 이행됐을 때 요즘 젊은이들은 재킷의 디자인이며 질감에 가슴 설렐 일도 없겠다고 동정했지만, 이제는 음원 다운로드가 주류다 보니 레코드 가게를 구경 다니는 즐거움도 없다. 주변 오락이 파생되지 않는 문화는 재미없다.

하기야 이것도 늙은이의 노스탤지어일 것이다. 지금보다 옛날이 더 나을 리 없다. 요새 카스테레오는 시디를 하드디스크에 저장할 수도 있고, 블루투스 기능으로 아이패드나 워크맨을 들을 수도 있다. 아날로그 시대로 돌아가고 싶은 마음은 나도 없다.

전철을 타고 시내로 나가게 되면서 내 행동반경은 비약적으로 넓어졌다. 생각해보면 남자는 소년 시절에 그런 경험을 두 번 한다. 첫 번째는 자전거를 탈 수 있게 됐을 때. 두 번째는 혼자 교통기관을 이용할 수 있게 됐을 때. 기후 시 원정으로 배짱이 생긴 나는 이내 나고야까지 발을 넓히게 되는데, 인구 200만의 대도시는 확실히 눈부셔서 빡빡머리 중학생은 무척 주눅이 들었다. 같은 중학생이건만 나고야 애들은 얼마나 어른스럽고 세련됐던지. 나고야 애들은 일상적으로 수입 음반을 사고 록 콘서트에 갈 수 있었다는 것을 생각하면, 틴에이저는 어디서 태어났는지에 따라 입는 은혜에 큰 차이가 발생하는 셈이다. 새삼스레 한숨이 난다.

그렇지만 상경한 뒤 내가 고등학교 때 퀸이며 산타나를 봤다고 말하자, 호쿠리쿠 출신 인간이 덥석 끌어안을 만큼 부러워했으니, 밑에는 밑이 있다는 뜻일까. 하하.

나는 도쿄의 반 정이나 고지 정에서 태어나고 싶었다. 부도칸까지 걸어갈 수 있고 말이다. 하지만 고지 정 중학교(국가 공무원 관사가 있는 탓에 관료 집 자식들이 많다)에 갔더라면 완전한 열등생이었을 것이다. 거리가 있었기에 더욱 열중할 수 있었다는 점에서는 기후쯤이 제일 적당했는지도 모른다.

이번에는 시간순의 서술을 떠나서 일본의 록 이야기를 해보고 싶다. 1970년대 초반, 록의 바람은 전 세계에(공산권은 별개이지만) 휘몰아쳤다. 1960년대 비틀스의 영향력과 다른 점은 반체제의 공기를 이끌고 있었다는 것이다. 장발, 청바지, 마리화나, 프리섹스. 록은 단순한 음악이 아니라 젊은이들의 의사 표명이었다. 상업주의 따위 엿이나 먹어라, 재능보다 의지라고 문지방이 낮아 흉내 내는 젊은이들이 속출했다. 그룹사운드는 연예인이었지만 록은 아티스트라는 포지션도 젊은이들의 의욕을 불러일으켰다고 생각한다.

이 시대의 일본 록을 세계 파퓰러음악사를 배경으로 다시금 조감하면, 역시 특별하고 특수한 현상이었다는 감개가 끓어오른다. 무엇보다도 흉내 내는 게 장난이 아니었다. 롤링 스톤스 아류, 핑크 플로이드 아류, 딥 퍼플 아류가 우후죽순으로 출현했다. 그리고 그들에게는 표절을 한다는 죄의식이 없었다. 서양인은 일본인의 이런 특성을 '따라 하기'라고 야유하는데, 어디까지나 순수하고 순진무구한 행동이었다.

애초에 일본인은 오리지널에 구애되지 않는 느슨함이랄지, 유연성이 있다. 일본식과 서양식의 절충이 바로 그런 사고 패턴이다. 일본에는 재즈도, 컨트리 앤드 웨스턴도, 상송도 독자적인 활동의 장이 존재한다. 일본인은 이에 대해 의문이 전혀 없겠지만, 세계의 입장에서 보자면 상당히 기이한 일이다. 일본인이 상송? 게다가 일본어로 부른다고? 프랑스인은 도무지 영문을 모를 일일 것이다.

언제였던가, 라디오에서 '일본의 레게 음악을 대표하는 ○○'라고 아티스트를 소개하는 것을 듣고 나는 '음, 일본의 레게 음악이란 말이지' 하고 반쯤은 감탄하고 반쯤은 어이없어한 적이 있었다. 이런 일이 가능한 것은 일본뿐이다.

레게는 1970년대 초에 서양인이 발굴해 순식간에 전 세계로 퍼져 나간 자메이카의 대중음악이다. 에릭 클랩턴은 밥 말리의 〈I Shot The Sheriff〉를 커버했고, 폴 사이먼은 〈Mother And Child Reunion〉에 레게 리듬을 도입했으며, 폴리스에 이르러서는 레게를 록풍으로 편곡해 전면적으로 채용하는 등, 절대적인 영향력을 발휘했다.

일본에도 당연히 전파되었는데, 일본인의 경우 '레게 멋지다' '자메이카 사람 멋지다' 하고 동경하는 마음이 곧바로 피부를 갈색으로 태우고 머리를 드레드락 스타일로 땋고 래스터 컬러의 의상을 입고 음악도 모방해서 똑같이 흉내 내는 것으로 이어졌다. 이것도 '독자적'. 즉 평행 세계의 수립이다. 결국 따지고 보면 일본인은 근본에 코스프레 감각이 있다는 뜻이다.

이건 2000년 이상 (거의) 단일민족으로 살아온 일본인의 큰 특징이라 할 수 있을 것이다. 극동의 섬나라라는 입지의 영향으로 외국에 대한 동경심이 강하고 쉽게 감화된다. 그런데 본고장이 멀리 떨어져 있으니 대용품이 필요하다. 나아가 본고장의 눈이 미치지 않는 상황을 이용해 별다른 이해도 갈등도 없는 채 모방한다. 어린애처럼 '나도 이거 해볼래' 하는 동경심을 실행에 옮긴다. 그리고 흉내쟁이니까 싫증 나면 그만둔다.

가령 호소노 하루오미는 해피엔드에서 YMO로 넘어갔는데, 이거 더 밴드가 갑자기 '크라프트베르크 시작했습니다' 하는 수준의 변신이다. 가토 가즈히코도 포크 가요에서 글램 록으로, 글램 록에서 뉴웨이브로 카멜레온 못지않은 변신 능력을 발휘했다. 그 밖에도 프로그레시브를 하던 기타리스트가 퓨전으로 전향하지 않나, R&B 싱어가 별안간 살사를 시작하지 않나, 일일이 열거하기 시작하면 한이 없다. 이 지조 없음은 대체 뭔가.

롤링 스톤스나 레드 제플린도 아닌 게 아니라 흑인 블루스에서 열심히 훔쳐다 썼다. 하지만 그들이 위대한 것은 모방한 것을 잘 소화하고 새로운 해석을 더해 오리지널이라 부를 만한 수준으로 승화시켰기 때문이다. 그리고 계속하고 있다. 즉 책임을 지고 있다.

나는 일본 록의 '맛있는 것만 쏙쏙 빼먹는' 자세를 일찌감치 깨달았기에 진심으로 좋아하게 되지 않았다. 일본 록의 가사가 공허한 것은 애초에 그들에게 노래하고 싶은 게 없기 때문이다. 마음에서 우러나는 부르짖음이 하나도 없다. 유행을 앞서 따르는 데만 관심 있는 젊은이들이 산고를 겪지 않고 코스프레 같은 유희로 자기만족을 하는 데 불과하지 않나?

아하하, 험담을 해버렸다. 내가 일본 음악을 싫어한다는 게 들통났다. 원래 하던 이야기로 돌아가자.

일본의 록에 별로 애정이 없는 나이지만, 물론 처음부터 그랬던 것은 아니다. 당시에는 본고장의 록이 너무나도 먼 존재였던 터라 대용품이라도 충분히 가치가 있었고, 기술적으로 모방하면 할수록 '굉장하다, ○○ 같은걸' 하고 단순히 기뻐하는 면이 있었다. 하는 쪽도 순진무구했고, 듣는 쪽도 순진무구했다.

여담이지만 내가 맨 처음 들은 일본 록 엘피는 요닌바야시의 《일촉즉발》이었다. 이 역시 친구 형이 갖고 있던 것을 빌려들었는데, 여기에는 오쿠다 소년도 홀딱 반했다. 딱 핑크 플로이드+딥 퍼플 같았다. 내가 좋아하는 밴드의 2 in 1 아닌가. 그것도 '이렇게까지 흉내 내도 되나' 싶을 만큼 똑같이 모방해서.

하지만 이것은 도용이라든지 표절이 아니라 경도(傾倒)라 불러야 할 성격의 것이고 불쾌한 느낌은 전혀 없었다. 어쨌거나 연주 실력은 확실했다. 근면한 일본인은 카피도 정교하게 하니, 이건 이것대로 성실한 태도이다.

나중에 있었던 일인데, 일로 만난 비슷한 나이의 영국인에게 《일촉즉발》을 들려주자 처음에는 낄낄 웃던 사람이 뒤로 갈수록 "와우" 하고 감탄해서는 "영국에 돌아가면 여자들에게 들려주겠다"며 음반을 구입했다. 요컨대 선구자가 없으면 걸작인 것이다. 일본 록의 명반으로 간주되는 스즈키 시게루의 《Band Wagon》도 마찬가지. 리틀 피트가 세상에 없었다면 '굉장하다, 멋지다' 하고 아낌없이 칭송할 수 있다. 이 부근의 의사(意思)와 가치관의 불일치는 음악을 넘어 문화인류학의 문맥에서 이야기해야 할 현상이다.

보통 카피 상품이라고 하면 형태만을 흉내 내고 질은 그에 못 미치게 마련이다. 그게 이 세상의 상식이다. 그러니 카피되는 쪽(주로 서양인들)은 카피 상품을 업신여기고, 오리지널과 카피를 엄격하게 구분한다. 하지만 전 세계에 딱 하나, 카피인 주제에 자칫하면 오리지널과 동급, 또는 그 이상의 것을 만드는 민족이 있다. 그게 일본인이다. 일본인이라는 이단이 있는 탓에 세계는 복잡해진다.

일본인은 그런 부분에 대해 자각이 전혀 없다. 역사적으로 가혹한 위계질서를 경험하지 못했으니 오리지널(종주)에 대한 외경심이 거의 없다. 카피 주제에 근거도 없이 평등을 믿는다. 인종차별에 가장 둔감한(자신들이 차별당하는 것도 깨닫지 못한다) 면도 분명 뿌리는 같을 것이다. 요컨대 순진하고 태평한 민족인 것이다. 그게 록에도 잘 드러나 있다.

요닌바야시는 카피캣(모방범)이었던지라 아무리 뛰어나도 오래갈 수 없어서 활동 기간은 짧았다. 천재 기타리스트라는 말을 듣던 모리조노 가쓰토시는 그 뒤 퓨전 노선으로 전향하는데, '이런 게 코스프레 감각인 겁니다' 하고 지적한들 당사자들이나 팬들이나 웬 참견이냐 싶을 것이다.

나는 다소 냉정한 인간인지도 모른다. 열중은 해도 열광은 하지 않는다. 일본의 록을 대하는 태도가 프로레슬링을 즐기는 것과 비슷하다. 나는 안되는 인간인지도 모르겠다.

어쨌거나 갑자기 흥한 일본의 록계에서 이 시기에 모두가 지향했던 것은 세계 진출이었다. 아직 외국이 멀던 시대, 어떻게든 일본 록의 깃발을 세계에 휘날리고 싶다. 외국 물 먹은 사람과 수입품이 지금보다 떵떵거리던 시대다. 바다 저편에 대한 동경이 특히 강해서, 록에서도 언젠가 세계에 통용되는 일본의 록 뮤지션을 배출할 수 있기를 팬들까지 한마음으로 바랐다.

한발 앞서 세계 데뷔의 목표를 달성한 사람은 베이시스트 야마우치 데쓰였다. 영국 밴드 프리 및 페이시스의 멤버로 활약한 그는 선구자로 존경받았고, 본인은 귀찮았을지도 모르지만 일본 록의 희망의 별이었다. 일본인은 외국에서 백인들과 함께 대등하게 활동하는 일본인이라는 도식에 약하다. 자, 다음은 일본 밴드다.

여기에 멋지게 등장한 게 사디스틱 미카 밴드와 크리에이션이었다.

1974년 가을 사디스틱 미카 밴드의 〈타임머신에게 부탁해〉가 라디오에서 처음 나왔을 때, 나는 마침내 일본에도 이런 세련된 록 밴드가 출현했구나 싶어 흥분했다. 세련미 넘치고 도시적인 밴드로는 아마 그들이 처음 아니었을까. 생각하면 초창기 일본 록은 인기 차트를 완전히 무시하며 '아녀자 따위 안중에 없다'는 식으로 비상업주의를 관철하고 있었다(어떻게 먹고살았을까). 그 점에서 사디스틱 미카 밴드는 장난기가 있고 여유 만만해 보였다. 게다가 생긴 것도 잘생겼다. 키 큰 가토 가즈히코에 미모의 미카 부인. 외국에 내놓아도 부끄럽지 않을 일본인이었다. 이런 게 꽤 중요하다.

사디스틱 미카 밴드는《Black Ship》이라는 두 번째 앨범을 영미에서 발매해 호의적인 평을 얻었다. 동양의 이국적 정취를 가미한 음악이 백인의 관심을 끌었을 것이다. 그 뒤 록시 뮤직의 오프닝 밴드로 영국 투어를 감행해 우리의 애국심을 무척 자극했다. 이 앨범은 일본 록 역사의 '검은 배(黑船)'*였다고 생각한다.

한편 크리에이션은 세련된 사디스틱 미카 밴드와는 대조적으로 꾸밈없고 우직한 직구 승부의 블루스 록 밴드였다. 이쪽은 마운틴의 베이시스트 펠릭스 패팔라디의 프로듀스로 전미 데뷔를 이루었다. 내 인상으로 사디스틱 미카 밴드보다는 크리에이션이 일본 록을 짊어지고 있지 않았을까 싶다. 뭐니 뭐니 해도 그들은 영어로 노래했거니와 열의가 달랐다. 테크닉도 일본에서 으뜸가는 수준으로, 그들이 안 되면 아예 가망이 없다는 느낌이었다. 이미 나와 있던 데뷔작도 매우 훌륭해서 기대에 박차를 가했다. 크리에이션은 과연 세계에 통용될 것인가.

1976년 봄, 드디어 완성된《Creation With Felix Pappalardi》가 라디오에서 소개됐을 때…… 나는 휘청했다.

* 에도시대에 서양 배를 일컫는 말이었다.

노래는 전부 펠릭스 패팔라디가 불렀고, 곡도 대부분 패팔라디가 썼다. 요컨대 크리에이션은 백밴드 취급이었던 것이다.

대체 어떻게 된 일인가. 팬은 모두 여우에게 홀린 기분이었지만, 매스컴에서는 어째선지 그 점을 언급하지 않고 '크리에이션 전미 데뷔!'라고 시끌벅적하게 치켜세웠다. 하지만 아무리 봐도 패팔라디가 주역인 앨범인데, '전미 데뷔'라기에는 무리가 있다.

훗날, 상경한 나는 수입 레코드 가게에서 이 앨범의 미국판을 발견했는데, 제목은 'Felix Pappalardi & Creation'이었다. 아아, 역시. 인터넷이고 뭐고 없던 시대였으니 대중을 속이기도 쉬웠을 것이다.

일본 록의 해외 도전은 1980년대에 들어와서도 계속되었다. 하지만 눈에 띄는 성과를 거두지 못한 채 '일본인이 세계를 석권하다!'라는 꿈은 꿈으로 끝났다. 지금은 팝송 자체가 동경의 대상이 아닌 터라 외국으로 나간다는 발상도 없는 것 같다. 외국에서 인기를 얻는 일본 음악은 아이돌 쪽뿐이지만, 그건 일본이 본고장이니 저쪽에서 성지순례를 오는 도식이 수립되어 있다.

그래, 1970년대 일본인은 영미로 록의 성지순례를 다녔던 건가. 참 서글픈 짝사랑이었다.

일촉즉발 / 요닌바야시

록을 좋아하는 외국인에게 들려줬을 때 제일 좋아하는 게 이 앨범이다. 코웃음 치는 작자도 있지만, 잘 만들었다고 감탄하는 사람도 많다. 일반적으로는 일본 록의 명반으로 알려져 있다. 들어본 적이 있는 리프나 전개가 곳곳에 있어서 원전을 찾아보는 재미도 쏠쏠하니 지루하지 않다. 데뷔 당시 '18세에 핑크 플로이드의 〈Echoes〉를 완벽하게 연주할 수 있는 밴드'라고 선전했다. 지금 들으면 역시 시대가 느껴지는데, 이 순진함은 일본 록의 역사보다 쇼와 풍속사에 기록해야 할지도.

Band Wagon / Shigeru Suzuki

전(前) 해피엔드의 스즈키 시게루가 혼자 바다를 건너 리틀 피트의 멤버를 백밴드로 거느리고 웨스트코스트 사운드를 보기 좋게 재현한 앨범. 그래, '재현'이다. 하지만 악곡과 연주가 원조를 능가하니 상황이 복잡해진다. 리틀 피트의 멤버들은 '우리보다 더 우리 같은 일본인이 왔다'고 놀라지 않았을까. 첫 곡 〈모래의 여자〉의 그 기분 좋은 느낌은 나도 거부할 수 없다.

Keep On Truckin' / Idlewild South

본문에서는 언급하지 않았지만, 서던 록의 걸물 올맨 브라더스 밴드에 감화되어 결성한 밴드의 유일한 작품이다. 원조에게 얼마나 심취했는지, 이쯤 되면 성격이 꼬인 나도 감탄할 수밖에 없다. 레너드 스키너드가 일본에 왔을 때 오프닝 밴드를 맡았는데, 하도 서던 록 사운드 같아서 그들도 기절초풍했다나. 〈하이웨이 바운드〉와 〈주황빛 고베〉의 명연주에는 무심코 얼굴 근육이 누그러진다.

09

Queen II
Queen

중학생 시절 레코드를 구입할 때 가장 참고했던 것은 〈뮤직라이프〉(이하 ML)의 앨범 평이었다. 아니, 그렇다기보다 접할수 있는 리뷰 정보가 그것뿐이었으니 거기에 의존할 수밖에 없었다.

ML의 앨범 평은 별 다섯 개가 최고점이었지만 반 개에 해당되는 흰 별도 있었던지라 실질적으로 10단계 채점이었다. 좀처럼 나오지 않는 ★★★★★이거나 하면 정말이지 얼마나 궁금하던지. 오쿠다 소년은 '갖고 싶어라' '듣고 싶어라' 하고 혼자 몸부림치곤 했다.

예를 들어 1973년 당시의 잡지를 보면 PFM의 데뷔작 《Photos Of Ghosts》가 별 다섯 개로 최고 평가를 받았다. 피터, 폴 앤드 메리가 아니다. 프레미아타 포르네리아 마르코니,

이탈리아의 프로그레시브 밴드다. 기사를 읽으면 'ELP가 함께 무대에 서기를 기피했을' 만큼 대단한 밴드인 모양이다. 어떤 사운드였는지 확인하고 싶은데, 프로그레시브는 절대로 라디오에서 틀어주지 않았다. 도시 애들 같으면 이런 때 레코드 가게에 가서 "잠깐만 들어볼게요" 하고 부탁할지도 모르지만, 나는 시골 애다. 도대체가 가게에 음반이 있을지 없을지도 알 수 없거니와, 설사 있었다 해도 그런 용기는 내게 없었다.

나는 아직까지도 물건을 살 때 그렇게 긴장한다. 점원이 보는 앞에서 찬찬히 상품을 음미하고 마음에 드는 게 없으면 안 산다, 하는 게 불가능하다. 아무것도 안 사면 미안하다고 쓸데없는 신경을 쓰는 소심한 인간이다.

그 때문에 레코드 중 다수는 기요미즈의 무대에서 뛰어내리는 각오로 '에잇' 하고 사는 수밖에 없었다. 중학생에게 엘피 레코드를 산다는 것은 정말 도박이나 다름없었다. 당시 2000엔이나 했으니 말이다(40년이 지나도록 이 정도로 가격 변동이 없는 상품도 드물다). 실패했을 때 입는 타격은 너무나도 컸다.

PFM의 《Photos Of Ghosts》는 나름대로 마음에 들어 납득할 수 있는 구매였지만(하지만 어른이 돼서 들어보니 약간 어린애 속임수 같기도 했다), 가끔은 심하게 후회되는 경우도 있었다. 트래픽의 《On The Road》가 그 필두였다.

앨범 평의 점수는 별 네 개 반. "영국의 실력파 밴드 트래픽의 최신 앨범은 1973년 초 독일 공연의 라이브 음반"으로, "절정에 다다른 인스트루멘털 플레이가 전곡에 재현되어, 끝없이 이어지는 재즈풍 애드리브는 그야말로 불길처럼 타올라……"라고 소개되었다. "어쨌거나 트래픽은 엄청난 그룹입니다"라고까지 하면서 하여간 칭찬이 대단했다. 게다가 내 마음을 강하게 잡아끈 것은 엘피 두 장에 겨우 일곱 곡밖에 들어 있지 않다는 사실이었다. 딥 퍼플의 《Live In Japan》과 같은 곡 수 아닌가.

지지난 회에 썼다시피 나는 이 라이브 음반에 홀딱 반해 있었다. 똑같은 흥분을 미지의 밴드로 또다시 맛볼 수 있지 않을까. 그렇게 생각하니 안절부절못하겠어서 늘 다니는 레코드 가게에 주문을 했다. 우리 고향에서 트래픽의 《On The Road》를 산 사람은 나 하나 아닐까. 게다가 중학생이. 스티브 윈우드 군은 내게 감사해야 할 것이다.

그래서 과감하게 구입한 레코드에 바늘을 얹어보니…… 으악, 이게 뭐냐. 루스한 리프가 끝없이 반복될 뿐, 예리하게 꽂히는 기타 솔로고 부유하는 키보드 솔로고 뭐고 아무것도 없었다. 아아, 실패도 이런 실패가 없다. 오쿠다 소년은 비탄에 빠졌다.

두 장짜리 음반이라 가격은 3300엔이었다. 중학생에게 이게 얼마나 큰돈인지, 엔간히 돈 많은 집 자식 아니면 알 것이다. 조금씩 아껴 모은 용돈으로 산 레코드가 꽝이었을 때 느끼는 슬픔이란, 이불을 뒤집어쓰고 울고 싶을 지경이다.

그런데 ML은 이런 음반에 별을 네 개 반이나 준다는 말인가. 아니, 형편없는 작품이라는 뜻은 아니다(실은 상당한 걸작이다). 내가 하고 싶은 말은 '너희 독자 연령층을 생각해라'이다. ML은 명백히 틴에이저를 위한 음악 잡지였다. 그렇다면 적어도 '상급자 대상'이라든지 '어른 대상'이라든지 분류해줄 수도 있을 것 아닌가. 그런 게 친절한 바이어스 가이드다.

이 앨범을 들어본 적이 있는 사람은 동의할 텐데, 중학생에게 트래픽의《On The Road》는 무리다. 중학생에게 펠리니나 비스콘티 영화를 보여주고 '감상을 서술하라'고 하는 것과 같은 일이다. 중학생은 고상함이라든지, 중후함이라든지, 금욕주의라든지 하는 것은 모르니까.

나는 이 앨범을 중학교 때와 고등학교 때 한 번씩 록을 좋아하는 친구에게 "네가 가진 음반이랑 교환하지 않을래?" 하면서 빌려줬는데, 두 번 다 '웃기지 마라'라는 반응이었다. 그 정도로 녹록지 않고 대중적이지 않다(다들 시험 삼아 한번 들어보시라).

이처럼 큰 실패를 겪은 오쿠다 소년이었지만, 그렇다고 포기할 만큼 허약하지는 않았다. 아니, 그럴 만큼 미련 없는 성격이 아니었다. 다시 한 번 말하지만 3300엔이다. 본전을 못 뽑은 채 어떻게 단념하겠나.

나는 지루해도 《On The Road》를 매일 들었다. B면은 두 곡 다 단조로워 고문이나 다름없었다. 하지만 이것도 수행이라 생각하고 레코드에 바늘을 얹어 부지런히 들었다. 그 결과…… 약 3년의 세월을 거쳐 《On The Road》는 내 애장 음반이 되었다. 뻣뻣하던 가죽점퍼가 부드러워지면서 몸에 착 감기게 된 것처럼 내 귀에 익숙해진 것이다. 나는 마침내 이 앨범을 정복했다 하는 느낌이었다. 어리석은 자의 집념이란 이런 것인가.

이 앨범 덕에 내 허용량은 비약적으로 늘었다. 훗날 펑크나 재즈에 경도할 수 있었던 것도 이 앨범이 밭을 갈아준 덕일 것이다. 즉 나는 음악에게 '좋은 토양'이 된 것이다.

결과적으로 ML은 내게 수행할 기회를 주었다. 그렇다고 감사할 마음은 없지만. 역시 그건 어른이 된 다음 들을 음악이다. 여러 번 말하지만 중학생의 3300엔이란 말이다. 젠장. 생각만 해도 열 받는다.

당시 ML의 앨범 평은 전국의 팝송 소년 소녀에게 절대적인 영향력을 발휘했다고 생각한다. 같은 팬들 사이에서도 별의 개수가 화제가 됐거니와 신뢰하는 사람이 많았다. 하지만 돌이켜 생각하면 꽤나 거친 평가도 있었다. 역시 당시는 매스컴도 대충대충이고 자유롭던 시대였다 싶다.

내가 기억하기로 레드 제플린의 《Houses Of The Holy》의 평가가 무척 낮아서, 그 기사를 보고 구입을 그만두었다. 중학생의 귀중한 용돈을 그런 것에 써버릴 수 있을 리 없다. 그런데 어른이 되어 주머니 사정에 여유가 생긴 뒤 문득 '그 앨범, 실제로는 어땠을까' 싶어 사서 들어봤더니 아주 훌륭했다. 엄청나게 손해 본 기분이 들어 '뭐야, 이럴 줄 알았으면 좀 더 일찍 들어볼걸' 하고 또다시 ML을 원망했다. 음악 평론에서 주관을 피할 수 없다는 것은 알지만, 독자의 연령을 좀 더 고려해주고 독단을 삼가야 하지 않았을까. 중학생은 경험이 많지 않다 보니 뭐든 의심하지 않고 그냥 믿는다.

그런데 이 ML을 만드는 편집부가 지금 생각하면 좀 별났다. 편집자는 태반이 이십대 여자, 그것도 고졸. 상당히 '빠순이' 같은 시점으로 쓰인 이색적인 음악 잡지였다.

이건 잡지를 간행하는 신코 음악출판사(현 신코 뮤직 엔터테인먼트)의 사장인 구사노 쇼이치 씨의 방침에 따른 것이었다. '머리만 큰 대졸은 필요 없다. 편견이 없는 고졸 여자를 훈련해서 어엿한 편집자로 키운다'는 계획 아래, 실제로 열여덟 살 난 젊은 여자들을 편집자로 채용해서 영어와 글쓰기를 철저하게 가르쳐 취재 현장으로 보냈다.

여담이지만 구사노 씨는 '사자나미 겐지'라는 필명으로 번안 팝송의 가사를 번역했던 인물이기도 했다(〈귀여운 베이비〉와 〈버케이션〉이 유명하다). 다시 말해서 출판인이 아니라 원래는 음악업계 사람이다. 처음부터 후각이 남과 다른 식으로 발달했다는 뜻이다.

호시카 루미코는 스물네 살 때 편집장으로서 비틀스의 첫 단독 취재에 성공했다. 세상에, 스물네 살이라니, 요새 같으면 완전히 햇병아리이고 보통은 주요 기사를 쓰게 해줄 나이도 아니지 않나. 위에서 가로막고 있지 않은 업계는 미개의 황야를 나아가듯 겁 없이 돌진할 수 있다는 뜻이리라.

그러고 보면 시부야 요이치나 오누키 겐쇼가 평론가로 데뷔한 것도 스무 살쯤이었다. 시대의 축복을 받은 운 좋은 세대라는 게 역사에 존재하는지도 모르겠다.

젊은 여자의 후각을 믿는다는 발행인의 방침은 보기 좋게 적중해서, ML은 1970년대 비약적으로 판매 부수가 증가했다. 대표적인 공적은 당시 아직 무명이었던 영국 밴드 퀸을 발견한 것이리라.

퀸의 등장에는 나도 가슴이 설렜다. 그때까지 들어본 적이 없는 기타 오케스트레이션과 아름다운 코러스워크. 인상적인 리프와 빠른 곡 전개. 프로그레시브 하드록이라 할 사운드는 일본 중고생의 심장을 완벽하게 사로잡아 순식간에 인기에 불이 붙었다. 퀸은 또한 외모가 소녀 취향이었던 터라 아이돌로서도 인기를 얻었다.

보통은 소녀들이 꺄아 꺄아 비명을 지르는 밴드에 대해 '쳇' 하고 냉소적인 태도를 취하는 청개구리 같은 나도, 퀸의 참신한 사운드에는 탄복하지 않을 수 없었다. 게다가 '우리 밴드'라는 마음도 있었다. 딥 퍼플이나 레드 제플린은 좋아했을 때 이미 거물 밴드였지만, 퀸은 '데뷔를 목격했다'라는 친근감이 있었다. 말하자면 우리는 '팬 1기생'인 것이다. 정이 들 만도 하다.

퀸은 《Queen II》로 별 다섯 개를 받았다. 그렇지 않아도 살생각이었던 나는 확실한 보증을 받은 것 같아 발매일에 레코드 가게에서 구입했던 기억이 있다. 그리고 집으로 와서 레코드에 바늘을 얹으니……

단번에 이건 대걸작이라고 확신했다. 스릴 넘치는 곡 구성도 그렇고, 세밀한 디테일도 그렇고, 에스프리를 살리는 방식도 그렇고, 모든 게 완벽했다. 특히 메들리 형식으로 이어지는

B면은 마치 비틀스의 《Abbey Road》 같은 드라마성을 지니고 있었다. 그 뒤 한 2년간 퀸은 내가 가장 좋아하는 밴드였다. 태어나 처음 경험한 콘서트도 퀸의 1975년 내일 공연이었는데, 그 이야기는 나중에 다시 하기로 하자.

ML이 밀지 않았다면 일본의 퀸 선풍은 없었을 것이다. 이 앨범의 별 다섯 개에는 오쿠다 소년도 진심으로 찬동했다.

여기서 잠시 시간순에 따른 이야기도. 오쿠다 소년은 그사이 3학년이 됐다.

3학년이 되면 가장 큰 관심은 고등학교 입시와 진로가 차지하게 마련이라, 그때까지 '다들 똑같다'라고 믿어 의심치 않았던 오쿠다 소년도 사람은 각자 사정이 있다는 것을 실감하게 되었다.

공부를 잘하는 동급생이 공업고등학교 진학을 희망하는 것을 알고 "왜 인문계에 안 가는데?" 하고 소박한 의문을 던진 적이 있었다. 그러자 "난 둘째 아들이라 집에서 대학에 못 보내주거든. 그럼 공고가 취직에 유리할 것 같아서"라는 대답이 돌아오는 바람에 아무 말도 못 했다. 그래, 가정 사정이란 거구나. 그 밖에 홀어머니 가정이라 야간 고등학교를 지망하는 애라든지, 고등학교가 아니라 직업훈련 학교에 진학하는 애도 있었다. 덕분에 오쿠다 소년은 '다른 사람 사정은 캐고 들지 않는 게 좋겠다'는 것을 배웠다.

다만 친했던 동급생이 "나 사실은 조선인이야" 하고 털어놨을 때, 나는 "어, 그래?"라고 대꾸하는 게 고작이어서 그런 나 자신이 무척 한심했다. 그는 용기를 내서 한 말일 텐데, 어째서 좀 더 우애 넘치는 말을 하지 못했나 지금도 약간 후회된다. 중3은 인생의 첫 갈림길이다.

내 희망은 당시 기후 시에 있던 현립 보통 고등학교 다섯 곳 중 하나에 가는 것이었다. 이 무렵은 학군제도가 있어서 가고 싶은 학교에 꼭 들어갈 수 있는 것은 아니었지만, 그런 것보다 기후 시 학교에 다닌다는 데에 의의가 있었다. 동경하던 전철 통학. 늘 타는 전철에서 마주치는 포니테일이 귀여운 여고생. 가끔 눈이 마주쳐서 서로를 의식한다든지……. 오쿠다 소년의 망상은 끝이 없었다.

그런데 교사들은 번번이 내게 고향에 신설된 인문계 고등학교를 권하는 것이었다.

"오쿠다, ○○ 고등학교 이과에 안 갈래?"

"싫어요."

"왜? 다니기도 편하고, 교통비도 덜 드니까 부모님께 효도하는 건데."

"싫, 어, 요."

그런 공방을 매일 되풀이하고 있었다.

보아하니 지역 고등학교의 수준을 높이기 위해 근처 중학교들이 상위권 학생들을 보내기로 담합한 모양이었다. 표준 점수 65가 넘는 수재에게는 권하지 않은 것을 보건대, 나 같은 60대 전반에서 얼쩡거리는 어중간한 학생을 노린 것 같다.

문제의 학교는 우리 집에서 가까워, 아무것도 없는 논길을 자전거로 곧장 10분 가면 됐다. 마주치는 상대라곤 농민과 떠돌이 개뿐. 헛소리 마라. 남의 청춘을 뭐라고 생각하는 거냐. 나는 필사적으로 저항해서 기후 시내 학군에 지원하는 것으로 밀어붙였다.

여기서 추억담을 하나 소개하자. 3학년으로 올라온 직후에 학부모 면담이 있었는데, 담임선생이 "오쿠다는 장래 뭐가 되고 싶지?" 하고 물었다. 나는 록에 관련된 일을 하고 싶었지만, 지식이 부족해 어떤 직업이 있는지도 알지 못했다. 그래서 설명하기도 귀찮고, 옆에 어머니가 있기도 하고 해서 '학교 선생이 되고 싶다'고 거짓말을 했다. 그때 담임선생이 한 말이 잊히지 않는다.

"야, 오쿠다, 좀 더 뜻을 크게 품지 그러냐?"

지금 같으면 웃음을 터뜨렸을 장면이다. 어른들이 이따금

보이는 인간미를 조금씩 접하는 것 또한 중학교 3학년인지도
모르겠다.

 록 이야기로 돌아가자.
 이 당시 외국 팝송 팬이라면 체크하지 않을 수 없는 라디오
프로그램이 NHK FM에 있었다. 토요일을 빼고 매일 저녁 7시
15분부터 8시까지 45분간 방송하는 〈사운드 오브 팝스〉다.
이 프로그램에 도움을 받은 동년배가 전국에 많지 않을까. 디
제이의 멘트 없이 엘피 한 장을 통째로 틀어주는 것이다. 즉
테이프에 녹음하면 엘피를 사지 않아도 된다는 뜻이다. 전에
쓴 적이 있는데, 우리 집은 오디오를 구입할 때 카세트덱도 함
께 샀다. 그게 대활약했다.
 기억하는 것만 해도, 퀸《Queen》, 밥 딜런《Planet Waves》,
에릭 클랩턴《461 Ocean Boulevard》, 위시본 애시《Live
Dates》, 피터 프램턴《Frampton Comes Alive!》등을 녹음해
서 라이브러리를 늘려갔다. 정말이지 고마운 프로그램이었다.
 여담이지만《Live Dates》와《Frampton Comes Alive!》는
두 장짜리라, 전부 틀면 45분이 넘는 탓에 몇 곡을 생략하고
방송했다. 따라서 그때 녹음한 테이프를 오랜 세월 애청했던
나는 당시의 단축판이 귀에 익는 바람에 그 뒤 레코드나 시디

로 다시 사서 전곡을 들었을 때 묘한 어색함을 떨칠 수 없었다. 사실은 지금도 그렇다. 건너뛰어 듣고 그런다.

이 프로그램 덕에 내 음악의 수비 범위는 한층 넓어졌다. 인기 차트에는 관심이 거의 없어졌고, 동급생들이 모르는 음악을 발견하는 게 새로운 즐거움이 되었다. 동시에 시대를 거슬러 올라가 록의 역사를 접하게 되었다. 머릿속에 '록 세계지도' 같은 게 출현해 흰 부분을 색칠해나가듯 이것도 듣고 싶다, 저것도 듣고 싶다, 하고 호기심이 비대해졌다.

그 때문에 주위의 팝송 팬들 사이에서도 나는 약간 겉도는 존재가 되어가고 있었다. 트래픽도 그렇지만 제이 가일스 밴드의 엘피를 갖고 있는 중학생은 정말로 시내에서 나 하나 아니었을까. 그리고 다큐멘터리영화 〈우드스톡〉의 세 장짜리 사운드트랙도.

난해해도, 녹록지 않아도 나는 도전했다. 한 번 들어서 모르면 백 번 들을 각오를 하고 있었다. 당시 힘으로 굴복시키듯해서 애청 음반으로 만든 레코드가 얼마나 많은지.

하지만 어째서 이런 정열을 단 몇십 퍼센트라도 공부에 쏟지 않은 걸까. 새삼스레 쓴웃음이 난다. 초등학생 때는 뭐든 다 될 수 있다고 천진하게 생각했지만, 슬슬 나라는 인간을 알게 되었다. 나는 좋아하는 것에 대해서만 노력할 수 있는 타입

인 것이다. 그 무렵부터 내가 월급쟁이가 될 것이라는 생각은
1밀리미터도 하지 않았다. 그런 중학교 3학년이었다.

On The Road / Traffic

스티브 윈우드가 이끌던 대부대 밴드. 레코드 회사도 카테고리 분류에 애먹었던 듯. 당시에는 '컨템퍼러리 뮤직'이라는 고육지책 같은 말이 음반 띠지에 쓰여 있었는데, 요새 말하는 잼 밴드다. 그렇기에 피시라든지 모가 나왔을 때, 나는 즉각 이 작품을 떠올렸거니와 어렵지 않게 받아들일 수 있었다. 두 장짜리 레코드가 시디로는 한 장이 되어 한 번에 들을 수 있게 된 것도 반갑다. 제목대로 내 단골 드라이브 뮤직이다.

Live Dates / Wishbone Ash

브리티시 록이라고 할 때 내가 맨 처음 상상하는 게 이 밴드다. 독특한 음영이 있고, 규율이 있고, 억제의 미학이 있다. '트윈 기타가 포효하는 라이브 밴드의 걸물' 같은 문구로 선전하기에 하드록인 줄 알았던 터라, 처음에는 생각보다 수수해서 당황했다. 하지만 반복해서 듣다 보니 좋아해 마지않는 밴드가 됐다. 깁슨의 플라잉V와 파이어버드를 유명하게 한 것도 그들이었다.

461 Ocean Boulevard / Eric Clapton

알코올과 약물 의존증을 극복하고 멋지게 복귀해서 낸 대망의 솔로 앨범이라고 대대적으로 선전했는데, 당시 대다수의 팬이 실망했을 것이다. 에릭 형님, 너무 헐렁하잖아요. '레이드백 (laid-back)' 같은 표현으로 얼버무렸지만, 노인네가 되기에는 아직 너무 이르지 않나요. 그런데 세월이 흐를수록 평가가 높아져 지금은 그의 대표작이라는 말까지 듣는다. 음악은 참 신기하다. 영화나 소설은 그렇게 나중으로 갈수록 좋아지는 경우가 없는데.

10

Woodstock

Various Artists

중3 초여름, 오쿠다 소년은 수학여행으로 난생처음 도쿄 땅을 밟았다. 전에도 썼지만 우리 중학교는 온통 규칙으로 얽매인 관리 교육 중심이라, 수학여행에 관해서도 교사들은 '어떻게 학생들을 자유롭지 못하게 할 것인가' 하는 생각밖에 없었다. 그 때문에 아주 갑갑한 여행이었다.

지금 돌이켜 생각해도 바보 같은 건, 여행 전 체육관에 3학년을 모아놓고 대열 훈련을 시킨 것이었다. 역에서 열차를 기다릴 때 대열이라든지, 기념사진을 촬영할 때 대열이라든지. 교사의 명령이 떨어지면 학생들이 신속하게 움직여 대열을 이룬다. 느리다고 혼나고 태도가 불량하다고 따귀를 맞았다. 우리가 군인이냐.

도쿄에서 황궁과 도쿄 타워를 견학했는데, 가는 곳마다 우리 학교의 촌티를 드러내는 바람에 참 창피했다. 우리가 대열을 이루는데, 다른 곳에서 수학여행 온 학생들은 제각각 편히 잡담을 나누곤 했다. 얼마나 어색하고 불편하던지. 그 밖에도 규정으로 정한 금액 이상의 용돈을 가져온 학생이 적발되어 교사 방으로 불려가 한 시간씩이나 조사를 받는다든지, 하여간 어처구니없는 일투성이였다. 상경부터가 신칸센이 아니라 도카이도선(線) 보통열차를 탔으니 말이다. '신칸센은 중학생에게 사치'라나. 쓰다 보니 화난다. 내 죽어도 모교 행사엔 참석 안 한다. 어디 두고 보자.

그렇지만 어쨌거나 중학생, 다 같이 가는 2박 3일 여행이 즐거운 것은 당연하거니와 처음 가본 도쿄는 오쿠다 소년의 마음을 들뜨게 했다. 1974년이면 고층 건물은 아직 손으로 꼽을 만큼밖에 없었을 텐데, 고향인 가카미가하라에서는 시청이 제일 높은 건물이었던 터라 눈에 보이는 풍경 전부에 압도되었다. 당시는 스모그도 있었지만, 공해에조차 나는 '과연 도쿄야' 하고 감탄했다.

도쿄 타워 전망대에서 내가 맨 먼저 찾은 것은 일본 부도칸이었다. 황궁의 해자에 둘러싸인 울창한 숲 속에 거대한 지붕이 우뚝 솟아 있고 꼭대기에 커다란 금빛 의보주를 얹은 위용은 보기만 해도 흥분되었다. 우어. 저기서 딥 퍼플이랑 산타나랑 벡, 보거트 앤드 어피스가 콘서트를 했단 말이지. 나도 부도칸에서 록 콘서트 보고 싶다. 나는 그때 장래 도쿄로 상경할 것을 결의했다……는 것은 거짓말이고 그런 기억은 없지만, 오쿠다 소년의 머리에 '도쿄는 록의 수도'로 각인된 것은 사실이다. '도쿄' 하면 연상되는 것은 '록'이다.

벌써 40년도 더 지났으니 도쿄에서 어디에 갔었는지는 기억나지 않는다. 하지만 지금도 눈앞에 선한 장면이 있다. 요요기 체육관의 둔덕 풀밭에 청바지에 장발의 포크와 록 스타일 젊은이들이 있었는데, 내가 버스 창 너머로 손을 흔들자 미소를 지으며 같이 손을 흔들어주었다. 그때는 참 기뻤다. 나는 요새 진구 외원(外苑)에서 종종 러닝을 하는데, 이따금 수학여행 버스가 지나가며 촌티 나는 중학생이 창 너머로 손을 흔들 때가 있다. 아, 저들은 40년 전 나구나. 그런 생각으로 나도 같이 손을 흔들어주면 다들 참 좋아한다.

버스 안에서 다들 마이크를 돌려가며 노래했다. 나는 폼 잡으며 비틀스의 〈Eight Days A Week〉를 불렀다. 몰래 연습해왔던 것이다. 여러분 직장에는 노래방에서 영어 노래를 부르고 싶어 하는 상사가 없으신지? 나는 그 짓을 열네 살 때 한 것일지도 모른다. 작년 11월에 폴 매카트니가 일본에 와서 첫 곡으로 이것을 연주했을 때, 수학여행 버스가 생각나 객석에서 혼자 얼굴을 붉혔다. 이번 회를 이 이야기로 시작한 것은 그 때문이다. 록은 내 인생의 목격자다.

중3 때 과감하게 산 석 장짜리 레코드가 있다. 영화 〈우드스톡〉의 사운드트랙이다. 가격은 5100엔이니 사는 데 결심이 필요했다.

우드스톡은 1969년 미국 시골 깡촌에서 사흘간 개최된 록 페스티벌로, 서른 팀 이상의 아티스트가 출연해 40만 명 이상의 관객을 모았다고 한다. 소위 야외 페스티벌의 선구자로, 우드스톡이 없었다면 후지 록 페스티벌도 없었을 것이다. 풍속에 관해서도 음악에 관해서도 절대적인 영향력을 발휘한, 록 역사상 가장 중요한 에피소드 중 하나다. 록의 길을 걷는 자로서 반드시 거쳐야 하는 앨범이다.

참고로 우드스톡의 테마는 '사랑과 평화'로, 현재 있는 '피스 사인'은 무대에서 지미 헨드릭스가 청중을 향해 손가락 두 개를 쳐들고 "피스!"라고 말한 데서 기인한다는 설이 있다. 듣고 보면 그런 것도 같다. 내가 초등학생 때는 손가락 두 개를 들면 승리의 V 사인이었다. 유행시킨 것은 만화 〈거인의 별〉의 호시 잇테쓰. 일반인들이 모르는 곳에서 호시 잇테쓰로부터 지미 헨드릭스에게로 배턴터치된 것이었다. 요새 젊은 아가씨

들은 그것도 모르고 사진을 찍을 때 "피스" 하고 있겠지만, 조
상을 공경하는 마음은 잊지 말도록.

호화 아티스트들이 대거 등장한 앨범에는 그때 처음 듣는
이름도 많았던 덕에 나는 귀중한 체험을 했다. 슬라이 앤드 더
패밀리 스톤이라든지 조 코커는 여기서 만나지 않았다면 어른
이 될 때까지 몰랐을 것이다. 간만 본 정도여도 맛을 알았다는
데 의의가 있었다. 텐 이어스 애프터의 앨빈 리의 속주를 들은
것도 수확이었다. 그때까지 잡지 기사에서 앨빈 리 하면 '속주'
의 대명사였던 터라, 오쿠다 소년은 '내 영웅 리치 블랙모어하
고 누가 더 빠르냐' 싶어 궁금해 죽을 지경이었다(리치의 승리
였다). 덕분에 속이 시원하게 뚫린 느낌이었다.

〈우드스톡〉 사운드트랙을 열심히 듣고 있던 중에 이번에는
영화 〈우드스톡〉을 기후에서 상영한다는 소식이 들려왔다. 우
어. 이런 우연이. 혹시 내가 재수가 좋은가.

상영은 기후 시 시민 센터에서 일요일 오후 단 한 번. 그래,
영화관이 아니었다. 당시 단관 영화관도 심야 상영도 없었던
터라, 다수의 관객을 바랄 수 없는 록 영화는 '필름 콘서트'라
는 형태로 지방을 돌았다.

그런데 이때 프로그램이 엄청났다. 롤링 스톤스의 〈김미 셸
터〉, 조지 해리슨이 주최한 〈더 콘서트 포 방글라데시〉, 그리

고 〈우드스톡〉까지 세 편 연속 상영. 총 상영 시간은 여섯 시간 16분. 우햐아. 오쿠다 소년은 발광할 뻔했다. 죄다 보고 싶었던 영화들 아닌가. 그때까지 〈스크린〉이나 〈뮤직 라이프〉의 화보 페이지를 보며 '언젠가 나도 보고 싶다' 하고 한숨만 쉬던 작품들을 한꺼번에 세 편이나 해준다는 것이다.

당일은 같은 반 K와 둘이 보러 갔다. 다른 애들에게도 말해 봤지만, 평소에도 잘 따라와주는 K만 왔다. 입시가 얼마 안 남았으니 말이다. 동아리도 은퇴하고 다들 열심히 공부하던 중이었다.

처음 간 기후 시민 센터는 바닥이 콘크리트인 게, 마루를 깔지 않은 체육관 같은 느낌의 썰렁한 시설이었다. 어떤 날은 롤러스케이트장, 어떤 날은 장터, 어떤 날은 전시장으로 쓰는 모양이었다. 그곳에 접는 의자를 늘어놓고 스크린을 걸어 즉석 필름 콘서트장으로 만들었다.

상영 시간이 길기에 우리는 샌드위치를 사 들고 영화에 임했다. 관객이 별로 없었다고 기억한다. 널따란 회장에 의자가 200개쯤 놓여 있는데 그조차 다 차지 않았다. 그리고 추웠다.

이 글을 쓰면서 생각났는데, 콘크리트 바닥에서 냉기가 올라와 우리는 내내 몸을 움츠리고 있었다. 그러니 계절은 겨울이었을 것이다. 당시 기후 시민 센터는 이미 낡아서 난방설비가 없는 데다 웃풍이 들었다. 요새 같으면 30분 만에 집에 갔을 것이다. 젊었기에 견딜 수 있었다.

어쨌거나 영화다. 스크린으로 보는 록 콘서트 다큐멘터리에 오쿠다 소년은 화면에서 눈을 떼지 못했다. 각 작품의 감상을 적어보자면…….

〈김미 셸터〉는 어둡고 살벌한 인상만 남았다. 콘서트 경비를 맡은 헬스 에인절스가 관객에게 마구 폭력을 휘두르다가 결국 연주 중에 흑인 청년을 찔러 죽인다(소위 '앨터몬트의 비극'으로 알려진 사건). 나는 그때까지 록은 우애 정신으로 가득 차 있다고 생각했던 만큼 충격을 받아 정작 음악을 즐기지 못했다. 롤링 스톤스의 위대함을 아직 이해하지 못할 때이기도 했고. 실은 지금도 별로 좋아하는 영화는 아니다.

반면에 〈더 콘서트 포 방글라데시〉는 사랑으로 가득하고 근사했다. 첫머리에 인도인(노라 존스의 아버지 라비 샹카)의 길고 지루한 시타르 연주를 견디면(지금은 아주 좋아한다), 흰 슈트를 입은 조지와 호화로운 밴드 멤버가 우르르 나오면서 〈Wah-Wah〉의 도입부가 시작된다. 어쩌면 그렇게 멋있는지. 나는 단박에 뿅 갔다. 이어지는 〈My Sweet Lord〉에서는 에릭 클랩턴이 보틀넥 주법으로 저 달콤한 리프를 연주한다. 살아 움직이는 클랩턴은 그때 처음 본 것이었다. 클랩턴은 물론 조지도, 링고도, 딜런도 그때가 처음. 나는 감격해서 오줌을 지릴 뻔했다.

하이라이트는 리언 러셀의 〈Jumpin' Jack Flash / Youngblood〉 메들리. 10분 가까운 연주 가운데 리언은 노래인지 모놀로그인지 알 수 없는 말을 해서(요새로 치면 랩?) 나를 다른 차원의 공간으로 데려갔다. 나중에 가스펠을 듣게 된 뒤, 흑인 교회에서 일요일 예배에 모인 신자들의 신앙 고백과 목사의 설교를 흉내 낸 것임을 이해하고 더더욱 존경심을 품었다. 리언 같은 뮤지션은 듣는 이에게도 지식을 요구한다.

리언 러셀은 클랩턴이나 딜런보다 관록이 있었거니와 다른 출연자 전원에게 인정받는다는 게 느껴져 나는 한층 팬이 되었다. 중후함을 좋아하는 내 취향은 리언 대장에게서 비롯된 것이다.

자, 드디어 〈우드스톡〉 차례다. 이 시점에서 이미 날이 저물어 추위도 더욱 심해졌다. 궁둥이도 아프다. 옆에 앉은 K는 지쳤는지 말수가 없었다. 샌드위치는 이미 오래전에 없어졌고 배도 고팠다. K, 제발 부탁이야, 집에 간단 말은 하지 마. 이게 메인이니까.

〈우드스톡〉은 페스티벌 전체를 조감한 다큐멘터리영화로, 내게는 음악 외의 장면에서 미국 젊은이의 참모습을 엿볼 수 있었던 점이 흥미로웠다. 페스티벌이 열린 것은 1969년, 그로부터 5년이 지난 셈인데, 플라워 무브먼트와 히피 문화는 아직 빛바래지 않아 오쿠다 소년은 '자유란 거 참 좋구나' 하고 한숨을 쉬었다. 여자가 토플리스로 콘서트장을 돌아다녀도 아무도 호기심 어린(그리고 호색적인) 눈으로 쳐다보지 않았다. 일본에서는 영원히 있을 수 없는 개인주의가 부러워 견딜 수 없었다.

내가 가진 미국에 대한 환상은 이 무렵에 시작되지 않았을까 싶다. 록을 통해 보는 미국은 박애와 자유의 성지였다. 덕분에 다 큰 어른이 되기까지 미국의 인종차별은 지나간 과거라고 믿었다. 흑인 뮤지션에 대한 존중이 사회에도 있다고 믿어 의심치 않았다. 보수를 모른다는 것은 젊은이에게서 흔히 찾아볼 수 있는 무지의 극치다.

연주로 나를 매료한 것은 산타나, 조 코커, 슬라이 앤드 더 패밀리 스톤이었다. 특히 젊은 날의 산타나는 《Caravanserai》 등의 신비적 이미지와는 정반대의 와일드함이 있어서 어쩐지 라틴 록을 재발견한 기분이었다.

일부를 제외하고 다들 아직 이름 없는 뮤지션이었다. 하나의 재능이 세상에 등장하는 순간을 포착했다는 점에서도 〈우드스톡〉의 가치는 크다. 이 영화는 지금 봐도 가슴이 뜨거워지는 장면이 많이 있다.

사족인데, 샤나나는 완전히 겉돌았다(일본으로 말하자면 쿨스나 래츠 앤드 스타 같은 느낌이랄까). 있을 데가 아닌 곳에 있다는 느낌이 너무나도 강했다. 〈더 라스트 왈츠〉의 닐 다이아몬드와 막상막하가 아닐까. 네가 왜 거기 있는 거냐.

〈우드스톡〉의 상영 중 잊을 수 없는 사건이 있었다. 관객 가운데 있던 젊은 장발 남녀 몇 명이 스크린 앞으로 줄줄이 나오더니 음악에 맞춰 소위 고고춤을 추기 시작한 것이다. 그때까지 주고받던 대화 내용으로 보건대(눈에 띄게 행동하고 있었다) 기후대학 학생이었던 것 같다.

스크린에서는 슬라이가 주먹을 치켜들며 분위기를 띄우고 있다. 그 앞에서 기후대 학생들이 머리를 휘날리며 춤추고 있다. 오쿠다 소년은 본의 아니게 멋지다고 생각하고 말았다. 나도 얼른 대학생이 돼서 저런 청춘을 보내야겠다고 생각했다. 그런 시대였다.

실은 이때 나는 〈우드스톡〉을 끝까지 보지 못했다. 마지막 버스 시간(저녁 8시 반이었다, 하하하)이 다가와 그만 나가야 했던 것이다. 옆에서는 K가 연신 손목시계를 보면서 "야, 지금 안 가면 늦어" 하고 채근했다. 나는 미련을 남기고 중간에 나와야 했다. 따라서 이 영화의 하이라이트라고도 할 수 있는 지미 헨드릭스를 보지 못했다. 시골은 온갖 것과 싸워야 했다.

오쿠다 소년은 입시 공부에 쫓기면서도 록과 영화를 게을리하지 않았다. 록과 영화는 이미 취미라기보다 생활의 축이었다. 중3 때 본 영화 중에 재미있었던 작품은 〈엑소시스트〉(윌리엄 프리드킨 감독)이다. 기후에 올 때까지 기다릴 수 없어서 나고야까지 보러 갔다. 좌우지간 사전 평판이 엄청나서, '실신 속출'이라느니 '영화관 안은 비명의 도가니'라느니, 매스컴에서 얼마나 띄우던지. 관객이 몰려들어 매회 서서 보는 사람들까지 있다고 하는 터라, 나는 친구들과 함께 아침 일찍 메이테쓰 전철을 타고 나고야 역 앞 영화관으로 달려갔다. 아, 미처 말을 못 했는데, 여름방학 중이었다.

그러자 우리와 같은 중학생이 잔뜩 있어서, 아침 8시인데도 이미 줄을 서 있었다. "너희는 어디서 왔어?" "몇 학년?" "그럼 우리랑 같네" 하는 느낌으로 순식간에 친해져서 자리도 서로 맡아주는 등 거의 한패나 다름없어졌다.

내가 생각하기로, 인생에서 친구를 사귀기 가장 쉬운 시기가 중학교 3년간이 아닐까 싶다. 고등학생은 다니는 학교로 계층 같은 게 생기고, 초등학생은 부모가 개입한다. 그 점에서 중학생은 모두가 평등하고, 의무교육에 묶여 있고, 바보고, 순진하고, 어른에게 절대 고자질하지 않고, 모두가 한패라고 생각한다. 다시 말해서 원 월드. 왕따도 근본을 따지면 어리광이고, 같은 편이니까 용납된다고 착각하는 셈이다.

당시에는 나도 아주 개방적인 성격이었다. 시 육상 대회에서 옆에 있던 다른 학교 학생과 이야기하다가 상대방도 팝송 팬이라는 것을 알게 된 적이 있었다. 내게 딥 퍼플의 《Live In Japan》이 있다는 말을 듣더니, 그는 눈을 빛내면서 "나도 들려 줘"라고 하고는 먼 길을 자전거를 달려 우리 집까지 놀러 왔다. 그것도 사귀는 여자애까지 데리고. 그게 딱히 이상하다는 생각도 없었다.

나 자신도 친구의 친구의 사촌네 집 같은 곳에 쳐들어가서 "예스의 《Close To The Edge》를 갖고 있다던데 나도 좀 들어보자" 하면서 뻔뻔하게 들어가 감상한 적도 있었다. 중학생의 상부상조 시스템은 굉장했다. 이야기가 곁길로 샜다.

〈엑소시스트〉는 불알이 쪼그러들 정도로 무서웠다. 갓 친해진 중학생들끼리 꺄꺄, 와와 갖은 난리를 쳤다. 주연을 맡은 여자애(린다 블레어)가 또래인 탓도 있어 감정이입을 엄청나게 하는 바람에 제발 구해줘라 하고 스크린을 향해 두 손을 모아 쥐고 기도했다. 영화를 보면서 그렇게 무서웠던 것은 그 전에도 그 후로도 그때뿐이었다. 한동안 밤에 화장실 가는 것도 무서웠다.

중학생은 오컬트를 좋아한다. 당시 전국의 중학교에서 '곳쿠리상'*이 유행해서 어른들이 문제시한 적이 있었다. 우리 반에서도 푹 빠진 애들이 있어서, 방과 후면 교실에 남아 5엔짜리 동전으로 의식을 시작하고는 곳쿠리상에게 온갖 것을 물었다.

나도 했다. 본인은 그냥 동전에 손가락을 얹어놓고 있을 뿐인데, 어라라, 거참 이상하기도 하지, 동전이 종이 위를 스스스 움직이지 뭔가. 물론 잠재의식이 손을 움직이는 것인데, 그런 것을 알 리 없으니 모두들 시끌시끌 난리가 났다. 불제라도 하지 않으면 화를 입을 것이라고, 다 같이 신사에 가서 유부를 바치고 왔다. 곳쿠리상은 여우라 했으니까.** 이야기가 곁길로 샌 김에 쓰자면, 중3 가을에 할아버지가 돌아가셨는데, 그날 밤 꿈에 나왔다. 이 할아버지가 허풍선이라 내가 초등학생 때 일본사를 좋아한다는 말을 듣고 손자를 기쁘게 해주려고 "우리 조상은 다케다 신겐이다" 하고 뻥을 쳤다. 그 말을 순순히 믿은 내가 여기저기 떠벌리고 다니는 바람에, 어머니가 알고 할아버지에게 항의한 적이 있었다. 할아버지는 꿈에 나타나서

* 우리나라의 분신사바 같은 놀이

** 일본에서 신의 사자인 여우는 유부를 좋아한다고 알려져 있다.

"그때 미안했다" 하고 사과했다. 다음 날 아침 아래층으로 내려가자, 어머니가 "할아버지가 어젯밤에 돌아가셨단다" 하고 알렸다. 오쿠다 소년은 '어럽쇼' 하고 생각했다.

중학생은 쉽게 믿으니 여러 가지 일이 벌어진다. 유령도 상대해주는 곳에 나타나는 것이리라.

계제에 덧붙이자면, 음악이나 영화에 대해 당시의 나는 인력(引力)이 있었던 것 같다. 재미있는 게 알아서 나를 찾아오는 것이다. 별 정보도 없던 시대에 용케 좋은 작품들을 만났다. 인생은 불가사의한 일로 가득 차 있다.

There's A Riot Goin' On / Sly & The Family Stone

영화 〈우드스톡〉에서 펑키하고 다이내믹한 퍼포먼스에 충격을 받아, 그들의 대표작이라 해서 샀는데, 하도 어둡고 난해해서 처음에는 감당을 못 했다. 당시 아티스트들은 인기 절정기에 마치 팬을 걸러내듯 난해한 앨범을 냈으니 참 대단하다. 어디, 너희 따라올 수 있겠어? 하듯이. 훗날 일렉트릭 마일스에 경도할 수 있었던 것은 이 음반을 초기에 열심히 들은 덕이다.

Leon Live / Leon Russell

나도 참 리언 러셀을 끈덕지게 좋아한다. 이 사람은 진수를 알리려면 라이브를 들어야 하니, 들어보고 싶은 사람에게는 이 음반을 추천한다. 가스펠, 솔, R&B, 컨트리 등 미국 음악의 전부가 들어 있는, 호쾌한 전골 같은 음악이다. 일본어로 번역된 가사를 읽으면 리언의 완벽한 에로 설교사 같은 느낌이 잘 드러나 있어, 어른이 되고 나서 그의 쇼는 남녀가 사랑을 나누는 자리였음을 이해했다. 18금이 아니어도 괜찮았던 걸까.

Tubular Bells / Mike Oldfield

영화 〈엑소시스트〉의 메인 테마로 사용되어 세계적으로 히트를 쳤다. 혼자서 모든 악기를 연주해서 다중 녹음으로 완성했다는 면에서도 화제가 됐다. 이 곡을 들으면 지금도 중3 때가 생각나 등골이 오싹해진다. 그와는 별도로 장대한 스케일의 걸작인 것도 사실이다. 다만 이 사람, 그 뒤로 이 앨범의 베리에이션만 연발해서 연명한 것은 좀 그렇지 않나. 스스로 원 히트 원더의 길을 걸으면 안 된다.

11

At Fillmore East

The Allman Brothers Band

1975년 새해가 밝자마자 일본의 팝송 소년 소녀에게 빅뉴스가 들려왔다. 퀸의 첫 내일 공연이 정해졌다는 것이다. 우어. 고교 입시 준비가 막판에 다다랐을 때였건만, 오쿠다 소년은 '코피 훅' 상태로 안절부절못했다. 공연일은 4월 22일, 장소는 아이치 현 체육관. 그래, 콘서트를 볼 때면 고등학생이겠구나. 합격하면 좋겠는데⋯⋯. 아니, 그보다 문제는 퀸이다. 나는 이 사람 저 사람 말을 시킨 끝에 친구 둘과 가기로 했다. 같이 가는 사람이 있으면 나고야까지 야간 원정을 가도 마음이 든든하다.

총무를 맡은 나는 티켓을 구하기 위해 행동을 개시했다. 기억으로는, 나고야 공연을 주최하는 곳에 전화해서 주소와 이름, 티켓 매수를 말하고 예약한 다음 등기우편으로 현금을 송

금하면 나중에 티켓이 우송되었던 것 같다. 이것은 이례적인 일이었다.

인터넷은 물론 티켓피아도 존재하지 않았던 당시, 콘서트 티켓은 백화점이나 큰 악기점에 있는 플레이가이드에서 구입하는 게 통례였다. 티켓이 케이스에 진열되어 있고 '이거 주세요' 하는 식으로. 요새로 말하면 상품권 가게 같은 곳이다. 그러니 전화 예약을 한다는 게 그렇게 불안할 수 없었다. 사기라면 어떻게 하나 싶어 시골 중학생은 전화 한 통 거는 데도 긴장해야 했다.

보름쯤 기다린 끝에 우리 집에 티켓이 도착했다. 아아, 기쁘다. S석 3000엔짜리 티켓 석 장. 그 위로 '퀸스 시트'라는 이름의 4000엔짜리 자리도 있었지만(실은 보통의 S석 앞쪽 절반에 그런 이름을 붙이고 값을 올린 것뿐이었다), 거기까지는 차마 엄두가 나지 않아 두 번째 등급으로 참았다. 그렇지만 나는 만족스러웠다. 퀸을 볼 수 있는 것이다. 야호, 첫 록 콘서트 체험! 드디어 현실이 된다. 이제는 그날이 오기를 기다리기만 하면 된다.

고등학교는 기후 시 외곽, 논밭으로 둘러싸인 현립 인문계 고등학교에 합격했다. 학군제도였으니 두 학교 중 한 곳에 임의로 배정됐는데, 내가 가고 싶은 곳이 아니라 상당히 실망했다. 시골에서 한 시간 이상 걸려 전철과 버스를 갈아타고 또 시골로 학교를 다니는 셈이었다. 뭐, 도중에 야나가세와 역 앞 번화가가 있는 것만으로도 기뻤지만. 동경하던 전철 통학. 얼마든지 다른 데 들를 수 있다.

새 동급생들에게 퀸의 콘서트에 간다고 자랑하자 생각지 않게 반응이 대단했다. 나는 같은 반에 팝송 이야기를 할 수 있는 학생이 많은 것을 알고 놀랐다. 중학교 때 팝송 팬이 전체 학생의 5퍼센트 정도였다면, 고등학교에서는 10퍼센트를 너끈히 넘는다는 느낌이었다. 성적이 좋은 인간들은(어쨌거나 나도 포함해서) 역시 취미에 대한 의식도 높고 록을 듣는구나 싶어 자신감이 생겼다. 내 이야기는 다른 반에도 전해져서 "너 퀸 보러 간다며?" 하고 모르는 학생이 말을 걸곤 해서 오쿠다 소년은 아주 우쭐했다.

소유한 레코드도 팝송 팬들끼리 서로 신고했다. 나는 여기서도 마니아도(度)가 높았던 터라 '○반에 록에 빠삭한 오쿠다란 녀석이 있다더라' 하고 조용히 이름을 알렸다. 고등학생이 돼서 록 이야기를 할 수 있는 동급생이 늘었다고 다들 신이 났던 것일지도 모른다. 수준이 같다는 게 꽤 중요하다.

어쨌거나 퀸의 콘서트다. 오쿠다 소년은 며칠 전부터 흥분해서는 기존에 발매된 엘피 석 장을 반복해서 들으며 예습에 여념이 없었다. 쉬는 날을 이용해서 나고야 성 입구에 있는 아이치 현 체육관으로 사전 답사도 갔다. 나고야에서 지하철 환승을 한 경험이 없었거니와 길을 잃으면 안 되니 말이다. 나는 원래 그런 성격이다. 용의주도하다기보다 걱정이 많은 타입.

처음 들어가 본 아이치 현 체육관은 넓고 깨끗하고 근대적이라 시골 중학생은 한숨이 나왔다. 수용 인원은 최대 7500명이라고 하니, 무대와 그 뒤를 빼면 5000석 가까이 준비되지 않았을까. 물론 초만원이었다. 당일에 입석 티켓도 판매되어 뒤쪽 통로는 사람들로 넘쳐났다. 내 자리는 중앙 객석 뒤쪽이었지만 아무래도 상관없었다. 어차피 공연이 시작되면 무대를 향해 돌진할 테니까. 1970년대에는 그게 상식이었다.

퀸의 첫 일본 공연 오프닝은 지금도 선명하게 기억난다.

불이 꺼지고 장내가 캄캄한 어둠에 싸인다. 소녀들의 비명이 꺅 하고 메아리친다. 〈Now I'm Here〉의 도입부가 흐르는 가운데, 드라이아이스 연기가 구름처럼 무대 위를 가득 메운다. 심벌 소리에 맞춰 스트로보라이트의 섬광이 어둠을 가른다. 빛 속에 한순간 떠오르는 것은 순백색 의상을 입은 프레디 머큐리. 그때마다 비명이 체육관을 뒤흔든다. 많은 관객이 이미 무대로 밀려들고 있었다. 나도 일어나 통로를 달렸다. 장내가 온통 시끌시끌했다. 대낮처럼 환한 조명이 무대를 비추었을 때, 프레디가 날개를 펴고(그런 의상이었다) 중앙에 우뚝 서 있었다. 무대를 마주 보고 오른쪽에는 키가 큰 브라이언 메이, 왼쪽에는 존 디컨, 뒤쪽으로 한 단 높은 곳에는 로저 테일러. 나는 의자를 타 넘고 사람들을 헤치며 무대 정면에서 10미터쯤 떨어진 곳까지 갔다. 와우. 진짜 퀸이 바로 저 앞에 있다. 프레디가 튀기는 침까지 보인다. 오쿠다 소년은 감격에 겨워 오줌을 지릴 뻔했다.

참고로 평일에 학교 끝나고 갔으니 검정 교복 차림이었을 것이다. 책가방은 어쨌을까. 설마 손에 든 채 무대로 돌진했을 것 같지는 않은데……. 그 언저리에 대한 기억이 전혀 없다. 어쨌거나 패션과는 아직 연이 없는 시골 고등학교 1학년이었다.

무대는 압권이었다. 그때만 해도 퀸은 세계적으로는 아직 이름이 없었지만 앞으로 스타의 계단을 달려 올라가겠다는 강한 의지가 느껴졌다. 처음부터 전력투구. 그러니 팬들도 전력으로 화답하며 펄쩍펄쩍 뛰고, 좌우로 몸을 흔들고, 김이 오를 것처럼 신나게 한판 축제를 벌였다. 모르는 여자애가 뒤에서 의자 등받이에 올라서서, 자리에 앉은 내 어깨를 붙잡고 있었다. 내가 누름돌 겸 받침대냐. 그렇기는 해도 달콤한 향이 코를 간질였다. 록 좋아하기를 잘했다.

그 시대의 무대는 〈Son And Daughter〉나 〈White Queen〉

등 훗날 연주하지 않게 된 곡이 많았던 터라 지금에 와서는 귀중한 체험이라 할 수 있었다. 하이라이트는 〈Liar〉. 모두가 하나가 돼서 "라이어! 라이어!" 하고 큰 소리로 합창했다. 대략 두 시간 동안 계속된 콘서트는 눈 깜짝할 새 막을 내렸다. 체육관 밖으로 토해내진 우리는 전원이 땀범벅에 상기된 얼굴로 집으로 돌아갔다. 아아, 여는 만족했느니라.

메이테쓰가카미가하라선(線)의 막차는 (당시) 밤 10시 반. 나고야에서 타려면 아슬아슬했다. 어서 가자, 어서. 처음 타본 막차는 살짝 춥고 취객과 불량해 보이는 어른들이 있어, 열다섯 살 소년들에게는 무척 마음이 불안한 공간이었다. 우리는 구석에서 눈에 띄지 않게 주의하며 콘서트의 흥분을 이야기했다. 집에 도착한 것은 밤 11시 지나서. 부모님이 뭐라 한 기억은 없으니 슬슬 어른 대우를 받고 있었다는 뜻일까. 중학생이라면 꼼짝없이 경찰에 걸렸을 것이다. 오쿠다 소년은 고등학생이 됐음을 실감했다.

퀸은 그다음 해도 일본에 와서 그때도 콘서트를 보러 갔지만, 이미 관심이 다른 데로 옮겨 간 뒤라 그저 친구들을 따라가 준 느낌이었다. 세계적으로는 퀸의 최고 걸작으로 평가되는 《A Night At The Opera》에 영 익숙해질 수 없었기 때문이다. 특히 싱글로 나온 〈Bohemian Rhapsody〉는 '이건 무슨 여흥 같은 건가?' 싶었다. 보아하니 내가 기대했던 프로그레시브 하드록 노선을 퀸이 걸어줄 성싶지 않다는 것을 눈치채고 마음이 멀어졌다. 〈Lazing On A Sunday Afternoon〉이라든지 〈Seaside Rendezvous〉 등 장난 같은 곡에는 정말 낙담했다. 팬은 참 제멋대로다.

여담이지만, 두 번째 나고야 공연에서는 첫 번째 때 관객석이 무정부 상태였던 것을 반성해서인지 주쿄대학교 소림사권법부 학생들이(단체로 입은 체육복 가슴에 그렇게 수놓여 있었다) 장내 경비를 맡았는데, 정말이지 무시무시한 아수라장이 벌어졌다. 무대로 몰려드는 청중을 깍두기 머리와 펀치 파마를 한 소림사 군단이 철권을 동원해 자리로 돌려보냈다. 내 옆에 있던 대학생은 여자친구 보는 앞에서 맞고 코피를 터뜨렸다. 그야말로 난장판이었다. 하지만 마지막에는 관객이 수의 논리로 승리를 거두어, 나는 또다시 밀치락달치락 상태의 무대에 달라붙어 보게 되었다. 다들 와일드했던 시대였다.

여기서 잠시 곁길로 새자면, 당시 일본 밴드 캐럴이 지방에서 콘서트를 할 때면 현지 폭주족 리더들을 모아다 장내 경비를 맡겼다. 프로모터도 제법이다. 객석의 비행소년들이 날뛰지 못하게 하려면 무섭게 생긴 선배에게 경비를 시키면 된다. 임무가 생긴 리더들은 신이 난다. "야, 너희들, 오늘은 싸우면 안 된다" 하고 후배들을 모아다 지시도 내리고. 하룻밤 한정의 휴전협정. 포상으로 대기실에 데려가서 에이와 조니를 만나게 해주니 그들도 좋아 죽는다. 요새 같으면 경찰이 가만있지 않을 것이다. 흥행업계는 야쿠자 같은 세계였다.

요새 젊은 록 팬에게 "퀸의 첫 번째랑 두 번째 내일 공연을 봤어"라고 하면 엄청나게 부러워한다. 그래, 많이많이 존경해라. 나도 자랑스럽다.

고등학교 1학년 때 내가 가장 빠져 있던 레코드는 올맨 브라더스 밴드(이하 ABB)의 《At Fillmore East》였다. 어머나, 퀸이랑 딥 퍼플 팬이 뜬금없이 그쪽으로 간단 말이야? 하고 뜻밖이라 생각하는 분도 있겠지만, 그래, 그랬다. 오쿠다 소년은 서던 록을 알면서 아메리칸 록으로 방향키를 크게 꺾은 것이었다.

계기는 ABB의 《Brothers And Sisters》였다. 이 중에서 싱글로 나온 〈Ramblin' Man〉과 〈Jessica〉를 라디오에서 듣고 단번에 마음에 들어 엘피를 샀더니, 이게 아주 괜찮은 앨범이었다. 언젠가 거슬러 올라가 들어봐야겠다고 생각하다가, 그들의 대표작이라고 이야기되는 두 장짜리 라이브 음반《At Fillmore East》를 과감하게 구입한 것이었다. 스왐프 록이라고도 불린 흙내 나는 사운드는 결코 틴에이저가 쉽게 이해할 수 있는 음악이 아니거니와, 길게 이어지는 임프로비제이션은 문지방이 높은 부류에 들어갈 것이다. 하지만 전전 회에 썼듯이 나는 트래픽의 《On The Road》로 귀를 단련해놓았던지라 내 것으로 삼는 데 오래 걸리지 않았다. 몇 번 듣고 '이건 걸작이다' 하고 확신했거니와, 어떤 큰 세계가 이 작품 저편에 펼쳐져 있다는 것을 직감으로 알 수 있었다.

나는 《At Fillmore East》를 통해 마치 마약에 취하는 듯한 음악의 쾌감을 처음 알았다. 임프로비제이션은 하드록에도 있었지만, ABB의 연주는 그보다 훨씬 자유도가 높고 연주자들의 재량에 맡겨져 있었다. 골인 지점만 정해놓고 나머지는 제각기 길을 간다. 예정조화가 없다. 한마디로 말해서 대륙적이었다. 책에 견주자면 대하소설. 도움닫기가 긴 탓에 금세 재미있어지지는 않지만, 이야기 속 세계에 들어가고 나면 한없이 그 속에 몸을 담그고 있고 싶다. 그레이트풀 데드처럼 본국 미국에서는 마리화나와 세트로 사랑받았던 음악일 수도 있겠지만, 그런 게 없어도 충분히 취할 수 있다. 나는 이 음반을 알게 돼서 진심으로 기뻤고, 내가 리스너로서 성장하고 있음을 실감했다.

《At Fillmore East》에 감동한 사람은 반드시 《Eat A

Peach》(이것도 두 장)로 넘어가게 돼 있다.《At Fillmore East》의 끝 곡 〈Whipping Post〉(23분이 넘는 엄청난 열연)가 끝나면 곧바로 팀파니 소리가 울려 퍼지는데, 그게《Eat A Peach》에 수록된 〈Mountain Jam〉(이쪽은 33분 이상!)의 도입부이기 때문이다. 이게 페이드아웃되면서《At Fillmore East》는 막을 내린다. 그러니 그다음을 듣지 않을 수 없는 것이다. 나는 지금도 이 두 앨범을 즐겨 듣는다. 싫증 난 적이 한 번도 없다.

1975년은 서던 록이 세계적으로 붐을 일으킨(그렇다기보다 마침내 받아들여진) 해로, ABB 외에 레너드 스키너드, 마셜 터커 밴드(이하 MTB), 웨트 윌리, 애틀랜타 리듬 섹션 등이 주목을 받았다. 나는 광맥을 발견한 양 신나서 잇따라 레코드를 사들였는데, 그중에서도 마음에 든 것은 컨트리 느낌이 나는 MTB였다. 그들의 대표작《Where We All Belong》은 두 장짜리 앨범(시디로는 한 장)으로, 그중 한 장이 라이브 음반이다. 그런데 그게《At Fillmore East》에 결코 뒤지지 않는 아주 흥분되는 내용이다. 더그 그레이의 힘찬 보컬에 토이 콜드웰의 불꽃 튀는 기타 솔로(엄지만 쓰는 피킹 주법이었다). 곡도 훌륭해 오쿠다 소년은 완전히 녹아웃되었다.

그런데 MTB는 일본에서 인기가 전혀 없었다. 매스컴에서도 별로 언급하지 않았다. 지금도 '도대체 왜냐고!' 하고 시부야 스크램블교차점에서 부르짖고 싶을 만큼 납득할 수 없는 일이다. 이 무렵부터 오쿠다 소년은 세상에는 과소평가를 감수하는 불우한 밴드며 뮤지션이 부지기수라는 현실을 실감했다.

내 단언하는데, 대중은 눈뜬장님이다. 대중은 부화뇌동하고, 유행에 휩쓸리고, 권위에 약하고, 자기 머리로 생각하지 않는다. …… 아무리 그래도 지금은 이렇게까지 말하지는 않는다. 이미 오래전에 달관했다. 하지만 이 무렵에는 의분에 사로잡혀 반동으로 안이한 상업주의를 경멸하곤 했다. 〈뮤직 라이프〉는 퀸의 성공으로 맛을 들여 키스며 에어로스미스, 베이 시티 롤러스를 전면에 내세우기 시작했는데, 나는 속으로 '쳇' 하고 경멸하며 상대하지 않았다. 오쿠다 소년, 슬슬 반항기에 돌입한 것이다.

ABB를 계기로 내가 발을 들여놓은 숲은 블루스 록이라는 '사나이의 세계'였다. ABB를 좋아한다는 여자는 본 적이 없다 (물론 개중에는 있겠지만). 내가 좋아하는 아티스트는 길을 구하는 자들이고, 시류에 영합하지 않는 옹고집쟁이들이었다. 그리고 그들이 지향하는 지점에는 진짜 흑인 블루스가 있다는 것도 어렴풋이나마 보였다. 물론 고등학생에게는 문지방이 너무 높았지만. 당시 학교 갔다 오는 길에 뻔질나게 드나들던 레코드 가게에서 비 비 킹을 잠깐 시청해봤는데, 아무리 그래도 너무 진해서 감당할 수 없는 느낌이었다. 고등학생에게는 흡사 위스키나 다름없었다. 아직 맥주도 못 마셔봤는데.

그렇기에 백인이 소화하고 자신들 나름의 해석을 더한 블루스 쪽이 더 친숙했고 고등학생에게도 이해하기 쉬웠다고 생각한다. ABB도 그렇고, 클랩턴도 그렇고.

맞다. 에릭 클랩턴은 1975년에 신나게 기타를 쳐대는 라이브 앨범《E. C. Was Here》를 냈는데, 내게는 '바로 이거야!' 하고 주먹을 쳐들고 싶을 만큼 멋진 작품이었다. 어느 평론가가 어디선가(출전은 모조리 잊어버렸다) '이 라이브 앨범이 없었다면 1970년대의 클랩턴은 팬에게 버림받았을 것이다' 같은 말을 썼는데, 나도 전적으로 동감이다. '나도 맘먹으면 굉장하다' 하고 진검을 한 차례 번득인 것뿐으로 그 뒤의 헐렁한 스튜디오 앨범이 전부 용서되었다. 그리고 클랩턴이 블루스의 전도사라는 사실도 세간에 널리 알려졌다.

영국 쪽에서 또 한 사람, 지명도는 클랩턴만 못했지만, 로리 갤러거(엄밀히는 아일랜드 사람)도 아주 좋아했다. 수를 쓰지 않는 직구 승부. 와일드하면서 신선한 한결같은 기타 소년이라는 자세에 호감을 느꼈다. 약간 괴로운 듯이 노래하는 것도 좋았고, 또 로리는 칠이 벗어진 스트라토캐스터, 데님 점퍼에 체크 남방, 꺾어 신은 스니커가 트레이드마크였다. 자신을 전혀 꾸미지 않는다. 그런 로리의 '멋 안 부리는 형님' 같은 모습이 일본의 록 소년들에게 사랑받았다(1970년대 중반, 짧은 기간에 세 번이나 일본에 왔을 만큼 밀월 시대였다). 내 기타 히어로는 리치 블랙모어에서 로리로 아주 간단하게 바뀌고 말았다. 오쿠다 소년은 변덕스러웠다.

ABB와 로리를 듣게 되면서 내 마음속에서 프로그레시브나 하드록에 대한 흥미가 급속히 식었다. 비유를 하자면 테마파크에 싫증이 나 자연의 숲을 사랑하게 된 셈이다. 주어지는 스릴보다 스스로 발견하는 스릴이 훨씬 재미있거니와, 탐구심을 자극한다. 자, 다음은 뭐지? 나는 그새 후각이 발달해서 재킷만 보고 음반을 사도 실패가 거의 없게 됐다. 역시 수행을 하고 볼 일이다. 학교에서도 내 록 지식은 두드러졌다. 록이 수업 과목이었다면 얼마나 좋았을까.

고등학교 생활은 대체로 즐거웠지만, 어디까지나 공부 제일주의인 데에는 손들었다(뭐, 학교니까 그야 그렇겠지만). 교사란 교사가 전부 '1학년 때부터 대학 입시를 시야에 두고 확실하게 공부해두지 않으면 나중에 큰일 난다' 하고 위협하는 것이다. 특히 나이도 많지 않으면서 머리가 벗어진 수학 교사가 어두운 표정으로 "성적이 이래 가지고 너희들 앞으로 어쩔 생각이냐" 하고 설교를 늘어놓으며 마지막에는 늘 "의무교육이 아니니까 공부가 싫으면 그만둬도 된다" 하는 바람에 매번 나까지 우울해졌다. '댁은 대체 인생을 사는 낙이 뭐냐' 하고 말해주고 싶었다. 그런 위협은 내게 눈곱만큼도 효과가 없었다. 세끼 밥보다 더 좋아하는 록이 있으니까. 교사가 떠받드는 엘리트 코스 따위 나는 일없었다. 그러니 낙제생이 될 만도 했다. 하하하.

학생은 '자, 좋은 대학 가게 공부하자'파와 '자, 놀자'파로 뚜렷이 나뉘었다. 나는 말하나 마나 후자였다. 첫 정기 고사에서 1학년 약 400명 중 이백몇십 등이어서 '에고고' 싶었다. 오쿠다 소년, 여기서는 평균 이하였다. 내 생각에 사람은 이쯤에서 도금이 한 번 벗겨지는 것 같다. 중학교 시절은 기본 성능만으로 어떻게 됐지만, 그다음부터는 다른 엔진이 필요한 것이다. 나는 그게 없었다.

포기가 빠른 나는 이제 눈치 보지 않고 모든 에너지를 록에 쏟아부었다. 성적은 점점 나빠졌다. 헤헤.

Where We All Belong / The Marshall Tucker Band

1974년 작품. 본문에도 썼지만, 하이라이트는 후반의 라이브. 질주감이 ABB도 능가할 정도다. 더 많이 듣고 싶었는데, 당시의 라이브 음원은 이것과 〈Volunteer Jam〉이라는 옴니버스 앨범에 수록된 〈The Thrill Is Gone〉뿐이라 꽤나 굶주렸다. 지금이라도 재평가를 받았으면 좋겠다고 생각하는 밴드 중 으뜸.

E. C. Was Here / Eric Clapton

이 앨범을 들어본 적이 없는 클랩턴 팬의 말은 신뢰할 수 없다. 동생뻘인 조지 테리와 벌이는 뜨거운 기타 배틀에 얼마나 많은 팬이 쾌재를 외쳤을까. '에릭 형님, 왜 진작 이런 걸 보여주지 않은 거요' 싶은데, 아끼느라 안 보여줬다기보다 1970년대에 에릭은 자기 진가를 몰랐던 게 아닐까 하는 게 내 추측이다. 전에도 말했지만, 자신의 피가 얼마나 진한지 스스로는 모르는 법. 에릭도 그중 한 명이었다.

Against The Grain / Rory Gallagher

대표작은 〈Live! In Europe〉이라고 생각하지만, 스튜디오 음반 중에서는 이게 제일 좋았다. 당시 로리는 진지한 열혈한이면서도 이따금 비치는 묘한 발랄함이 매력이었다. 비행소년이 꽃무늬 손수건을 갖고 있는 듯한 '안심되는' 감각이다. 동네 형 같은 느낌으로 사랑받았던 게 메이저가 되지 못한 요인일지 모르겠다. 참고로 일본의 차(Char)는 노래 방식이 로리와 판박이다.

12

Born To Run

Bruce Springsteen

내가 록의 가사를 의식한 것은 언제가 처음이었을까. 이것 저것 기억을 되살려본 결과, 1975년 가을에 브루스 스프링스틴의 《Born To Run》을 들었을 때 아닐까 하는 결론에 달했다.

라디오에서 나온 곡은 스피커에서 침이 튈 것처럼 격한 말의 연사(連射)였다. 오쿠다 소년은 귀를 빼앗겼다. 뭔지 몰라도 엄청난 녀석이 나왔다 싶었다. 이 가수는 화가 났다고 직감했다. 뭐에 화가 났는지 알고 싶었다.

그럼 그때까지 3년간 록을 들으면서 가사에 전혀 관심이 없었느냐 하면 그렇지는 않았다. 비틀스의 〈Hey Jude〉나 〈Let It Be〉의 가사를, 한 손에 사전을 들고 영어 공부의 일환으로 해석하고는 '흠, 이런 노래였나' 하고 이해한 줄 착각한 적은 있었고, 엘피의 라이너 노트에 대역(對譯)이 있으면 일단 읽어보기는 했다. 하지만 그렇게 접한 가사는 모두 마음을 뒤흔드는 게 없는, 딱히 몰라도 상관없는 것들이었다.

가령 핑크 플로이드의 《The Dark Side Of The Moon》도, 킹 크림슨의 《In The Court Of The Crimson King》도 유난히 추상적인 것이, 심술궂게 표현하자면 일부러 난해한 소리를 해서 듣는 사람을 현혹하는 듯한 면이 있다. 젊음에 기인하는 허세의 냄새도 물씬 풍기고, 심금을 울리는 말은 별반 없었다.

그렇기에 록의 가사는 아무래도 상관없는 것까지는 아니라도 부록처럼 생각하고 있었거니와, 나는 애초에 사운드가 좋은 것이었던 터라 가사는 몰라도 지장 없었다. 보이스도 악기의 하나로 인식하고 있었다.

그러다가 만난 스프링스틴은 그가 발하는 말에서 이루 형용할 수 없는 절박함이 느껴졌다. 의미를 모를 때부터 이미 '이 사람은 대체 뭘 노래하는 건가' 싶어 저절로 몸을 앞으로 내밀고 듣게 되었다. 그런 일은 내게 처음이었다. 모르는 외국어인데도 거세게 마음에 호소해 오니, 이것도 록의 힘일 것이다. 나는 당장 스프링스틴의 《Born To Run》을 구입했다.

여담이지만, 오랜만에 레코드를 꺼내 라이너 노트를 보니 구석 여백에 '1975. 10. 23'이라고 사인펜으로 날짜를 적어놓았다. 오오, 오쿠다 소년의 열여섯 번째 생일이다. 자기 생일 선물로 산 모양이다.

구입한 음반을 듣고 나는 거센 감동을 느꼈다. 첫 곡인 〈Thunder Road〉의 하모니카와 피아노로 시작되는 도입부만 듣고도 소름이 돋았고, 스프링스틴의 노래는 단숨에 나를 가 본 적도 없는 뉴욕의 뒷골목으로 데려갔다. 이 '어디론가 데려가는' 느낌도 처음 체험하는 것이었다. 내용은 어디에나 있을 법한 평범한 젊은 남녀의 구애 이야기다. '난 네 집 앞에 가서 낡아빠진 쉐보레 문을 열고 널 기다리고 있어. 난 승리를 찾아 이곳을 떠날 거야. 그러니 제발 얼굴을 보여줘.' 그런 정경이 머릿속에 생생하게 떠올라 가슴이 쥐어뜯기는 것 같다. 타이틀곡도 살던 곳을 떠나는 남자 이야기. 스프링스틴 자신도 뉴저지의 쇠락한 도시에서 꿈을 찾아 뉴욕으로 나온 사람이다. 즉 이 시기의 그는 자기 자신을 노래했을 것이다. 이 앨범은 전편에 걸쳐 피가 끓고 있다.

스프링스틴은 우리 마음의 대변자라는 생각이 들었다. 뮤지션을 등신대의 히어로로 의식한 것은 아마 그가 처음이었을 것이다. 어른은 들어봤자 열여섯 살 고등학생의 절반도 감정이입을 할 수 없을 것이다. 청춘의 한가운데, 초조해하고, 주저하고, 상처받고, 우왕좌왕하는 그런 풋내 나는 모습에 직접적으로 공감할 수 있는 것은 젊은이의 특권이기도 하다.

그리고 나 같은(시골에서 록에 미쳐 있는) 젊은이는 전 세계에 있어서, 각자가 '이건 내 노래다' 하고 주먹을 부르쥐었을 것이다. 이렇게 해서 스프링스틴은 눈 깜짝할 새 스타의 계단을 달려 올라가게 된다.

록에는 메시지성이 으레 따라붙기 마련이라, 스프링스틴도 데뷔 당시에는 매스컴에서 '제2의 밥 딜런'이라는 말을 들었다. 하지만 그는 노동자계급의 히어로라는 측면이 강해 딜런과는 종류가 다르다는 것을 금세 알 수 있었다. 정치나 사회문제가 아니라 패배자들의 울적함을, 허세를 부리며 노래하는 것이다.

이 허세의 미학은, 설령 사회의 밑바닥에 자리하면서 때로는 좌절할 것 같아도 세상을 원망하지 않고, 타인의 탓으로 돌리지 않고, 앞만 보며 나아가는 그런 자세다. 요컨대 정치적 선동과 위축된 피해자 의식이 없는 것이다. 자신을 비웃는 여유도 있다. 일본으로 치면 야자와 에이키치나 유카단의 기무라 군. 언제까지고 인기가 시들 줄 모르는 것은 팬이 '이 사람은 우리와 한패'라는 것을 감지하고 충성을 맹세하기 때문일 것이다.

말 많은 선동가에게는 의외로 신자가 따르지 않는다. 스프링스틴은 '내 등을 봐라' 하는 타입이라 다수의 신자가 있었던 것이다.

또 스프링스틴은 섬세하고 나이브한 점도 팬의 마음을 사로잡았다. 나이브. 어느새 사어가 되고 말았지만, 1970년대는 나이브의 황금시대였다. '네쿠라'*라는 말이 아직 없던 시절, 순진한 감성과 고뇌하는 젊은이는 멋있었다.

오쿠다 소년도 고뇌하는 척했다. '대체 뭘 위한 공부인가. 좋은 대학 가서 좋은 회사 취직하고 그럼 인간은 행복해질 수 있는 건가. 넥타이 매고 만원 전철에 갇혀서 회사에 가면 윗사람에게 머리나 숙이고, 난 그런 인생은 살기 싫다' 같은 말을 동급생들에게 해서는 공부를 하지 않는 구실로 삼았다. 어이구, 창피해라.

스프링스틴에게 반한 나는 거슬러 올라가 《Greetings From Asbury Park, N. J.》와 《The Wild, The Innocent & The E. Street Shuffle》을 잇따라 구입해서 열심히 들었다. 완성도는 《Born To Run》이 발군이었지만(근사한 재킷도 포함해서 역시 록의 역사에 남을 명반이다), 다른 두 장도 빛이 번득하는 곡이 몇 곡 있어서 스타가 될 만한 사람이었음을 통감

---

* 성격이 어둡고 음침한 사람을 가리키는 속어

했다. 그런가 하면 밴드의 중심 멤버, 덩치 큰 흑인 색소폰 주자인 클래런스 클레먼스도 끝내줬다. 록과 색소폰의 찰떡궁합을 전 세계에 알려 색소폰 주자의 일자리를 늘린 것은 그의 공이라고 생각한다.

스프링스틴이 개척한 길에는 그 뒤 엘리엇 머피, 스티브 포버트 등이 참가했는데, 다들 참 좋았다. 일본에서는 사노 모토하루일까. 처음 라디오에서 들었을 때 '아, 흉내 내는군' 하고 생각했지만, 목소리가 워낙 좋아서 용서해주기로 했다(웬 잘난 척).

여담이지만 처음에는 마르고 닳도록 듣던 스프링스틴과도 금세 소원해졌다. 이런 음악은 청춘의 홍역 같은 면이 있어서, 달아오르는 것도 식는 것도 빠르다.《Born In The USA》무렵에는 생판 모르는 타인 같은 느낌이었다. 하여간 박정하다.

하지만 그 시절, 열여섯 나이에 들을 수 있어서 다행이었다.

고1 가을, 첫 학교 축제 시즌이 찾아왔다. 우리 학교에서는 9월 말 기말시험이 끝나면 곧바로 이틀쯤 수업이 없고, 그 직후 체육대회와 축제가 잇따라 개최되었다. 학생들에게는 1년 중 가장 해방되는 시기인 셈이다. 교사들의 장기 자랑 대회가 열리는 등 교사에 대해 예의를 차리지 않고 마음껏 즐기는 기회는 중학교 때 없던 것이었다. "여, 멋지다!" "올해도 또 그거냐!" 체육관은 대폭소. 교사에게 야유를 보내니 약간 어른이 된 기분이었다.

개중에는 악기 연주를 선보이는 교사도 있어서 평소 볼 수 없었던 참모습에 오오 싶었다. 고지식해빠진 수학 교사가 클래식 기타를 치지 않나, 성격 좋은 백발 화학 교사가(할아버지로 보였는데, 지금 생각하면 오십대였을 것이다) 하모니카를 멋들어지게 불어 갈채와 환성을 받지 않나. 오쿠다 소년도 무척 즐거웠다.

자유 시간에는 학생들의 콘서트도 있었다. 한 학급당 주어진 시간은 20~30분으로, 차례차례 나와서 노래와 연주를 선보인다. 나름대로 무대에 설 기회다.

축제가 다가오자 기타 케이스를 들고 학교에 오는 학생이 여럿 있었다. 다들 은근히 자랑스러워 보였다. 방과 후면 콘서트에 출연하는 학생들이 모여 연습하느라 여기저기 교실에서 기타 음색이 들려오곤 했다. 당시 기타는 청춘에서 빼놓을 수 없는 아이템이었다. 기타가 있으면 다들 모여들고 여학생들도 다가왔다.

오쿠다 소년은 기타를 칠 줄 아는 인간들이 부러웠지만, 전에 작심삼일로 끝났던 경험 때문에 주눅 들어 먼발치에서 바라보기만 했다. 그럼 뭘 했느냐 하면 교실에서 노름을 했다. 마작은 중학생 때 이미 배웠는데, 그것만으로는 성이 차지 않아서 어디서든 할 수 있는 내기 포커를 시작했다. 10엔 단위의 판돈도 횟수를 거듭하다 보면 몇백 엔이 왔다 갔다 하니 나름대로 달아올랐다. 끼리끼리 모인다더니 내 주위에는 노는 학생들만 모여들게 되었다. 록과 도박. 낙제생의 길을 일직선으로 내달리고 있었다.

2학년에 레드 제플린 마니아가 있었는데, 축제에서 그 학생이 레드 제플린의 카피를 한다고 해서 기대가 컸다.

"우리 중학교 선배인데, 옛날부터 기타를 엄청 잘 쳤거든. 종종 주민 회관을 빌려서 밴드 연습을 하더라. 꼭 보라고."

록을 좋아하는 S가 그렇게 선전을 하고 다녔다. 〈Stairway To Heaven〉도 연주하는 모양이었다. 오오. 최근 들어 겨우 들은 저 명곡을.

고등학교에 올라와 엘피를 가진 동급생들이 늘어나면서 빌려주고 빌려 듣는 음반의 절대량이 증가한 덕에, 라디오에서는 틀어주지 않는 록의 명곡을 다양하게 접할 수 있게 됐다. 기분은 공유재산. S도 음반을 나눠 듣는 귀중한 동지 중 한 명이었다. 옆 반이었고, 아주 친한 사이라 할 수는 없었지만, 서로 상대방이 소유한 엘피를 알고 '쓸모 있는 녀석'으로 입력되었다.

"뭐? 너 레드 제플린의 《Ⅳ》가 있단 말이야?"

그 사실이 판명되었을 때는 기쁜 마음에 S를 와락 끌어안았고, 나도 동급생들에게 여러 차례 포옹당했다. 〈Layla〉 〈Like A Rolling Stone〉 〈Purple Haze〉 〈Light My Fire〉 그리고 〈Stairway To Heaven〉. 다들 동급생이 갖고 있었던 덕에 들을 수 있었던 명곡이다.

당시에는 글을 통해 '보아하니 명곡인 것 같다'라고 알고 나서 실제로 들어보기까지 2년이 걸리는 일도 부지기수로 많았다. 라디오는 인기 차트가 중심이라, 신청곡 엽서를 보내도 조금 지난 곡이라는 이유로 틀어주지 않았다. 듣고 싶으면 레코드를 사거나 가진 사람을 찾아 빌리는 수밖에 없었다. 요새 젊은이와는 굶주림의 종류가 다르다.

〈Stairway To Heaven〉을 들을 수 있다고 해서 콘서트 회장에 갔는데, 밴드 편성은 어쿠스틱 기타만 셋이고 일렉트릭 기타도, 드럼도 없었다. 1975년 당시, 글쎄, 우리 학교에서는 아직 일렉트릭 기타를 금지했던 것이다. 무대 위에서는 교복 착용. 과연 시골이다. 이야깃거리가 넘쳐난다.

록 넘버가 불가능하니 2학년들의 연주도 〈Tangerine〉이며 〈Going To California〉 같은 어쿠스틱한 곡뿐이었다. 하지만

〈Stairway To Heaven〉의 전반부는 어쿠스틱이니 그 점은 문제없었다. 문제는 기타 솔로가 작렬하는 후반부를 어떻게 할 것인가. 자, 〈Stairway To Heaven〉이 시작됐다.

흥미진진하게 듣고 있었더니 전반만 부르고 나머지는 흐지부지 끝내버렸다. 이게 뭐냐. S와 함께 휘청했다. 그렇지만 이런 것이라도 귀중한 라이브 체험이었다. 약 40년 전 일은 거의 잊어버렸건만, 이런 작은 에피소드를 기억할 정도이니 말이다.

그 무렵 밴드를 시작하는 녀석들이 주위에 나타나기 시작했다. 학교 내에서는 가까이 없었지만, 다른 학교에 간 예전 동급생이라든지, 친구의 친구가 밴드 활동을 했다. 나도 같이 해보자는 말을 많이 들었다.

"오쿠다, 베이스 안 해볼래?" "드럼은 어떠냐? 기후의 존 보넘이 되는 거야."

기타는 잔뜩 있으니 다들 베이스와 드럼을 찾았다. 드럼은 주택 사정으로 인해 특히 귀중했던 터라 드럼 세트를 가진 사람은 여기저기서 데려가려 했다. 우리 학년에도 드러머가 한 명 있었는데, 그것만으로도 유명했건만 몸을 꼿꼿이 펴고 연주하는 것 때문에 친구들이 '드럼의 쇼지 다로'라고 불렀다. 쇼지 다로는 직립 부동으로 노래하는 것으로 유명했던 전쟁 전의 가수다. 진짜 아무래도 상관없는 것들만 골라 기억하고 있다.

나는 같이 밴드를 하자는 말을 전부 거절했다. 관심은 많았고 밴드를 동경했으면서도 시작하지 않은 것은, 결국 나는 행동력이 없었기 때문이라고 생각한다. 한다, 한다 말만 하고 시작하지 않는 사람이 주위에 없으신지? 내가 그 타입이다. 내 인생은 후회가 아주 많다.

밴드에는 참가하지 않았지만, 록에 대해 아는 게 많다고 레퍼토리에 대해 조언을 부탁받는 일은 자주 있었다. 예를 들면 이런 식으로. 상담자는 다른 학교 다니는 친구다.

"오쿠다, 학교 축제 때 밴드를 할 건데 뭐 좋은 곡 없나?"

"편성은?"

"기타 둘에 베이스랑 드럼."

듣자 하니 기타 둘 다 리드를 치고 싶어 하는 모양이다.

"그럼 위시본 애시나 BTO(바크먼 터너 오버드라이브)가 좋을걸."

나는 친절한 마음으로 두 밴드의 레코드를 빌려주었다. 그러자 둘 다 마음에 든 듯 위시본 애시와 BTO의 곡을 번갈아 연주하는 터무니없는 밴드가 되었다. 하나는 영국의 음영을 갖춘 서정적인 밴드, 또 하나는 캐나다 약쟁이가 좋아하는 태평한 로큰롤 밴드. 최소한 날이라도 나누어서 연주해라 싶지만, 학교 축제는 1년에 한 번뿐이거니와 고등학생이 남들 앞에서 연주할 기회는 그리 많지 않다(게다가 여러 곡을 익히지도 못한다). 그 탓에 〈Blowin' Free〉와 〈Roll On Down The Highway〉를 이어서 연주하는 지리멸렬한 무대가 되고 말았다. 그렇지만 뭐, 고등학생이 원래 그럴 것이다. 전체를 보지 못한다.

이상, 학교 축제와 록 이야기를 썼는데, 실제로는 어느 고등학교에나 외국 팝송을 하는 그룹은 한두 팀밖에 없었다고 생각한다. 우리 학교에서도 인기가 있었던 것은 요시다 다쿠로나 튤립이었고, 팝송 팬은 여전히 소수파였다.

우리 학교에서는 내가 3학년 때 비로소 일렉트릭 기타가 해금되어 제대로 된 록 밴드가 생긴 모양인데, 나는 본 기억이 없으니 어디서 노름이라도 하고 있었을 것이다. 체육대회와 축제 기간 중이라 하면 학교 빠지고 논 기억밖에 없다. 하여간 난감한 오쿠다 소년이었다.

해가 바뀌어 1976년, 나는 산타나의 라이브를 보러 갔다. 장소는 나고야 시 공회당. 그 전해 퀸에 이어 두 번째 록 콘서트였다.

나고야 시 공회당은 수용 인원 약 2000명의 본격적인 음악 홀로, 중후한 석조 건물이다. 이번에 홈페이지에서 외관 사진을 보고 눈물을 찔끔했다. 그래, 그래, 여기. 고등학교 때 나는 이곳을 여러 번 찾았다.

당시 나고야에서 개최되는 록 콘서트는 아이치 현 체육관 아니면 나고야 시 공회당에서 했는데, 도시 규모도 그렇고, 나고야에서 외국 연예인 이벤트는 별로 관객이 들지 않는다는 이유 때문에도, 대체로 나고야 시 공회당이 되곤 했다. 그렇기에 도쿄에서는 부도칸에서 공연하는 레드 제플린이나 딥 퍼플도 나고야에서는 음향이 좋은 음악 홀에서 볼 수 있었다. 나도 이것저것 많이 봤다. 로리 갤러거, 데이브 메이슨, BTO, 레인보, 에릭 클랩턴, 보즈 스캑스……. 다들 젊었다. 아아, 또 눈물이.

여기서 잠시 짤막한 이야기 하나. 나고야 시 공회당이 있는 '鶴舞' 공원의 '鶴舞'는 '쓰루마'라고 읽는다. 그런데 그 옆에 있는 '鶴舞' 역은 '쓰루마이'다. 둘 중 어느 쪽이 맞는가. 통일하는 게 좋겠다 싶어 구청 직원이 그 지역 장로에게 물었다. "어르신, 사실은 어떻게 읽습니까? '쓰루마'입니까? '쓰루마이' 입니까?" 그러자 장로는 대답했다. "쓰루먀." 죄송합니다.*

산타나는 《Amigos》 발매 직전의 투어였던 터라, 라틴 록으로 회귀한 다이내믹 사운드가 기대됐다. 오프닝은 〈Incident

* 나고야 말씨를 소재로 한 농담

At Neshabur). 지금도 기억난다. 처음부터 관객들이 죄 일어서고, 무대 앞으로 사람들이 새까맣게 몰려들었다. 내 자리는 2층이라 전체를 둘러볼 수 있었는데, 그건 그것대로 재미있었다. 〈Europa〉는 그때 투어에서 처음 선보였다. 레코드 발매 전이었지만 좋은 곡이다 싶었다.

이 라이브에서 나를 가장 압도했던 것은 리언 챈클러와 아르만도 페라사의 리듬 부대였다. 타악기가 그렇게까지 표현력이 풍부할 줄 몰랐다. 흑인 뮤지션을 본 것도 그때가 처음이었다. 뭐랄까, 탄력이 다르다. 그루브라는 말은 아직 없었지만 감각으로 이해할 수 있었거니와, 이때 체험이 내게 블랙 뮤지션에 대한 문을 열어준 것은 사실이다. 좋아, 앞으로는 타악기에 주목하자.

오쿠다 소년은 의의 있는 첫 체험을 거듭하고 있었다.

Alive On Arrival / Steve Forbert

뉴욕 뒷골목파의 한 사람, 스티브 포버트의 1978년 데뷔작. 싱싱하다는 게 이런 건가. 처음 들었을 때 충격으로 말하자면 개인적으로는 스프링스틴도 능가했다. 기타를 퉁기며 허스키한 목소리로 청춘을 노래하는 모습이 아름답다. 반드시 스타 가도를 돌진해나갈 것이라고 생각했건만, 어째선지 히트곡이 없어 몇 년 만에 자취를 감추었다. 2013년에 조용히 일본을 찾았는데, 보러 갔더니 여전히 젊기에 기뻤다.

Not Fragile / Bachman–Turner Overdrive

록 마니아가 코웃음 치는 캐나다의 시끌벅적 로큰롤 밴드. 멤버 넷 중 셋이 뚱보라는 것도 편견을 낳았다. 하지만 잘 들으면 뉘앙스가 짙고 멜로디도 색채가 풍부하다. 나는 참 좋아했는데. 나고야 공연은 객석이 텅텅 비어 팬으로서 미안했지만, 그들은 대충 하지 않고 전력으로 연주했다. 멋진 사내들 아닌가. 〈You Ain't Seen Nothing Yet〉와 〈Roll On Down The Highway〉는 1970년대 록의 클래식이라 할 수 있을 것이다.

Amigos / Santana

한동안 명상과 종교 노선을 걷던 산타나가 이 작품으로 라틴 록의 세계로 돌아왔다. 첫 곡인 〈Dance Sister Dance〉부터 흥겹다. 〈Europa〉는 일반인에게도 인기를 얻어 크게 히트 쳤지만, 여기에 맛을 들였는지 그 뒤 〈日 Morocco〉 〈Acapulco Sunrise〉 등 기타 세계 기행을 시작한 것은 불만이다. 산타나, 혹시 장사꾼 기질이 있나. 지금도 좋아하지만.

13

Silk Degrees

Boz Scaggs

1976년 4월, 오쿠다 소년은 고등학교 2학년이 됐다. 2학년이 된 내가 맨 처음 익힌 것은 수업을 빼먹는 일이었다. 여기에는 새로 한 반이 된 T의 영향이 컸다. T는 750cc 오토바이를 타고, 여자를 후리고, 쉬는 시간이면 화장실에서 담배를 피우는 본격적인 불량소년이었다(실제로는 마음씨 좋은 녀석). 그가 지각, 조퇴, 무단결석을 밥 먹듯 하는 터라 '그럼 나도 한번' 하고 따라 해봤더니 담임교사가 아무 소리 안 하기에 맛을 들였다.

　　담임은 말이 통한다고 할지, 방임주의라고 할지, 약간 데면데면한 체육 교사였다. 비 오는 날 "우산이 없어졌는데요"라고 하면 "딴 데서 가져와" 하고 대꾸하는 별생각 없는 사람이다. 두발이나 복장 검사도 하지 않았다. 덕분에 1년 동안 자유롭게 지냈다.

아침에 버스 정류장에서 T를 만난다. "여, 오쿠다, 찻집이나 가자" 하고 T가 말하면 나는 기꺼이 응해 둘이 근처 찻집에 들어간다. 아무 생각 없이 수다 떨고 논다. T가 "난 선배 집에 놀러 가련다"라며 학교를 빼먹는다(한 번 따라가 본 적이 있는데, 완전히 불량의 소굴이라 그다음부터는 갈 마음이 나지 않았다). 남은 나는 혼자 번화가로 가서 영화를 본다. 아주 게으른 고등학교 2학년이었다.

당시 시간을 때우는 데 안성맞춤인 영화관이 메이테쓰기후 역 뒤에 있었는데, 나는 그곳 단골이었다. 두세 편 동시 상영으로 분명히 학생 요금 500엔쯤이었던 것 같다. 평일 오전에 당당히 교복을 입고 갔으니 나도 참 배짱이 좋다. 여기서 외국 영화를 아주 많이 봤다. 〈이지 라이더〉〈자니 총을 얻다〉〈배니싱 포인트〉〈파이브 이지 피시스〉〈애정과 욕망〉……. 돌이켜 보면 전부 미국 뉴시네마(그것도 마이너 계열)다. 영화관 주인의 취향이었을까. 그 탓에 나는 뭣도 모르면서 아는 척 영화론을 늘어놓게 되었다. "〈죠스〉 같은 건 어린애 속임수라고. 스필버그라면 〈대결〉을 봐야지" 하는 식으로. 지금 생각하면 창피하다.

또 이 영화관은 무슨 이유인지 비틀스 영화도 자주 상영했다. 〈어 하드 데이스 나이트〉〈헬프!〉〈렛 잇 비〉를 묶어 노도와 같은 세 편 동시 상영을 1년에 몇 번씩 해주었다. 적당한 필름이 넘어오지 않을 때 비틀스 영화제로 얼버무렸던 게 아닐까. 나는 세 번쯤 본 것 같다. 그러면서 또다시 비틀스 열이 도져서…… 라고 쓰면 좋겠지만, 그렇지는 않았고 그냥 시간을 때운 것뿐이었다.

실은 수업을 땡땡이치고 혼자 영화를 봐도 만족감은 전혀 없었다. 만족감은 고사하고 늘 허무함을 떨치지 못했고 패자의 기분을 맛보았다. 사실은 좀 더 몰두할 수 있는 것을 원했다. 목표를 원했다. 공부도 스포츠도 일찌감치 팽개친 나는 남아도는 시간을 주체하지 못하고 있었다. 록과 영화는 여전히 좋아했지만, 감상은 어디까지나 수동적인 행위일 뿐 스스로 뭔가를 창조하는 것은 아니다. 땀도 흘리지 않는다.

난 청춘을 낭비하고 있구나. 오쿠다 소년은 텅 빈 영화관에서 늘 조바심이 나 있었다. 청춘이란 원래 그런 것이겠지만.

T는 고2 여름방학을 앞두고 학교를 중퇴했다. 함께 학교를 땡땡이칠 친구를 잃고도 내 버릇은 고쳐지지 않았다. 수업을 빼먹고 파친코도 자주 하러 갔다. 하여간 몹쓸 고등학생이었다.

서론은 이쯤 해두고, 고2 때 푹 빠져 있던 앨범은 보즈 스캑스의 《Silk Degrees》였다. AOR 붐을 일으켰다고 이야기되는 앨범인데, 발매 당시에는 AOR라는 말이 아직 없었던 터라 '부드럽고 감미로운' 같은 문구가 붙어 선전되곤 했다. 종래의 록과는 명백히 종류가 달랐고, 처음 들어보는 세련미가 있었다. 요컨대 도회적이고 세련됐다. 자칫 잘못하면 가요곡인데, 그런데 선명하다. 여기에는 모두가 허를 찔렀다.

그때까지 록은 대중성과 상업성을 업신여겼다. 클리프 리처드나 톰 존스는 아무리 록풍으로 노래해도 록으로 쳐주지 않았고 연예인일 뿐이었다. 그런 상황에서 보즈가 새로운 장르를 개척했다. 직접 곡을 쓰고 실력 있는 뮤지션을 모아 컨템퍼러리한 엔터테인먼트 세계를 전개한 것이다.

여담이지만 보즈는 원래 블루스 록 쪽 사람이었다. 그런 것도 팬이 그를 신뢰한 요인이었다고 생각한다. 시장에 아첨하지 않는다. 대놓고 노리지도 않는다. 그리고 뭔가에 도전한다. 보는 눈을 가진 사람이 세상에는 분명히 있어서 그런 자세를 단번에 알아본다.

《Silk Degrees》는 수록곡 전부가 훌륭했다. 일본에서는 세 곡쯤 싱글로도 발매되지 않았나 싶다. 내기만 하면 히트를 쳤다. 버릴 곡이 없다는 게 바로 이런 것이다. 오쿠다 소년은 레코드를 들으면서 곧잘 가사 보고 따라 부르곤 했다.

이 앨범은 또 사운드를 무척 공들여 만들었다. 예컨대 첫 곡인 〈What Can I Say〉. 경쾌한 드럼과 피아노의 도입부로 편하게 시작해서는, 이제 노래하겠지 하는 기대를 배반하고 혼과 스트링스로 전조(轉調)를 했다가 몇 소절 우회하며 잠시 늘인다. 듣는 사람은 이런 세세한 부분에 반하게 된다(그런 것을 알아듣는 자신에게도 반하고. 하하하).

게다가 밴드가 워낙 굉장해서 한 음도 놓칠 수 없다. 〈Lowdown〉의 첫머리를 장식하는 정확하기 그지없는 드러밍, 〈Harbor Lights〉의 엔딩에서 연주되는 서정적인 플뤼겔호른, 〈Jump Street〉의 껑충껑충 뛰는 듯한 슬라이드 기타. 몇 번을 들어도 새로운 발견이 있으니 싫증 나지 않는다.

이렇다 보니 앨범을 받쳐주는 뮤지션이 궁금해져 드러머인 제프 포카로가 어떤 사람인가 관심이 생겼다(훗날 토토를 결성한 명드러머다). 기타의 레스 듀덱은, 내가 좋아해 마지않는 올맨 브라더스 밴드의 〈Jessica〉 첫머리에서 경쾌한 어쿠스틱을 연주했던 게 이 사람이었다는 것을 알고 기쁨이 한층 더했다. '좋아, 다음엔 듀덱의 앨범을 사자' 하고 줄줄이 알사탕 식으로 세계가 넓어졌다.

《Silk Degrees》는 내가 사운드 디렉션과 백 뮤지션의 뛰어난 테크닉에 눈뜨게 해준 앨범이다. 그 뒤로 앨범 크레디트에 주목해서 '이 사람이 드러머라면⋯⋯' 하는 식으로 음반을 사게 되었다. 장인 집단인 스틸리 댄을 좋아하게 된 것도 이 무렵이다. 거기서부터 이번에는 재즈 쪽 뮤지션에게 관심이 확대되었는데, 그 이야기는 또 다른 회에. 요컨대 '강자는 강자를 알아본다'는 속담처럼 위에 있는 사람들은 전부 연결되어 있다는 뜻이다. 보즈는 그것을 알게 해주었다. 오쿠다 소년, 이 언저리부터 성인기에 돌입했다. 이젠 어린애가 아니라고, 하드록 같은 걸 누가 듣냐! 나는 진짜 변덕스러운 인간이다.

그런데 보즈는 패션 면에서도 내게 다대한 영향을 미쳤다. 《Silk Degrees》 엘피에 반으로 접은 라이너 노트가 있었는데, 표지 사진의 검은 양복을 편안하게 입은 보즈가 얼마나 멋쟁이던지. 멋쟁이 뮤지션은 그 전에도 많았지만, 사이키델릭하다든지, 아방가르드하다든지, 하여간 너무 첨단을 걷는 터라 일반인은 따라 할 수 없었다. 하지만 보즈는 옷 가게에서 일상적으로 파는 옷을 평범하게 입는데 멋졌다. 록 음악계 최초의 패션 코디네이션 실천자는 이 사람일지도. 나도 이렇게 돼야겠다 싶었다. 이런 옷을 사야겠다!

여기서 당시 패션을 돌이켜보면, 아이비룩의 유행이 슬슬 저조해지고 유러피언스타일이 대두하기 시작한 때였다. 우리는 '콘티'라고도 했다('콘티넨털'을 줄인 말인데, 왜 그렇게 부르는지는 모른다). 따라 하던 대상은 인기 텔레비전 드라마 〈상처투성이 천사〉에 나오던 쇼켄, 즉 하기와라 겐이치였다. 이게 정말이지 멋졌다.

의상을 담당한 사람은 남성복 브랜드인 멘즈 비기를 막 탄생시켰던 기쿠치 다케오. 실루엣의 기본은 타이트한 상반신과 와이드한 하반신. 셔츠와 재킷의 옷깃은 폭이 넓었고, 색조는 담색 계열 또는 다크 계열. 원색이나 무늬가 있는 옷은 거의 입지 않았고, '시크'하다든지 '엘리건트'하다는 말로 표현될 때가 많았다.

그래서 기후 시골 촌구석에도 유러피언스타일로 차려입은 인간들이 슬슬 출몰하기 시작했다. 불량기가 약간 있는 녀석들이 대다수로, 배기 바지를 입고 거리를 활보했다. 그 모습을 보고 나는 그만 멋지다고 생각하고 말았다. 나도 배기 바지가 필요하다!(힘주지 말라니까.)

그러던 때 신(新)기후 역 앞에 파르코가 문을 열었다. 우리 고향 첫 패션몰. 시내 고등학생 전원이 흥분했다. 입점한 점포 중에는 준(JUN)도 있었다(지하에는 라면집 스가키야도 있었다). 준 하면 예전에는 아이비였는데, 얼마 전부터 유러피언으로 바뀌었다. 멘즈 비기는 머나먼 도쿄 이야기였지만, 준이라면 고등학생도 못 사 입을 정도는 아니었다.

오쿠다 소년도 갔다. 옷을 좋아하는 친구와 같이. 하지만 나는 고등학교 입학할 때 친척이 준 돈으로 산 반(VAN)의 블레이저와 바지, 리갈의 코인로퍼가 있었다. 아직 감가상각도 안 했는데 전향해도 되는 건가? 상관없다, 난 어차피 쉽게 마음이 바뀌는 인간이니까.

결국 회색 배기 바지를 샀다. 만 엔쯤 했던가. 그런데 신발은 스니커. 코가 뾰족한 구두도 사고 싶었지만, 그럴 돈까지는 없었다. 레코드도 사야 하고. 이 무슨 불균형. 보즈에 이르는 길은 멀었다.

다른 이야기로 넘어와서, 고2가 된 나는 〈뉴 뮤직 매거진〉(이하 NMM)을 애독하게 되었다. 정기 구독하던 〈뮤직 라이프〉가 너무나도 아이돌 노선으로 나아가는 터라, 록을 더 깊이 탐구하고 싶었던 오쿠다 소년에게는 만족스럽지 않았다.

그 전에도 서점에서 서서 읽는 정도는 했는데, 화보 없이 글만 있는 지면 구성이 워낙 문지방이 높았던 탓에 사본 적은 없었다. 프랭크 자파 특집 같은 것을 한들 들어본 적도 없거니와 아직 들어볼 마음도 없었다(얼굴을 보니 난해할 것 같았다).

그러던 중 미국 록의 현 상황을 총괄적으로 다룬 기사가 권두를 장식한 호가 있었다. '이거라면' 싶어서 구입한 기념해 마지않을 첫 권은 1976년 6월호. 그때부터 1990년대 초까지 매달 이 음악 잡지를 샀다. 참고로 1980년 이후 잡지 이름이 〈뮤직 매거진〉으로 바뀌었는데, 그 정도는 독자 여러분도 다들 알고 계시리라.

NMM은 일본 독립 잡지의 창시자적 존재로, 당시 이미 개성이 두드러졌다. 팔기 위한 기획이나 홍보 기사가 전혀 없었다. 시골 고등학생이 보기에도 편집부가 자신들의 잣대로 지면을 만든다는 자세가 명백했다. 그리고 그런 개성은 편집장 나카무라 도요의 존재에 기인하는 부분이 컸다. 나는 처음으로 진짜 음악 평론가를 만난 기분이었다.

이미 고인이 되셨고 이름 있던 분이니 경칭 없이 쓰는데, 나카무라 도요는 오쿠다 소년의 십대 후반에 절대적인 영향을 미친 인물이었다. 누구나 사춘기에는 '친애하는 아저씨'가 있을 것이라고 생각하는데, 내 경우에는 곤 도코, 구보타 지로와 더불어 나카무라 도요가 그런 존재였다. 공통점은 가식 없는 언동. 이게 참 통쾌하다.

열여섯 살쯤 되면 사람을 보는 눈도 대략 생긴다. 평소 어른들을 보다 보면 이 녀석은 아첨꾼이라든지, 패기가 없다든지,

한 입으로 두말하는 인간이라든지, 그런 본성을 알게 된다. 주위를 문득 둘러보면 어른의 태반은 무사안일주의에, 소심하고, 겉만 번드르르하게 말하는 사람들이라는 현실에 실망하고 또 화가 난다. 그러니 다소 난폭해도 거침없이 확실하게 말해주는 사람을 신뢰하게 된다. 소년들은 언제나 '스승'을 원한다.

나카무라 도요는 거침없이 말하는 사람이었다. 말이 과해서 늘 논쟁을 일으키곤 했다. 지금도 기억나는데, '이달의 레코드'라는 채점식 리뷰에서 탠저린 드림이라는 프로그레시브 그룹의 신작에 영점을 매긴 적이 있었다. '들을 가치가 없다'고 단칼에 친 셈인데, 그러면 또 되레 들어보고 싶어지니 이 사람의 리뷰는 놓칠 수 없었다.

또 하나 기억나는 것은, 일러스트레이터 오이카와 마사미치(잡지 〈피아〉의 표지를 그리던 사람)의 앨범을 혹평하며 "음악은 그냥 아마추어로서 취미로나 하는 게 낫겠다"고 30점을 주었던 일이다. 두 사람은 서로 아는 사이인 데다 일도 같이하는 관계였다. 그런데도 단칼에 쳤다. 그렇기에 그의 용기와 각오에 먼저 감탄했다. 다음 호에 오이카와 마사미치가 '음악 평론이란 게 뭐냐' 하고 반론을 기고했으니 그런 공정한 자세도 좋았다. 지금 생각하면 NMM은 록의 논단 잡지였을 것이다. 당시의 록은 그 정도로 이야기할 가치가 있었다고 생각한다.

나카무라 도요가 칭찬하는 레코드는 뭐든 들어보고 싶어서 다양한 음반을 샀다. 더 밴드, 라이 쿠더, 랜디 뉴먼, 파니아 올스타스, 아타우알파 유판키(!)……. 야, 그게 고등학생이 들을 음악이냐 싶은 분도 계시겠지만, 당시 나는 한창 어른인 척하고 싶은 나이였으므로 좋아, 다 덤벼라 하는 상태였다. 물론 쉽지 않아서 내가 어디까지 이해한 건지 스스로도 잘 알 수 없었지만, 도전하는 데 의의가 있었다. 이 언저리는 문과 쪽 학생이 프루스트나 오에 겐자부로에 도전하는 것과 같은 느낌이 아닐까. 과연 내가 이해할 수 있을까, 감동할 수 있을까. 자신을 시험해보고 싶다는 욕구가 청춘기에는 있게 마련이다.

나카무라 도요는 원래 록 평론 쪽 사람이 아니라 라틴 음악이 전문이었던 터라, 월드 뮤직이라는 말이 생기기 훨씬 전부터 음악 전반에 대한 지식이 남들과 비교가 되지 않았다. 풋내기 기고가와 급이 다른 것이다. 그러니 가짜와 거짓을 간단히 꿰뚫어 보았다. 백인 뮤지션이 어중간한 자세로 아프리카나 남미의 리듬을 도입하려고 들면 '문화적 착취'라고 비판하며 가차 없이 낮은 평가를 매겼다. 나카무라 도요의 백인과 기독교에 대한 혐오는 그 무렵부터 이미 명확해서, 나처럼 서양 숭배(또는 콤플렉스일지도) 경향이 강했던 사람에게는 무척 신선했다. 밴 모리슨을 이야기할 때와 같은 문맥에서 미소라 히

바리나 테레사 덩을 높이 평가하는 것은 솔직히 잘 이해되지 않았지만, 자신만만하게 쓰여 있으면 오쿠다 소년은 '아무렴, 그렇지' 하며 감화되곤 했다.

하지만 나카무라 도요 때문에 젊었을 때 못 듣고 넘어간 아티스트도 있었다. 스티비 원더, 웨더 리포트, 키스 재럿, 이렇게 셋이다. 어째서인지 도요 선생은 이들을 무척 싫어해서 무슨 일이 있을 때마다 헐뜯지 못해 안달이었다. 지금도 대체 뭐가 마음에 안 들었는지 알 수 없지만, 상상하건대 예술성을 추구하는 척하면서 그 뒤에서 치밀한 계산을 한다고 판단한 게 아닐까. 구태여 거기까지 파고들 건 없지 않나? 하는 게 내 감상이었다. 특히 스티비의 《Talking Book》《Innervisions》《Fulfillingness' First Finale》라는 기적 같은 대걸작 3연발을 실시간으로 들을 수 있었던 시대에 살았으면서 못 들은 것은 내게 크나큰 통한이다. 도요 선생, 선생의 죄가 큽니다.

얼마 동안 구독하면서 보니 나카무라 도요는 좌익이었다. NMM에 '도요스 토크'라는 이름의 명칼럼이 있었는데, 가끔 정치적인 발언을 할 때도 있었다. 반(反)자민당, 반미 자세가 여실히 드러나는 발언들이었다. 쿠바에 사탕수수를 베는 봉사 활동을 하러 가고 혁신자유연합의 멤버로 활동하는 등, 행동하는 사람이기도 했다. 반권력, 반권위가 그 무엇보다도 멋지다고 생각하는 나이의 오쿠다 소년은 순식간에 영향을 받았지만, 이쪽은 오래가지 못했다. '국가 따위 필요 없다'는 〈Imagine〉적 환상에 도무지 따라갈 수 없었거니와, 뭐든 의심하고 보는 성격인 나는 대중의 목소리나 민주주의가 반드시 옳지는 않다는 것을 마음속 한구석으로 느끼고 있었다. 학교에 수두룩했던 일교조(日教組) 교사들도 좋아지지 않았고.

하지만 이따금 '선생, 그건 공감 못 하겠는데' 하고 생각하면서도 나카무라 도요의 예리한 문장은 아주 좋아했다. 내가 글을 써서 먹고살 수 없을까 생각하기 시작한 것도 그 무렵이었으니, 역시 크게 영향을 받았을 것이다.

NMM을 읽는 사람은 친구들 중 나밖에 없었다. 그러니 "야, 더 밴드 굉장해" 하고 떠들고 다녀도 관심을 가져주는 친구는 거의 없었다. 나 혼자 앞서가고 있었다고 할 수 있으면 좋겠지만, 실제로는 내가 유난히 어른인 척하고 싶어 한 것일지도 모른다. 사람이 순진하지 않은 것이다. 아는 척하지, 편견 강하지, 자의식과잉이지. 오쿠다 소년은 아무 데나 논리를 갖다 붙이고 싶어 하는 고등학생이었다.

여담이지만, 상경한 뒤 딱 한 번 나카무라 도요를 본 적이 있었다. 토킹 헤즈의 콘서트장 로비에서 사카모토 류이치와 담소하고 있었다. '오, 나카무라 도요다. 멋진데' 하고 감격했다. 나아가 취직하고 나서 전화로 원고 청탁(회사 홍보지에 뭐든 상관없으니 써달라고 의뢰했다)을 한 적도 있었다. '바빠서 안 되겠다'고 곧바로 거절당했지만, 대화를 할 수 있었던 것만으로도 기뻤다.

PICK UP

Moments / Boz Scaggs

《Silk Degrees》를 빼면 이게 제일 좋다. 개인적으로는 《Silk Degrees》에 필적하는 완성도라고 생각한다. 이 앨범은 전혀 팔리지 않았던 터라 《Silk Degrees》가 히트 쳤을 때 보즈는 앙갚음을 한 심정 아니었을까. 오쿠다 소년은 크레디트에서 데이비드 브라운의 이름을 발견하고 '오오, 저번에 산타나의 밴드에 있던 베이시스트다' 하고 흥분했다. 머릿속에 이런 인맥 지도가 그려지는 게 록 팬의 즐거움이다.

Little Criminals / Randy Newman

어쩌면 영화음악 작곡가로 이름을 들어본 적이 있는 사람이 더 많을지도 모르겠다. 내게는 빈정거리기를 좋아하는 유대인, 미국의 또 하나의 양심인 사람이다. 이 앨범 첫 곡인 〈Short People〉은 키 작은 사람을 차별하고 경멸하는 내용이라고 전미 라디오 방송국에서 방송 금지 처분을 받았다. 하지만 가사를 잘 읽어보면 고등학생도 그게 역설적인 아이러니라는 것을 알 수 있다. 국내판을 사서 대역도 읽어보길. 랜디 뉴먼을 듣는 것은 미국 문학 체험이기도 하다.

Innervisions / Stevie Wonder

본문에서 언급한 세 작품은 하나같이 걸작이지만, 내가 제일 좋아하는 음반은 이것이다. 수록곡인 〈Golden Lady〉는 마이 페이버릿 송스 열 곡 중에 들어간다. 내 생각에 아티스트에게는 '소비 기간'이 아닌 '천재 기간'이란 게 있는데, 1970년대 중반의 스티비 원더는 바로 그 시기에 있었다. 쓰는 곡마다 명곡이었다. 분명 폴도, 엘턴도, 믹도 다들 질투했을 것이다. 세 음반 모두 사서 손해는 안 본다. 내가 보증한다.

14

The Hissing Of Summer Lawns

Joni Mitchell

나는 텔레비전을 거의 안 보는 인간이다. 젊었을 때 텔레비전 없이 2년쯤 산 적도 있고(고장 났는데 새로 사러 가기가 귀찮았다), 지금도 문득 보면 '그러고 보니 이번 달은 텔레비전을 한 번도 안 봤군' 싶을 때가 있다. 당연히 〈아마짱〉도 〈한자와 나오키〉도 얼핏도 본 적이 없다.* 도대체가 텔레비전 드라마 자체를 본 지가 한 30년 됐다. 〈금요일의 아내들에게〉라든지 〈도쿄 러브스토리〉라든지 〈남녀 7인 ○○이야기〉라든지, 지식으로 제목 정도는 알지만 본 적은 없다. 이십대 때 〈우리들 까불이족〉이라는 인기 프로그램이 있었는데, 내가 한 번도 안 봤다고 말했더니 주위에서 깜짝 놀랐다. 연예인이나 여자

* 둘 다 2013년 당시 일본에서 크게 히트 쳤던 텔레비전 드라마

아나운서도 누가 있는지 모른다. 우리 집 텔레비전 수상기는 디브이디 재생 전용이다.

이건 텔레비전 따위 하찮다고 인텔리인 척한다든지, 세속을 업신여긴다든지, 그런 속물적인 이유에서가 아니라(오히려 하찮은 것은 아주 좋아한다), 단순히 습관 문제다. 텔레비전이란 실은 습관의 장치다. 전원을 켜느냐 마느냐 하는 습관. 대다수 사람은 딱히 목적 없이 습관적으로 텔레비전을 켜지 않나. 그러니 전원을 켜는 습관이 없는 사람은 정말로 안 보고, 나도 그중 한 명인 셈이다. 돌이켜 생각하면 나는 십대 때 이미 텔레비전을 보는 습관을 잃지 않았을까 싶다. 이유는 라디오. 나는 전적으로 라디오 팬이다.

오쿠다 소년은 중학생 때 지역 AM 방송에 주파수를 맞추고 신청곡 엽서를 부지런히 보내곤 했으나, 고등학생 때는 FM 방송만 들었다. 도카이 지방에서 들을 수 있는 것은 NHK FM과 FM 아이치, 두 방송국이다. 당시 일본에 민영 FM 방송국은 도쿄, 아이치, 오사카, 후쿠오카에 하나씩, 합해서 네 곳밖에 없었다. 우정성(현재는 총무성)에서 FM의 다국화(多局化)를 좀처럼 허용해주지 않은 탓에(말하나 마나 방송 사업은 인허가제), 지방에는 FM이 NHK 하나뿐인 곳이 꽤 많았다. 나라님은 전파를 자유롭게 쓰게 해주기 싫은가 보다.

그 때문인지 옛날 FM은 AM에 비해 관료적인 이미지가 있어서 클래식이나 교육 프로그램이 유난히 많았다. FM 도쿄만 해도 1980년대 초까지 평일과 토요일 오후 6시 반부터 9시까지는 〈고등학교 통신교육 강좌〉라는 연속 프로그램이었다. 골든 타임에 잘도 그런 것을 편성했다.

이건 나중에 방송 관계자에게 들은 이야기인데, 예전 민영 FM은 우정성에 개국을 신청할 때 '건전한 청소년 육성을 위해 힘쓴다'라든지 '문화 발전에 기여한다' 같은 대의명분을 들었던 탓에 오랜 세월 그로부터 풀려나지 못했기 때문인 모양이다. 관청의 낙하산 인사도 많아서 실제로 '프로그램 중 몇 퍼센트는 교육과 클래식'이라고 조건이 붙었던 시기도 있었다나. 그리고 그 이상으로 방송국 자체도 고지식한 면이 있어서, AM이 대중의 잡담 같은 미디어라면 FM은 지식층을 위한 오락 교양 미디어라고 만드는 쪽에서 생각했다 한다. 뭔지 모를 사명감이 있었던 모양이다. 실제로 1976년의 FM 아이치 편성표를 봐도 〈이야기 광장 – 도시공학을 생각한다〉라든지 〈국악 소품 – 에도 나가우타〉라든지, '대체 누가 듣는데?' 싶은 프로그램이 매일 편성되어 있다. 경쟁사가 없으니 전체적으로 느긋한 분위기였을 것이다. 이건 이것대로 좋은 시대였는지도 모른다.

내가 FM을 들은 것은 어쨌거나 음질이 좋았기 때문이다.

AM 방송에 따라다니는 지직지직 하는 노이즈가 거의 없다는 것은 당시의 라디오 방송으로서는 획기적인 일이었으니, 음악을 듣는 데 더없이 적합한 미디어라 할 수 있었다. 우리 지방 AM은 북한의 암호 방송이 걸핏하면 끼어들곤 했다(진짜로). 방송국 측에서도 청취자의 그런 니즈를 파악하고 있으므로 'FM 방송=음질이 좋다, 그러니 음악을 틀어야 한다'는 방침으로 프로그램을 제작했다. 디제이의 쓸데없는 멘트가 없다는 것은 음악 애호가에게 환영해 마지않을 일이다. 게다가 '음악 소개'라는 대의 덕에 싱글로 나오지 않은 긴 곡도 좋은 곡이면 틀어주었다. '에도 나가우타'를 틀어줄 정도인데, 스탠리 클라크의 〈School Days〉를 못 틀 이유가 어디 있나. 곡에 디제이의 멘트가 겹치게 하지 않고 처음부터 끝까지 온전히 틀어주는 것도, 마치 녹음하라는 것 같아서 청취자로서는 고마운 일이었다.

당시 록 팬이 가장 신세를 졌던 FM 프로그램이라 하면 물론 NHK FM에서 일요일 밤 9시부터 방송했던 〈영 자키〉일 것이다. 디제이는 젊은 음악 평론가 중에서 으뜸가는 존재였던 시부야 요이치. "안녕하세요, 영 자키의 시부야 요이치입니다" 하고 약간 콧소리로 인사하던 오프닝은 지금도 귀에 들러붙어 있다. 화제의 뮤지션의 신곡을 통 크게 몇 곡씩 틀어주던 이

프로그램은 가이드 역으로 더없이 적합했거니와, 자칫하면 파묻히고 끝날 듯한 마이너한 록도 시부야 요이치에게 인정만 받으면 틀어주었다. 요컨대 시부야 요이치라는 디제이가 선곡에 관해 전권을 갖고 있어 책임 소재가 명확했다는 점이 당시로서는 획기적이었다. 디제이의 개성을 전면에 내세운 FM 프로그램은 그게 유일했을 것이다.

솔직하고 꾸밈없는 말투도 호감을 주었다. 빈말을 하거나 억지로 칭찬하는 느낌이 없었다. 언제나 얼마 안 되는 용돈으로 레코드를 사는 록 팬들의 편에 서 있었다. 그런 자세는 청취자에게 금세 전해지게 마련이다. 내게 〈영 자키〉는 록을 엄청 많이 아는 동네 형의 집에 일주일에 한 번 레코드를 빌리러 가는 듯한 프로그램이었다. 매주 서점에서 FM 잡지를 서서 보며(산 적은 한 번도 없다) '오, 이번 주 〈영 자키〉는 클랩턴의 신작이군' 하고 흥분해서 일요일 밤을 기다린다. 녹음도 많이 했고 레코드도 샀다. 가끔 BBC의 라이브 음원을 틀어줄 때도 있어서 과연 NHK답다고 믿음직하게 생각하기도 했다. 예전에 신 리지의 BBC 라이브를 테이프에 녹음해서 한 서른 살까지 애청한 적이 있다. 그런 테이프를 못 버리고 중년이 되도록 갖고 있던 왕년의 록 소년이 일본 전국에 얼마나 많을까.

〈영 자키〉의 추억이라면 '인기투표 사건'을 들 수 있다. 아마 기억하는 사람도 있을 것이다. 엽서로 뮤지션의 인기투표를 했는데, 롤링 스톤스와 레드 제플린을 제치고 일본의 하드록 밴드 바우와우가 1위를 차지한 것이다.

하위에서부터 차례대로 순위를 발표하다가 끝으로 시부야 요이치가 "자, 1위는 대체 누굴까요, 이 결과를 아는 청취자는 딱 한 명 존재합니다. 혼자서 엽서를 ×백 통 보낸 ×× 씨입니다"라며 바우와우의 이름을 발표했을 때, 모두가 라디오 앞에서 휘청했다. 다음 날 학교에서도 말도 안 되게 재미있는 이 화제를 놓고 떠들썩했다. 프로그램에서는 이후 조직표(?)를 금지했는데, 이런 소동이 일어난 것도 라디오와 록이 아직 목가적이었기 때문일 것이다. 온갖 것이 수제(手製)였다.

FM 방송은 1980년대 제이 웨이브(J. WAVE)가 개국하면서 세력 판도가 확 바뀌었고 내용도 달라졌다. 한마디로 말해서 시끄러워졌다. 진행자가 빠른 말투로 떠들고 젊은 층이 선호하는 히트곡을 연달아 트는 방정스러운 미디어가 되었다. 민방에서는 이제 '에도 나가우타'는 고사하고 클래식도 틀어주지 않는다. FM은 좀 더 차분한 미디어여야 하지 않느냐고 생각하는 나는 이미 퇴물이라 그들의 안중에 없다. 하지만 그런 건 AM으로 하라고 말해주고 싶다. 그래도 여전히 매일 듣기는 한다. 되도록 덜 시끄러운 프로그램을 찾아서.

다른 이야기로 넘어가서, 고2 후반에 오쿠다 소년이 푹 빠져 있었던 것은 어사일럼 레코드였다. 이글스라든지 잭슨 브라운이라든지 톰 웨이츠, 그런 미국 웨스트코스트 계열 뮤지션의 레코드를 사면, 왜 그런지 음반 중앙의 라벨에 하나같이 푸른 하늘에 떠 있는 낡은 나무 문의 일러스트가 그려져 있었다. 그리고 'ASYLUM RECORDS'라고 쓰여 있었다. 이건 뭔가 있구나 싶어서 음악 잡지 등으로 조사해보니, 로스앤젤레스에 있는 레코드 레이블이라고 했다.

당시 나는 레코드 업계의 배급 구조를 잘 몰라서(실은 지금도 잘 모른다), 어사일럼도, 캐프리콘도, 맨티코어도, 스완송도 전부 '레이블'이라고 불렀다('라벨' 말이다). 우리에게 레코드 회사는 일본의 워너 파이어니어요, 도시바 EMI요, CBS 소니였던지라, 어사일럼이 레코드 회사라고 해도 감이 오지 않았다. 회사는 양복에 넥타이 차림의 월급쟁이가 가는 곳. 한편 '레이블'이라고 하면 뜻을 같이하는 뮤지션이 모이는 양산박 같은 이미지였다. 어사일럼은 아티스트의 경향이 뚜렷했기 때문에 일본 록 팬들에게 미 서부 해안의 양산박으로 이해되고 있었다.

어사일럼의 사운드는 포크 록이 기본으로, 캘리포니아의 건조한 공기와 눈부신 태양을 배경으로 사랑과 자유와 인생을 노래하는 이미지였다. 우리는 히피 문화와 플라워 무브먼트를 경험하지 못했던 세대이지만, 어사일럼의 주변에서는 거기에서 사이키델릭을 빼고 부흥시킨 듯한 냄새가 났다. 그 때문인지 가사를 모르는 일본인의 눈에는 그들의 삶이 무척 소박하고 히피처럼 비쳐, 미국에 대한 동경과 더불어 음악도 사랑받았다. 두 번째 유토피아 환상이라고 할까.

이 언저리부터 재패니즈의 '미 서부 해안 신앙'이 시작되는 셈이다. 잡지 〈팝아이〉의 창간이 1976년 6월. 이 잡지가 미 서부 해안을 얼마나 치켜세웠는지. 이때부터 수년간 흡사 미국의 중심은 로스앤젤레스라는 양 붐이 계속되어 '미국에 갈 거면 우선 로스앤젤레스'라는 분위기가 형성되었다.

어사일럼으로 상징되는 웨스트코스트 사운드도 그 일환으로 주목받았다. 결정타는 1976년 말에 발매된 이글스의 《Hotel California》였다. 오쿠다 소년도 사서 죽어라 들었다. 가사를 자세히 읽으면 록과 캘리포니아 문화의 종막을 선언하며 비꼬는 내용이지만, 만든 이의 의도가 곡해되는 것은 모름지기 크게 히트 친 곡의 운명이다. 특히 일본인은 '캘리포니아는 좋은 곳, 꼭 한번 오세요'라는 식으로 받아들였고, 나도 그중 한 명으로서 순진하게 그들을 동경했다. 동경하다 못해 아무런 계획도 목적도 없으면서 '고등학교를 졸업하면 로스앤젤레스에 가겠다'고 친구들에게 선언까지 했다. 하여간 여전히 바보였다.

여기서 잠깐 곁길로. 당시 우리 고등학생들 사이에는 '미국에 가서 반년쯤 있으면 영어 따위 자연스럽게 말할 수 있게 된다'는 도시 전설 같은 게 존재했다. 대체 뭐였을까. 나도 믿었는데. 로스앤젤레스에서 반년간 설거지 아르바이트를 하면서 영어를 배우고 돈도 모으고, 그 돈으로 미국 전역을 여행한다는 계획을 진지하게 이야기하곤 했다. 진짜 뭐였을까, 그거.

어사일럼의 아티스트들 중에 나를 가장 매료한 것은 조니 미첼이었다. 1976년 당시 시내에 하나뿐인(아마도) 록 다방이 기후 역 근처에 있었는데, 나는 다른 학교 여학생과 학교 끝나고 종종 그곳을 찾곤 했다(뭐, 데이트다). 그곳 주인이 "너이거 알아?" 하며 들려준 게 조니 미첼의 신작《The Hissing Of Summer Lawns》였다. 들어보니 대번에 마음에 들어 음반을 구입했다. 여성 싱어의 앨범을 산 것은 조니가 처음이었다. 직감으로 '이 사람은 여자라는 걸 이용하지 않는다'고 알 수 있었다. 재니스 조플린처럼 '여자가 여자 같지 않게' 하는 느낌도 없고, 린다 론스태드처럼 '아이돌' 같은 느낌도 없고, 캐럴 킹처럼 보수적인 느낌도 없었다. 동류가 전혀 없는 것이다. 전

무후무한 존재. 재녀란 이런 사람을 말하는 것이리라고 나는 열일곱 살 나이 나름으로 상상했다.

조니는 원래 포크 쪽에서 활동하다가 1970년대 중반부터 재즈 쪽 뮤지션들과 교류하면서 음악적 모험을 시작했다.《Court And Spark》《The Hissing Of Summer Lawns》《Hejira》《Don Juan's Reckless Daughter》《Mingus》《Shadows And Light》등 어사일럼 시대의 작품군은 마치 미지의 땅을 거침없이 나아가는 것처럼 참신하고 스릴 넘쳤으며 색채가 풍부했다. 한동안 자코 파스토리우스와 팻 메스니를 백으로 거느리고 있었으니, 뮤지션들이 그녀를 얼마나 신뢰하고 존경하고 있었는지 알 수 있다.

《The Hissing Of Summer Lawns》는 오쿠다 소년에게 무척 쿨한 앨범이었다. 어쩐지 시원하게 느껴졌다. 귀에도, 마음에도. 이 정도로 투명하고 청량한 팝이 또 있을까. 일부는 전위적이고 추상적이라 결코 쉽게 이해할 수 있는 음악은 아니지만, 그래도 물처럼 맑아서 몇 번을 들어도 싫증 나지 않는다. 내게는 영원히 여름 하면 빼놓을 수 없는 음반이다. 훗날 프린스가 '영향을 가장 많이 받은 앨범'으로 이 음반을 들었을 때 '오, 너 뭣 좀 아는구나' 싶었고 마치 내 일처럼 기뻤다.

어사일럼 소속 아티스트를 꽤 많이 들었지만, 지금 와서 돌이켜보면 태반은 시대와 더불어 빛이 바랬다. 그들의 음악을 들으려면 청춘의 센티멘털리즘이 필요한 것이다. 이글스도, 잭슨 브라운도 이제 내게는 추억의 멜로디일 뿐이다(게다가 간질간질하다). 다소 거칠게 말하자면 진짜 재능은 조니 미첼뿐이었으리라는 생각까지 든다.

록 다방에 같이 갔던 여자애는 조니에는 별로 반응을 보이지 않았고 로드 스튜어트를 좋아했다. 그리고 "이거 읽어봐"라며 이시카와 다쓰조의 《청춘의 차질》을 빌려주었다. 내 소설도 그렇게 되면 좋겠는데.

1976년 12월, 레인보가 처음으로 일본을 찾았다. 오랜만에 우어. 오쿠다 소년은 흥분했다. 하드록은 졸업한 게 아니었냐고? 무슨 그런 말을, 중학교 때 그렇게 신세 졌던 리치 블랙모어 아닌가. 내게는 소집 나팔이 울린 것이나 다름없었다. 당장 달려가지 않으면 사나이 대장부가 아니다.

이때 나는 티켓을 구하는 데 꼼수를 썼다. 그냥 플레이가이드에 가도 좋은 자리는 못 얻는다. 그래서 일부러 매진되기를 기다렸다가 공연 당일 콘서트장 창구에 줄을 섰다.

계획은 이렇다. 주최 측은 예매로는 2층 맨 앞줄 좌석 티켓을 팔지 않는다. 열광한 관객이 1층으로 추락할 위험 때문이다. 티켓이 매진되지 않은 경우 시트를 덮어 아무도 못 들어가게 한다. 하지만 어쨌거나 비즈니스인 터라 티켓이 매진되면 당일 티켓으로 판매한다. 당일 티켓으로 입장하는 관객은 '표가 있으면 한번 볼까' 하고 온, 마음에 여유가 있는 사람이니 맨 앞줄에서 소동을 부리지도 않을 것이라고 주최 측에서는 예상한다. 그러니 창구에서 대략 30번 이내로 줄만 서면 2층 맨 앞줄 좌석을 당일 티켓으로 살 수 있다. 다만 지각하면 서서 봐야 한다. 이 꼼수는 레코드 가게 아르바이트 학생에게 배웠다. 나는 레인보라면 표가 매진될 것이라고 판단해서 도박을 했고, 그 결과 내 예상은 보기 좋게 적중했다.

나는 오전 수업을 마치고 학교를 무단으로 조퇴했다. 당일 티켓 입수에 편승하려는 동급생이 있어서 그 친구 것까지 내가 사주기로 했다. "히데, 부탁한다!"(나는 '히데'라고 불렸다.) 친구의 성원과 격려를 받으며 혼자 나고야로 향했다.

나고야 시 공회당에 가보니 개장 네 시간 전인데도 창구에 벌써 열 명쯤 줄을 서 있었다. 이 정도면 맨 앞줄 범위 내다. 줄선 사람들의 절반은 학교에서 빠져나온 남자 고등학생들로, 이번에도 금세 친해져 록 이야기에 꽃을 피웠다. 끼리끼리 모인다는 게 바로 이런 것이다. 젊음은 참 좋은 것이다.

당일 판매로 입수한 티켓은 예상대로 2층 맨 앞줄 자리였다. 그것도 거의 중앙. 우어. 소문이 사실이었던 것이다. 나중에 달려온 동급생들도 놀랐다.

레인보의 첫 내일 공연은 엄청난 음량으로 회장을 뒤흔드는 성대한 하드록 대회였다. 이때 리치는 서른한 살. 아직 모발 이식 전이라 머리를 흔들며 기운차게 무대를 돌아다녔다. 로니 제임스 디오도 코지 파월도 전성기. 무슨 격투기를 보는 듯한 착각을 불러일으킬 만큼 박력이 넘쳤다. 객석도 1층은 전쟁터를 방불케 했다.

그리고 리치 하면 앙코르의 기타 파괴 퍼포먼스. 얼마 전에 필름 콘서트로 본 딥 퍼플 시대의 〈캘리포니아 잼〉에서도 리치는 기타를 화끈하게 부수었다. 자, 나고야에서도 보여줄 것인가.

앙코르곡이 시작되자 내 눈은 리치에게 못 박혔다. 노래가 있고, 기타 솔로가 있고, 키보드 솔로가 있고…… 그때 스포트라이트가 키보드를 비추자, 리치는 어둠 속에서 무대 옆으로 스르르 들어갔다. 그리고 앰프 뒤에서 매니저에게 (십중팔구 싸구려) 기타를 받아 들더니 어깨에 바꿔 메고 다시 무대 중앙으로 나왔다. 스포트라이트가 리치를 비추었다. 거기서부터 기타를 휘두르다가 바닥에 냅다 팽개치는 파괴 퍼포먼스가 시작되었다.

아아, 무대 뒤를 보고 말았다. 어른은 정말 교활하구나. 하기야 애용하는 스트라토캐스터를 부술 수는 없겠지. 어차피 연출이겠다. 오쿠다 소년은 어른의 사정을 하나 더 알게 되었다.

약 1년 뒤, 레인보는 또다시 일본에 와서 일본 종단 투어를 했는데, 그때 삿포로 공연에서 무대로 밀려든 관객 중 한 명(소녀였다)이 압사당하는 가슴 아픈 사고가 발생했다. 그 뒤경비가 삼엄해져 한동안 자리에서 일어나는 것도 허용되지 않는 사태가 이어졌다.

록 콘서트에서 날뛴 것은 우리 세대가 마지막이었다.

Hotel California / The Eagles

발매 당초에는 열심히 들었지만 싫증도 빨리 났다. 너무 말끔해서(흠이 하나도 없는 느낌) 되레 마음 편하게 들을 수 없는 것 같다. 록 팬이 아닌 사람들에게도 인기를 얻어 일반인까지 하도 좋다, 좋다 하는 바람에 그게 싫었던 것도 있다. 나는 청개구리라서. 하지만 1970년대 록을 대표하는 명반인 것은 틀림없다. 특히 조 월시가 합류해 기타 밴드로서 사운드가 충실해진 것은 록 소년들에게 반가운 일이었다.

Late For The Sky / Jackson Browne

오쿠다 소년이 겉멋 들어 산 앨범의 대표적 사례. 이것을 갖고 있으면 동급생들보다 훨씬 어른이 된 듯한 기분이 들었다. 물론 당시에도 지금도 좋아하거니와, 데이비드 린들리의 슬라이드 기타는 영원한 쾌감이다. 하지만 역시 지나치게 감성적이다. 젊었을 때는 타이틀곡을 들으며 새벽의 고속도로를 달린다는 상황에 취한 적도 있었다. 또 해볼까. 내 청춘의 음반이라는 사실은 지울 수 없다.

Rising / Rainbow

첫 앨범이 그저 그래서 낙담했는데, 보컬 외의 멤버를 전부 바꾼 이 두 번째 앨범은 깜짝 놀라게 훌륭했다. 전곡이 에너지가 넘치고 파워풀해서 숨을 쉴 틈도 없다. 특히 레코드 B면의 대작 두 곡은 하드록의 완성형이라 할 수 있을 것이다. 드디어 리치가 작심했구나 하고 우리들 팬은 감격의 눈물을 흘렸다. 하지만 이게 정점이었을까. 이 뒤의 리치에 관해서는 별로 언급하고 싶지 않다.

15

Northern Lights – Southern Cross
The Band

나는 고등학교 3년 동안 엘피를 대략 100장 정도 샀는데, 이건 상당한 수로 친구들 중에서도 꽤 많은 편이었다. 물론 부르주아 녀석은 시골에도 있는 터라 부모에게 타낸 돈으로 나보다 레코드를 더 많이 산 녀석도 있었지만, 나는 거의 내 힘만으로 컬렉션을 늘렸다. 지금 생각해도 대단한 정열이라고 감탄하게 된다.

　　나는 고등학교 때 부모님에게 한 달에 만 엔이나 받았다. 거기서 삼천 얼마쯤 수업료를 내고 나머지를 용돈으로 썼다. 평균보다 조금 많았을까. 하지만 앞에서도 여러 번 썼듯이 우리 부모님은 자식에게 이것저것 사주는 타입이 아니었던 터라, 6000엔 조금 넘는 돈으로 레코드를 사고, 콘서트에 가고, 옷을 사고, 영화를 보고, 담배를 샀다(고2 여름부터 흡연자였다). 그 때문에 늘 돈이 없었고 수업료를 써버릴 때도 많았다.

당시 수업료가 석 달 치 밀린 선배가 있었다. 교내 방송으로 몇 번씩 "3학년 ×반 ××, 어서 수업료를 내세요" 하고 독촉했는데(너무한 학교다), 선배가 "석 달 밀렸더니 부모한테 연락이 가더라" 하고 가르쳐줘서 그것을 역으로 이용했다. 그래, 석 달까지는 밀려도 된다는 말이지.

나는 갖고 싶은 레코드가 있을 때는 주저 없이 수업료를 구입 자금으로 유용했다. 갖고 싶은 레코드는 언제나 있었으므로 거의 매달 수업료가 미납이었다. 그러다가 체납금이 늘면 열일곱 살의 오쿠다 소년은 파친코로 구멍을 메우려 했다. 정말이지 웃기는 고등학생이 다 있다.

번화가의 파친코 가게는 청소년 지도원이 순찰을 도는 터라, 나는 국도에 면한 대형 센터만 이용했다. 당시부터 파친코는 자동 게임에 장애물이 있는 기계가 주류가 되면서 도박성이 강해졌다. 매일 드나들며 잘 나오는 기계의 로테이션을 파악한 사람이 따는 것이다. 그렇다면 매일 다니는 게 인지상정이랄지, 인간의 욕망이라, 나는 어느새 학교 끝나고 오는 길에 파친코 하러 가는 게 일과가 되었다(교복 상의만 벗고 들어갔다). 점점 더 타락한 인간이 된 것이다.

이 무렵에는 파친코로 친해진 다른 학교 학생들과만 어울려 놀았다. 다들 나보다 더 불성실하고 웃기는 녀석들이었다. 폭력단에서 가게 경비원으로 파견된 젊은 야쿠자를 다들 치켜세워(단세포였다) 밥을 얻어먹기도 했다. 우리도 젊었으니 무서운 게 없었다.

물론 파친코는 딸 때가 있으면 잃을 때도 있는 법이라 아르바이트도 했다. 사실 레코드는 거의 아르바이트한 돈으로 샀다. 겨울방학이나 봄방학 일주일간 주유소에서 일해 2만 엔을 벌면 전부 레코드 사는 데 쓰곤 했다. 여름방학이면 공사장에서 육체노동을 한 탓에 나는 야구부원보다도 수영부원보다도 더 시커멓게 탔다. 내 입으로 말하기는 뭐하지만 근로정신만은 제대로 박혀 있었다.

돈에 여유가 있으면 모험도 할 수 있다. 아르바이트해서 번 돈으로 한꺼번에 왕창 살 때는 모르는 아티스트의 레코드를 사는 것도 가능했다. 덕분에 오쿠다 소년의 수비 범위는 점점 넓어졌다. 대표적인 사례가 더 밴드와 라이 쿠더였다.

더 밴드의 《Northern Lights – Southern Cross》는 1976년 초에 일본에서 발매되어 음악 잡지마다 절찬했던 앨범이다. 그때까지 더 밴드의 노래는 영화 〈이지 라이더〉의 삽입곡 〈The Weight〉를 들은 적이 있는 정도였는데, '꽤나 흉내 나는 컨트리 록이군' 하는 인상을 받았다. 수수하고 고리타분해서 적극적으로 듣고 싶다는 생각은 해본 적이 없었는데, 〈뉴 뮤직 매거진〉(NMM)에서 야부키 노부히코가 100점을 준 데다, 오구라 에이지와 나카무라 도요도 칭찬을 퍼부었던 터라 '언젠가는 들어봐야겠군' 하고 생각하고 있었다. 그러다가 아르바이트비를 받은 것을 계기로《Northern Lights – Southern Cross》를 샀다. 그래서 기대에 부푼 가슴으로 바늘을 얹고 들어봤는데……

알 수 없었다. 솔직히 말해서. 마음에 들지 않는 점이라도 알면 그나마 태도를 정할 수 있을 텐데, 그것조차 알 수 없으니 나는 그냥 문외한이었다. 물론 여러 번 들었다. 도요 선생이 칭찬하는 앨범인데 당연히 좋을 것이라고 믿으며 몇 번씩 반복해서 들었다. 그래도 알 수 없었다. 아니, 결코 나쁜 것은 아니었다. 곡도 연주도 좋았다. 하지만 어째서 다들 입을 모아 그렇게 절찬을 하는지 그걸 알 수 없었다.

나는 내 귀에 문제가 있다고 생각해서 이번에는 더 밴드의 데뷔작《Music From Big Pink》를 사서 들어봤다. 이쪽은 에릭 클랩턴이 충격을 받고 미국으로 건너가 데릭 앤드 더 도미노스를 결성했듯이 여러 뮤지션에게 영향을 미친, 당시 이미 명반이라 이야기되던 앨범이다.

이건 더 알 수 없었다. 첫 곡인 〈Tears Of Rage〉의 도입부를 듣고 오쿠다 소년은 '대체 뭐냐, 이거' 하며 머리를 싸안았다. 일부러 못 부르는 척하는 건가? 할 마음은 있는 건가? 앨범 전체에 감도는 헐렁함이라고 할지, 소박함이라고 할지, 카타르시스의 부정이라고 할지, 그때까지 듣던 록과는 정반대의 벡터는 나를 튕겨낼 뿐이었다.

이걸 모르면 록 마니아가 될 수 없나. 큰일인데. 장차 음악평론가가 되고 싶다고 내심 생각하고 있었건만…….

포기가 되지 않아 이번에는 두 장짜리 라이브 음반, 1972년에 나온 《Rock Of Ages》를 샀다. 이거라면 알 수 있었다. 나는 안심했다. 혼 섹션을 이끌고 펼쳐지는 무대는 호화찬란하고 흡사 축제처럼 떠들썩하며 열기와 스릴이 가득했다. 이 앨범 덕에 당당하게 '더 밴드를 좋아한다'라고 말할 수 있게 된 나는 친구들에게 떠벌리고 다녔다. "너희들, 더 밴드를 알아야 록을 말할 수 있는 거다" 하고. 당시 더 밴드가 록 마니아의 기치 같은 면이 있었던지라 '모르겠다'여서는 록 마니아를 자임하는 오쿠다 소년의 체면이 깎였다.

하지만 생각해보면 《Rock Of Ages》를 좋아하게 된 것은, 양념했더니 맛있게 먹을 수 있게 된 것뿐 소재 자체가 좋아진 것은 아니었다. 이제 허세를 부리지 않아도 될 나이가 됐으니 솔직하게 말하는데, 나는 지금도 근본적으로 더 밴드를 이해하지 못하는 것 같다. 당신들의 창작 충동은 뭐죠? 하고 물어보고 싶다. 친구가 될 성싶지 않다. 요컨대 나는 그들의 출신 성분을 모르겠다.

더 밴드보다 더 난관이었던 게 라이 쿠더다. 라이는 절대로 라디오에서 틀어주지 않는 뮤지션이었던 터라 나는 NMM에서 그 이름을 처음 알았다. 이것도 도요 선생을 비롯해 아메리칸 록이 전문인 평론가 여러분이 갖은 칭찬을 다 하는 바람에 '이건 들어봐야겠군' 하고 레코드를 입수했다. 맨 처음 산 것은 《Chicken Skin Music》. 라이가 하와이 음악에 도전한 작품이다.

오쿠다 소년은 이쪽도 잘 알 수 없었다. 다만 이런 것이겠거니 어느 정도 예상은 하고 있었던 터라 당황하지는 않았다. 게다가 더 밴드와 달리 '오, 좀 좋을지도' 하고 좋은 인상을 받았다. 라이는 미국의 루츠 음악과 세계의 민속음악을 연구하고 나름대로 해석을 더해서 파고드는 스타일로, 애초에 록 뮤지션이라는 분류에 들어맞지 않는 존재였다. 말하자면 탐구자요, 풍류인이다. 이런 고등유민이 없으면 세상도 재미없으니, 음악이야 그렇다 치고 나는 라이의 독특함에 매료된 것이었다.

이해할 수 없지만 좋다 싶은 게 세상에 존재하는데, 라이는 내게 그런 사람이었다. 반쯤은 인생철학에 대한 동경심이었고. 완전히 자기 길을 걷고 있으니 말이다. 나는 철저하게 세속적인 인간이라, 그 반동으로 초연하게 살아가는 사람을 무척 동경한다. 라이처럼 살 수 있으면 좋겠다고 열일곱 살 나이에 생각했던 것이다.

라이는 거슬러 올라가서 들어봤는데 점점 더 정체를 알 수 없었다. 그게 되레 기뻤다. 지금 생각하면 라이는 온갖 루츠 음악의 물길 안내인이요, 대학교수였다. 교수의 세미나에 참가해 이곳저곳 여행하는 느낌이 즐거웠던 건지도 모른다.

그래도 당시에는 내가 이해하는 것을 열 곱절로 부풀려 '라이는 재미있다'고 떠벌리고 다녔다. 물론 친구들에게 레코드를 빌려줘도 다들 '이게 뭐냐?' 하는 반응이었다. 뭐, 그게 고등학생에게는 솔직한 반응일 것이다. 나는 솔직하지 않다. 어른인 척하고 잘난 척하다가 빼도 박도 못하게 된다. 라이도 이런 패턴으로 계속 들었던 뮤지션이었다. 따라서 추천 시디는 없다. 각자 자기 판단으로 들어보기를.

다른 이야기로 넘어가서, 1977년 5월, 고등학교 3학년이 된 나는 데이브 메이슨의 콘서트를 봤다. 다들 입시 공부로 바빴던 터라 혼자 갔다. 오쿠다 소년은 슬슬 학교 내에서 고독한 존재가 되어가고 있었다. 메이슨의 팬은 나 말고 없었기도 했고.

콘서트 회장인 나고야 시 공회당에 가니, 교복을 입은 고등학생은 대략 나밖에 없었다. 근처에 앉은 형들, 누나들이 '잘 왔다' 하는 느낌으로 예뻐해주었다.

"고등학생? 어디서 왔어?"

"데이브 메이슨의 팬이야?"

"제법인데. 이거 마셔라."

위스키 미니 보틀까지 돌리는 바람에 위스키를 스트레이트로 마셔야 했다.

당시 나는 술을 마실 수 있을 리가 없었으니 그저 쓰고 목구멍이 탈 뿐이었다. 그래도 허세를 부려 꿀꺽꿀꺽 마시자 "오오, 너 제법인걸" 하며 그들이 기뻐해서 나는 한순간 어른이 된 기분을 맛보았다. 대학생인 듯한 긴 머리 누나가 "얘 내 취향이네"라면서 턱도 어루만져주었다. 정말이지 아무래도 상관없는 일일수록 생생히 기억난다.

어쨌거나 메이슨의 라이브는 내가 십대 때 본 중에 최고의 콘서트였다. 직전에 발매된 라이브 음반 《Certified Live》로 근사한 무대이리라는 것은 충분히 예상하고 있었지만, 막상 현장에서 들으니 상상 이상이었다. 프로란 바로 이런 것이다 싶은 뛰어난 앙상블에 나는 압도되었다.

그중에서도 강렬한 인상을 남긴 것은, 메이슨 본인이 아니라(물론 그도 훌륭했지만) 키보드와 코러스를 담당한 마이크 피니건이었다. 라이브 앨범에도 수록된 〈Goin' Down Slow〉라는 곡에서는 보컬을 선보였는데, 하도 감정이 풍부해서 라이너 노트에 "보컬은 흑인 베이시스트 제럴드 존슨이 담당한 것으로 보인다"고 쓰여 있었고, 나도 그런 줄 알았다. 그런데 뚜껑을 열어보니 노래하는 사람은 백인인 피니건. 여기에는 기겁하게 놀랐다. 이 얼마나 대단한 성량이고, 대단한 가창력인가. 나는 달랑 한 곡 듣고 피니건의 포로가 되었다.

그날 밤의 흥분이 채 식기도 전에 피니건의 첫 솔로 앨범 《Mike Finnigan》이 발매되었다. 단 수입 음반뿐이고 국내 음반은 발매되지 않았다. 꼭 듣고 싶었던 나는 나고야의 수입 음반 전문점까지 갔다가 운 좋게 처음 들른 집에서 발견했다. 그때 얼마나 기뻤던지. 아마 당시 일본에 100장도 수입되지 않았을 것이다. 나는 그중 한 장을 손에 넣은 것이다.

앨범은 과연 걸작이었다. 피니건이 낭랑하고 윤기 있는 보컬을 아낌없이 선보이는 데다, 백밴드도 실력 있는 뮤지션들로 구성되어 질 좋은 미국 남부 사운드를 컬러풀하게 전개하고 있었다. 선곡 센스도 있었다. 빌리 조엘 작곡의 〈New York State Of Mind〉는 오리지널보다 여기에서 먼저 알았다. 이 앨범은 판매 면에서는 빛을 보지 못했지만, 마니아들 사이에서는 계속해서 이야기되는 대표적인 '숨은 명반'으로서 지금도 잊을 만하면 재발매되며 살아남아 있다.

여기서 잠시 곁길로 새자면, 젊었을 때 나는 이런 '숨은 명반'을 발견하는 것을 무척 좋아했고 '너희는 모르겠지만'이라며 지식을 과시하는 데서 쾌감을 느끼곤 했다. 그런데 작가가 된 지금은 마음이 바뀌었다. 뮤지션의 심정부터 생각하게 되는 것이다.

작가에게 가장 큰 스트레스는 '쓸 수 없는' 게 아니다. 그런 것은 100퍼센트 자기 책임이고 누구 탓으로 돌릴 수 없다. 괴로워하든 말든 맘대로 하면 되고 동정받을 일이 아니다. 가장 큰 스트레스는 혼신의 작품이 전혀 안 팔릴 때 느끼는 괴로움이다. 인간은 노력이 보답받지 못할 때 가장 힘들다.

물론 그런 사태는 드물지 않은 터라 대다수의 작가가 경험이 있다. 최근에는 오히려 수작이나 대작일수록 안 팔리는 경향이 있으며, 판매 부수는 시류를 탔느냐 아니냐로 결정된다. 누구도 그것을 마음대로 할 수 없다.

하지만 그런 일이 두세 번 연속되면 누구나 우울하다, 보통은. 앞으로 어떻게 해야 할지 알 수 없어진다. 그런데 작가의 그런 괴로움을 이해해주는 사람은 거의 없다. 편집자조차 태반은 아랑곳하지 않는다.

나는 작가가 되고 나서 뼈저리게 느꼈다. 창작자는 고독으로부터 벗어날 수 없다.

그렇기에 지금의 나는 같은 창작자로서 피니건을 비롯해 '숨은 명반'을 만든 이들의 심정을 생각하지 않을 수 없다. 이렇게 훌륭한 작품이 팔리지 않은 데 대해 당신은 평정을 유지할 수 있었습니까? 괴롭지 않았나요? 차가운 레코드 회사에 불을 싸질러주겠다고 생각하지는 않았습니까?

피니건은 이 외에도 이런저런 앨범을(듀오와 밴드를 포함해서) 냈지만, 히트 친 적은 한 번도 없었다. 다만 뮤지션에게 사랑받는 뮤지션으로서는 인기가 많아 여기저기서 부르는 사람이 끊이지 않았다.

피니건은 '지금은 뭘 하고 있을까' 싶으면 내 앞에 훌쩍 나타나곤 한다. 1994년 위성으로 중계된 〈우드스톡 페스티벌 25주년 기념〉에서 CSN의 백밴드로 오르간을 연주하는 모습을 보고 나는 "있다!" 하며 텔레비전 앞에서 펄쩍펄쩍 뛰었다. 2003년, 마리아 멀더의 발굴 라이브 음원 시디를 샀더니 피니건의 목소리가 백에서 들려오기에 "있다!" 하고 주먹을 쳐들었다. 최근에는 보니 레이트의 밴드에 참가해, 최신작의 속 재킷 사진에서 머리가 허옇게 센 그의 웅자(예순아홉 살이라 한다)를 볼 수 있다. 나는 지구 반대편에서 마이크 피니건의 팬을 영원히 그만두지 않을 것이다. 그 정도로 열일곱 살 때 체험한 라이브는 대단했다.

마이크 피니건을 알고 오쿠다 소년은 더더욱 장인을 좋아하게 되었다. 무대 앞에 나서지 않아도 뒤에서 자기 스타일의 연주를 확실히 보여주는, 그런 프로페셔널한 뮤지션이 발하는 한순간의 광채에 주목하게 되었다.

예컨대 마리아 멀더의 대표곡 〈Midnight At The Oasis〉에서 에이머스 개릿의 허공을 둥실둥실 떠다니는 듯한 기타 솔로. 아는 대학생이 가르쳐줘서 빌려 들었다가 녹아웃되었다. 어쩌면 표현력이 그렇게 풍부한지. 어쩌면 그렇게 기분 좋은지. 기타는 빨리 치는 게 제일이라고 생각하던 내가 완전히 취향을 갈아탔다. 음악에서 중요한 것은 디테일과 뉘앙스, 그리고 에스프리. 여봐란듯이 테크닉을 구사하는 것은 표현력이 없기 때문이다. 자기도취에 빠진 초킹도 재주가 없다는 증거. 하여간 오쿠다 소년은 매번 너무 쉽게 감화를 받는다.

그 밖에는 폴 사이먼의 히트곡 〈50 Ways To Leave Your Lover〉에서 도입부를 대신하는 드럼 솔로. 여기에도 홀딱 반했다. 드럼은 스티브 개드. 어째서 이렇게 수수하고 평범한 플레이에 감동하느냐 하면 오로지 정확하기 때문이다. 화려함을 빼고 나면 기본 테크닉이 세부까지 중요해진다. 개드는 그게 가능한 몇 안 되는 드러머 중 한 명이다.

사실 이런 말도 다른 데서 주워들은 것이다. 당시 자주 갔던 청바지 가게에 록을 많이 아는 대학생 아르바이트 점원이 있어서 "이거 들어보지?" 하며 이것저것 가르쳐주었다. 나 혼자서는 알아차리지 못했을 것이다. 나는 기본적으로 덜렁이란 말이다. 무슨 일에나 스승이 필요하다.

프로페셔널을 존경하는 반동으로 나는 당시 대두했던 펑크가 아주 질색이었다. 왜 저렇게 연주가 형편없나. 그것만으로 내 평가는 빵점이었다. 뻥치기, 허세, 남 탓이나 하는 방자함, 심각한 척, 고뇌하는 척. 그런 것의 깊이 없음을 나는 견딜 수 없었다. 저런 인간들은 금세 사라질 것이라고 강철보다 더 굳건하게 확신했다.

같은 이유로 사회파도 싫어했다. 그래봤자 결국 절반은 포즈다. 정의라는 기치를 내세워 자신을 파는 천박함. 자각이 없는 것이라면, 그는 상상력이 결여된 인간이다. 모금 활동은 무대가 아니라 길거리에서 해라. 내가 좋아하는 음악을 음악 외의 것으로 더럽히지 마라. 이렇게 오쿠다 소년은 이른 나이에 벌써 옹고집 영감이 됐다.

지금도 그런 편이다. 작가도 좋아하는 것은 장인 타입. 말수가 많고 테마성에 의존하는 작가는 표현력 부족을 얼버무리는 것으로 보인다. 나는 몇 년 전부터 인터뷰를 하지 않는다. 마이크 피니건이나 에이머스 개릿이 돼서 누군가 볼 줄 아는 사람에게 발견되고 싶다. 그런 작가를 은밀히 지향하고 있다.

PICK UP

Rock Of Ages / The Band

더 밴드는 이제 듣지 않지만 이 작품만은 영원한 애장 음반이다. 첫 곡에서 릭 댄코가 연주하는 베이스 라인만 들어도 소름이 돋는다. 또 〈The Weight〉의 도입부, 로비 로버트슨의 버석버석하게 메마른 기타라든지, 〈The Genetic Method〉에서 가스 허드슨의 허공에 춤추는 듯한 오르간이라든지, 세계유산급의 명연주가 잔뜩 들어 있다. 내게 그들은 라이브 밴드다. 밥 딜런의 《Before The Flood》에서 한 연주도 아주 좋았다.

Split Coconut / Dave Mason

본문에서 별로 다루지 않았지만 나는 데이브 메이슨의 열광적인 팬이다. 이 앨범은 과장이 아니라 1970년대 굴지의 팝 앨범이라고 생각하거니와, 내 '무인도에 가져갈 음반 한 장' 중 가장 유력한 후보다. 곡은 하나같이 훌륭하고, 세련된 편곡과 요점을 쏙쏙 짚는 연주로 앨범 전체가 단 한 순간도 늘어지지 않고 분위기가 딱 잡혀 있다. 그렇건만 이런 걸작이 팔리지 않았다. 오랫동안 폐반 상태였던 적도 있다. 다들 꼭 사시라. 이것도 내가 보증해주매!

Mike Finnigan / Mike Finnigan

'신(新)명반 탐험대'라는 발굴 시리즈로 오랜만에 부활했지만, 얼마 지나면 또 사라질 것이다. 이것도 재고가 있을 때 꼭 구입하시길. 피니건의 목소리만이라도 들어보고 싶은 사람은 유튜브에서 Mike Finnigan으로 검색해서 〈Let Me See The Light〉를 재생해보자. 곡도 좋고, 멋진 보컬을 선보여준다. 이게 마음에 들지 않으면 우리는 영원히 서로 맞지 않으리라는 뜻이다. 안녕히.

16

Aja
Steely Dan

1977년은 전 세계에 펑크가 폭풍처럼 휘몰아치던 해라고 되어 있지만, 오쿠다 소년의 고향 기후에서는 딱히 그런 바람이 불지 않았다. 애초에 외국 팝송을 듣는 인구가 얼마 없으니 무브먼트 자체가 일어나려야 일어날 수 없다. 학교에서 오가는 화제로 말하자면, 캔디스가 '평범한 여자로 돌아가고 싶다'면서 해산을 선언한 사건이라든지, 사와다 겐지가 요새 아주 잘나간다(〈멋대로 해라〉 등이 히트를 쳐 전성기였다)라든지, 그런 정도였다. 적어도 내 주위의 팝송 팬들 중에는 펑크에 반응하는 사람이 한 명도 없었다. 그래도 어쨌거나 들어보고 볼 일이라고 섹스 피스톨스의《Anarchy In The UK》를 산 친구가 있었던 터라 빌려 들어봤는데, '네 눈엔 세상이 그렇게 만만히 보이냐?'가 솔직한 감상이었다.

지난 회 끝머리에 잠깐 썼지만, 나는 무슨 일에나 프로페셔널의 숙련된 기술을 존경하는 인간이라 단조롭고 거친 펑크는 전혀 받지 않았다. 이때의 무브먼트는 상경한 뒤 도쿄 사람에게 물었더니 나름대로 활발했다고 하는 것으로 봐서 역시 지역 차가 있었을 것이다. 일본에서도 우후죽순으로 출현한 펑크 밴드의 라이브를 하나라도 봤다면 퍼포먼스의 에너지를 체감하고 인상이 조금은 바뀌었을지도 모른다. 요컨대 레코드로 들을 음악이 아니었다고 생각한다. 훗날 대체 그건 뭐였을까 싶어서 라몬스, 스트랭글러스 등등을 사서 들어봤지만, 하나같이 시대와의 연결성을 잃으면 설득력이 없는 곡들이라 인식이 바뀌는 일은 없었다. 내가 이래 봬도 고집 센 사람이다.

　생각해보면 내가 옛날부터 아이돌에 관심이 없는 것도 근본은 똑같을지도 모른다. 학예회 수준의 노래와 춤에 열광하는 심리를 도통 모르겠다. 그런 게 쿨 재팬이라니 정말 나라의 수치다. 일본인에게는 성숙한 것, 타를 압도하는 존재를 두려워하는 멘털리티가 면면히 이어져 내려오는 게 아닐까. 뒤집어 말하면 평범한 자신을 대면하고 싶지 않다는 뜻이다. 이게 곧 동질사회의 정체라고 생각한다. 일본인은 영원히 어린애다. 하하하.

당시 펑크의 대극으로 내가 더할 나위 없이 사랑했던 것은 스틸리 댄의 《Aja》였다. 아, 진짜 좋다, 진짜 좋아 죽겠다. 머리 끝부터 발끝까지 전부 다 좋다. 이런 게 바로 록 뮤지션의 저력이고, 이 앨범이 탄생하기 위해 록의 역사가 있었던 게 아닐까 싶을 만큼 나는 이 앨범에 푹 빠졌다.

《Aja》는 당시 록/재즈계의 일류 뮤지션이 총집합한, 그러면서도 하나의 밴드가 전부를 도맡은 듯한 통일성을 지닌, 그야말로 유례를 찾아보기 힘든 작품이었다.

엄청난 참가 뮤지션들을 살펴보자면, 드럼만 해도 버나드 퍼디, 스티브 개드, 폴 험프리 등, 당시 개런티가 가장 높았던 드러머 세 명을 다 모아다 놨다. 이름만 봐도 졸도할 것 같다. 축구로 따지면 메시와 호날두, 네이마르를 한꺼번에 묶어서 전선에 배치한 것 같은 팀이다. 이런 호화스러운 일이 가능한 것도 스틸리 댄을 이끄는 도널드 페이건의 구심력 덕이다. 페이건에게 부름을 받는 것 자체가 뮤지션에게 명예로운 일이었다는 증거라 하겠다. 참고로 이 앨범과 다음 앨범인 《Gaucho》는 곡마다 연주자의 크레디트가 쓰여 있는데, 리스트 맨 처음에 드러머가 온다(보통은 맨 끝이다). 이어서 베이시스트. 스틸리 댄이 얼마나 리듬 섹션을 중요시하는지를 보여주는 것이리라.

《Aja》는 앨범에 수록된 일곱 곡 전부 연주가 훌륭했다. 그 중에서도 전설이라 할 수 있는 게 타이틀곡에서 개드가 선보이는 드럼 솔로다. 드럼 솔로는 보통 라이브의 여흥으로나 하고, 스튜디오 녹음으로는 〈The End〉(《Abbey Road》의 종반에 수록된)의 링고 스타 정도밖에 생각나지 않는다. 그렇건만 개드는 그것을 훨씬 길게, 그것도 곡의 하이라이트로 연주해냈다. 드럼은 음계가 없는 타악기인데, 이 표현력은 정말. 마치 기적의 순간을 목격한 기분이었다. 지금 들어도 소름이 돋고, 오디오 체크를 할 때면 꼭 이 곡을 틀어본다.

훗날 페이건은 인터뷰에서 일류 뮤지션을 초빙하는 데 관해 이런 발언을 했다(기억나는 대로 대충 옮기자면).

"명성을 얻은 이들을 안전지대에서 끌어내 불가능한 것을 요구한다."

멋지지 않나. 물론 화내면서 떠나는 뮤지션도 있을 것이다. 하지만 남아서 격투를 벌인 사람에게는 역사적 명연주라는 훈장이 준비되어 있다. 그리고 이런 일이 가능한 것은 페이건에게 힘이 있기 때문이다. 봐라, 펑크 놈들아, 네놈들이 이런 말을 할 수 있겠냐?

《Aja》를 듣고 흥분한 오쿠다 소년이었지만, 돌이켜보면 1977년경에는 록을 처음 듣기 시작했을 무렵의 모든 게 축복

받은 듯한 행복감이 슬슬 빛을 잃기 시작했던 것 같다. 록을 대충 섭렵하고 나서 이제 큰 혁신은 더 없으리라는 것을 어렴풋이 깨달은 것이었다.

이건 어디까지나 개인적인 의견인데, 비틀스의 《Rubber Soul》에서 시작된, 록 뮤직의 레코드 예술이라는 도전의 역사는 《Aja》와 이글스의 《Hotel California》 언저리에서 대략의 성과를 보인 게 아닐까. 주사위 놀이로 말하자면 판이 난 것이다. 나무로 말하자면, 거목이 된 줄기는 그 이상 자라려야 자랄 수 없고 그 뒤로는 가지에 어떤 꽃이 피느냐 하는 것뿐이었다. 티 렉스를 듣고 벼락 맞은 것처럼 충격을 받고 흥분했던 그런 경험은 이제 오쿠다 소년에게 찾아들지 않는다. 세상 모든 일에는 시작과 끝이 있어서, 록의 청춘 시대는 1977년경에 끝나려 하고 있었다.

나는 좋은 시대에 십대를 보낼 수 있었다고 생각한다. 록의 황금 시절은 1969~1977년이었다(이것도 개인적인 의견이지만). 나는 그중 대략 6년간을 실시간으로 경험할 수 있었다. 정말이지 운이 좋았다.

어째 총정리하는 분위기인데, 맞다, 이번 회가 마지막이다. 내가 록에 살고 죽던 것은 1977년까지. 참 시기적절했다고 생각한다.

그런데 스틸리 댄은 고도의 음악성은 물론 록계에서 차지하는 포지션 면에서도 내 동경심을 자극했다.

조금도 시류에 아첨하지 않고, 싱글 인기 차트 따위 아랑곳하지 않고, 괜한 사명감도 없는데, 그런데 앨범은 팔린다. 그것도 오랜 기간에 걸쳐 꾸준하게. 다시 말해 불변의 가치를 지닌다는 점에서 스틸리 댄과 페이건의 솔로 앨범은 지금 들어도 전혀 고리타분하지 않다. 그들의 그런 위치가 참 멋지지 않나.

여기서 또 곁길로 새는데, 작가가 되고 나서 얼마 지났을 무렵 생각했던 것은 내가 과연 어떤 포지션을 원하는지였다. 엄청난 베스트셀러 작가 따위 바라지 않는다. 그런 것은 나와 어울리지도 않거니와 또 귀찮을 것 같다. 그럼 일부 열광적인 팬을 거느린 컬트 작가가 좋으냐 하면 그것도 아니다. 먹고살아야 하니까 어느 정도는 팔리지 않으면 곤란하다. 그러다가 자신을 뮤지션에 견주어 상상해보니, 스틸리 댄이 될 수 있다면 더할 나위가 없겠다는 생각이 들었다.

은근슬쩍 문제 발언을 하자면, 팔린다는 것은 바보까지 상대해야 한다는 뜻이다. 스타디움에서 라이브를 하는 뮤지션은 그것을 받아들이는 굵은 신경(또는 강렬한 자기과시욕)이 없으면 안 된다. 예를 들자면 유투라든지 브루스 스프링스틴. 내게는 무리다. 근성 없는 인간이니까. 반대로 정신적으로 편한 것은 작은 홀에 서는 뮤지션. 신뢰 관계로 이어진 팬들 앞에서 연주하면 분명 즐거울 것이다. 이쪽은 랜디 뉴먼이나 라이 쿠더일까. 하지만 아는 사람만 아는 존재는, 아는 사람에게는 우월감을 안겨줘도 본인은 살짝 쓸쓸하다. 나는 이것저것 문학상을 받기도 해서 다소는 이름이 알려진 작가이지만, 유명해지면 여러모로 편리하거니와 경제적으로 이득이 있다는 것을 경험으로 알고 있다. 출판사의 대우도 꽤 달라지고 말이다.

간단히 말해서, 팔리고 싶다, 하지만 농담이 통하지 않는 대중은 상대하기 싫다. 마니아가 인정하는 고고한 존재로 있고 싶다, 하지만 돈과 명성에도 매우 미련이 있다. 그런 딜레마 속에서, 그럼 중간을 취한다 칠 때 어느 정도의 포지션이 이상적이냐 하면 그게 스틸리 댄인 것이다. 1년에 한 권 정도 책을 내서 그럭저럭 팔리고 평가도 받고, 오래도록 사랑해주는 팬이 있으면서 배신하지 않는다. 아아, 그런 작가로 있을 수 있다면……. 나도 꽤나 얌체 같은 소리를 한다. 하하하.

오쿠다 소년의 고등학교 마지막 해는 별로 즐겁지 않았다. 기억을 되살려봐도 이렇다 할 에피소드가 없거니와, 발전도 없었다. 주위가 모두 대학 입시 준비에 여념이 없는 가운데, 혼자 빈둥빈둥 놀던 내게 학교는 그저 불편한 장소일 뿐이었다.

십대 후반에 내 큰 결점은 자의식과 자존심이 너무 강했다는 것이다. 내가 마음만 먹으면…… 같은 생각을 속으로 하면서, 실제로는 전력을 다했다가 내 진짜 능력이 들통날 것을 두려워하고 있었다. 그러니 무슨 일에나 진지하지 못했고, 모로 꼬아서 봤고, 여유 있는 척했다. 하여간 아니꼬운 녀석이었다. 그러니 기억하기 싫다.

교사들과 관계도 좋지 않았다. 나도 열여덟 살이었으니 더는 순종적이지 않았고, 상대가 어른이든 말든 값을 매겨 평가했고, 그럼 대체로 무섭지 않았다. 어디 한번 붙어볼래, 싸우면 내가 이기거든, 하는 식이니 주위에 좋아하는 어른이 한 명도 없었다.

이 연재를 읽는 분은 진작에 눈치채셨겠지만, 나는 기본적으로 학교가 싫다. 똑같은 옷을 입혀 줄을 세운다는 것만으로도 굴욕감을 느껴 반항하고 싶어진다. 자유를 규제하고 단일한 가치관을 심는, 그런 권력의 지배를 마음속 깊이 증오한다. 그러니 록과 궁합이 잘 맞는 것은 필연이라 할 수 있을지도 모른다. 록이 없었다면 내 십대 시절이 과연 어땠을지. 록은 전세계 수많은 사람의 청춘을 구해주지 않았을까, 그런 생각이 든다. 나도 슬슬 인생의 황혼기에 접어들었다.

하던 이야기로 돌아와서, 뮤지션의 프로페셔널한 테크닉에 매료된 오쿠다 소년이 그 당시 열심히 듣던 것은 크로스오버였다. 크로스오버. 이제는 완전히 사어가 됐지만, 록도, 재즈도, 솔도 슬슬 장르를 나누기가 쉽지 않아진 가운데 각 분야의 뮤지션이 장르를 초월해서 만나 그 안에서 태어난 '혼혈 음악'이 크로스오버라 할 수 있다. 그러니 《Aja》도 그중 하나라 생각해도 된다. 아마 록도, 재즈도 막다른 길에 부닥쳤던 게 아닐까.

당시 크로스오버의 대표작이라 하면 제프 벡의 《Blow By Blow》와 《Wired》였다. 전편 보컬 없이 인스트루멘털만 있는 획기적인 앨범으로, 전 세계의 록 기타리스트에게 다대한 영향을 미쳤다. 이제 저만 알고 아무 때나 나서는 보컬리스트와 팀을 짜지 않아도 된다는 사실 하나만으로도 기타리스트에게 큰 용기를 준 것이다. 뒤를 따르는 사람이 많이 나올 만도 했다. 나는 《Wired》를 먼저 듣고 이런 게 바로 임프로비제이션이라고 흥분했는데, 거슬러 올라가서 《Blow By Blow》를 들었더니 이게 훨씬 좋았다. 펑크 쪽에서는 내 첫 애청 음반이다. 그루브 같은 말은 아직 없었지만, 아무튼 전체가 들썩이는 느낌이 신선해서 들으면 들을수록 좋아졌다.

그리고 옛 제프 벡 그룹의 멤버가 중심이 되어 결성한 허밍 버드도 같은 흐름으로 좋아하는 밴드가 되었다. 펑키하고 감성이 풍부해 내게는 '영국판 스터프' 같은 위치를 차지하는데, 그 둘을 비교하는 사람이 별로 없으니 아마 나만 그렇게 생각하는 것 같다.

이름이 나온 김에, 스터프도 좋아했다. 스티브 개드와 리처드 티 등 뉴욕의 실력파 스튜디오 뮤지션들이 결성한 밴드는 좌우지간 연주가 능했고, 여유 만만했고, 아녀자들은 안중에 없어서 '아아, 재즈 쪽 사람들은 이렇구나' 하고 동경하기에 충분한 존재였다.

재즈로 말하자면 이해 나는 크로스오버 탐방의 일환으로 마일스 데이비스의《Agharta》를 구입해 들었다. 소위 일렉트릭 마일스 시기의 마지막 음반. 오쿠다 소년은 오랜만에 충격을 받았다. 광대한 미지의 세계의 문을 열고 말았다는 느낌이었다. 음악의 세계는 넓다. 록만 들어선 아무것도 알 수 없다. 나는 자연히 록의 틀을 벗어나기 시작했다.

〈뉴 뮤직 매거진〉 과월호를 보다가 약간 창피한 낙서(?)를 발견했다. 매년 2월호에는 각 평론가가 그 전해의 베스트 앨범을 발표하는 기획이 있어서 나도 늘 고대했다. 그런데 1978년 2월호 여백 부분에 '오쿠다 히데오가 고른 '77 베스트 앨범'이라는 제목으로 당시 오쿠다 소년이 자기 나름대로

奥田英朗　1/1　現在

「感激！偉大なるライブ」
　　　　　ローリング・ストーンズ
「ダウン・トゥー・ゼン・レフト」
　　　　　ボズ・スキャッグス
「明日へのキック・オフ」
　　　　　ロッド・スチュワート
「バートン・カミングス」
　　　　　バートン・カミングス
「MIKE FINNIGAN」
　　　　　MIKE FINNIGAN

「流れるままに」
　　　　　デイヴ・メイスン
「バンド・レピュテイション」
　　　　　シン・リジー
「裏通りの魔女」
　　　　　ホール＆オーツ
「モンキー・アイランドの懐火」
　　　　　ガイルズ

「ライジン・ヘル」
　　　　　エルビン・ビショップ

선택한 열 장을 적어놓았지 뭔가. 어쨌거나 음악 평론가를 지
망했으니 말이다.

쑥스럽지만 마지막 회이니 밝혀보자. 나는 1977년에 다음
과 같은 앨범을 애청했다.

① 롤링 스톤스《Love You Live》

② 보즈 스캑스《Down Two Then Left》

③ 로드 스튜어트《Foot Loose & Fancy Free》

④ 버튼 커밍스《Burton Cummings》

⑤ 마이크 피니건《Mike Finnigan》

⑥ 데이브 메이슨《Let It Flow》

⑦ 신 리지《Bad Reputation》

⑧ 대릴 홀 & 존 오츠《Beauty On A Back Street》

⑨ 제이 가일스 밴드《Monkey Island》

⑩ 엘빈 비숍《Raisin' Hell》

겸연쩍기 그지없지만, 에세이는 솔직하게 써야 하니까. 여
담이지만《Aja》가 없는 것은 연말에 발매되어 해가 바뀌고 나
서 들었기 때문이다.

롤링 스톤스는 이해 NHK〈영 뮤직 쇼〉에서 라이브를 보
고 위대함을 실감했지만, 그와 내용이 거의 같은 ①에 정말

녹아웃당했다. 특히 마지막을 장식한 〈Sympathy For The Devil〉은 이게 바로 록의 묘미라고 무척 흥분했다. 지금 생각하면 중1 때 같은 〈영 뮤직 쇼〉에서 방영한 롤링 스톤스의 '하이드파크 콘서트'에서 이 곡을 감상했는데, 그때는 지루하다는 생각밖에 없었다. 오쿠다 소년도 그새 성장했다.

②는 전에 썼듯이 당시 보즈 스캑스의 열혈팬이었으므로. 그의 작품으로는 대단한 편은 아니지만, 원래 푹 빠져 있을 때는 이런 법이다. 1976년 2월 첫 내일 공연도 보러 갔다.

③은 로드의 워너 시대 앨범 중에서 제일 좋다고 생각하지만, 나중에 《Da Ya Think I'm Sexy?》가 디스코 붐 중에 크게 히트를 치는 바람에 묻히고 말았다. 세상이 원래 그런 것이다.

④는 전(前) 게스 후 리드 보컬리스트의 솔로 앨범. 좋은 작품이건만 일본에서는 많이 안 팔렸다. 여담이지만 나는 기본적으로 버튼 커밍스 같은 아름다운 하이 톤 보컬을 좋아하는 것 같다. ⑩에서 등장하는 미키 토머스(나중에 스타십에 가입해서 떴다)도 같은 이유로 좋아했다.

⑤와 ⑥은 지난 회를 참조.

⑦은 판매 면에서는 신통치 않았지만, 지금도 브리티시 하드록의 명반이라고 생각한다. 당시의 신 리지는 세세한 뉘앙스와 억제의 미학이 있어서 거기에 푹 빠져 있었다.

⑧과 ⑨는 덤인데, 이상하게도 두 밴드 모두 성공을 거둔 1980년대 이후보다 그 전이 훨씬 재미있었다. "팔린다는 것은 바보까지 상대해야 한다는 뜻"이라고 앞서 썼는데, 하나 덧붙이자면 듣는 이의 지식이 불필요해진다는 뜻이기도 하다. 따라서 지식을 가진 듣는 이에게는 흡족하지 않다.

⑩은 서던 록의 즐거움이 가득한 라이브 앨범. 명곡 〈Fooled Around And Fell In Love〉는 내 페이버릿 송이기도 하다.

나는 레코드와 시디를 합해 4000~5000장쯤 갖고 있다(이제는 아예 세지 않는다). 음악 관계자도 아닌 일개 팬으로서는 꽤 많은 편일 것이다. 지금도 계속해서 늘고 있다. 리마스터니 발굴 음원이니 잇따라 발매되고 있으니 갖고 싶은 음반이 없어지는 일도 없다. 결국 나는 열두 살 때 팝송을 만나서 평생 싫증 나지 않을 장난감을 손에 넣은 것이라고 생각한다. 그리고 나처럼 마법에서 깨어나지 않은 중년층은 이제 세계적으로 커다란 시장을 형성하고 있다. 레코드 회사는 우리를 소중히 여기도록. 전 세계에 동지가 있다는 것은 참 마음 든든한 일이다. 여러분, 다들 즐기고 계십니까?

오쿠다 소년은 1978년 봄에 상경하는데, 그에 관해서는 졸저《스무 살, 도쿄》에 수록된 '봄은 무르익고'를 읽으면 대체로

짐작할 수 있을 것이다. 오쿠다 소년과 아주 비슷한 주인공이
여전히 바보짓을 하고 있다.

PICK UP

We Can't Go On Meeting Like This / Hummingbird

전형적인 마니아 취향의 밴드였다. 두 번째 앨범인 이 작품부터 버나드 퍼디가 드럼을 맡으면서 더욱 펑키해졌다. 맥스 미들턴이 연주하는 펜더 로즈도 아름답다. 제프 벡 《Blow By Blow》의 속편은 의외로 이것일지도 모르겠다(제프는 없지만). 레코드는 금세 폐반이 된 데다 좀처럼 시디로 나오지 않는 바람에, 음악업계는 이 걸작을 버릴 셈인가 하고 의문에 사로잡혀 있었다.

Abandoned Luncheonette / Daryl Hall & John Oates

홀 앤드 오츠의 두 번째 앨범이자 의심할 여지 없이 그들의 최고 걸작이다. 이름을 날린 뒤로는 홀의 원맨 밴드가 되고 말았지만, 당시에는 듀오로서 오츠가 절반을 차지했다. 오츠의 보컬은 맛깔스러운 테너라 나는 오히려 그가 더 좋았다. 명곡 〈She's Gone〉에서 둘이 번갈아 노래하는 부분은 졸도할 만큼 근사하다. 이 앨범은 백밴드도 호화로워서, 아무렇지도 않게 버나드 퍼디가 있는 점이 굉장하다.

Full House / The J. Geils Band

스튜디오 앨범으로는 뭐가 대단한지 잘 알 수 없었지만, 라이브 음반인 이 작품을 듣고 기절초풍해서 평생 충성을 맹세했다. 피터 울프는 일약 내가 좋아하는 싱어가 됐고, 1980년 첫 내일 공연(이게 엄청났다) 때는 생전 처음 이틀 연속으로 공연에 갔다. 화성인이 와서 '록이란 무엇이냐' 하고 묻는다면 나는 이 앨범을 들려주겠다. 옛날에 미군방송(FEN)을 듣던 사람에게는 '앗' 싶은 하모니카 솔로도 있다.

홀리데이 히트 팝스!

1

"홀리데이 히트 팝스!"

일요일 밤 10시, 라디오에서 팝콘이 톡톡 튀는 듯한 타이틀 콜이 나왔다. 이어서 허브 앨퍼트와 더 티후아나 브라스가 연주하는 테마곡 〈All My Loving〉이 흐른다. 중학교 1학년인 후쿠다 마사오는 책상에 공책을 펴고 소니의 최신형 3밴드 라디오를 향해 몸을 내민 자세로 연필을 들고 대기했다.

"청취자 여러분, 안녕하세요. 일요일 밤, 어떻게 보내고 계시죠? 디제이 다쿠입니다. 이번 주도 최신 히트곡을……."

디제이 다쿠의 경쾌한 토크로 막이 열리고 먼저 제10위가 발표된다. 이번 주는 스리 도그 나이트의 〈Family Of Man〉이었다. 마사오는 즉각 공책에 곡목과 밴드 이름을 적었다. 1972년 7월 2일, 제10위……. 오르간 전주에 맞춰 몸을 들썩거린다. 이번 주는 어떤 베스트 텐일까. 지금부터 시작되는 더 없이 행복한 60분에 빡빡머리 열두 살은 설레는 가슴을 억누를 수 없었다.

중학생이 되어 모아놓았던 용돈으로 라디오를 샀다. '중학교에 가면 라디오'라는 게 마사오가 생각하는 '영(Young)으로 가는 길'이었다. 거실에서 가족과 함께 시간을 보내다니 내가 어린애냐. 저녁을 먹고 나면 곧바로 2층 자기 방에 틀어박혀 라디오를 들었다. 가족은 이제 성가시기만 했다. 학교에서도 뭣 좀 아는 애들은 모두 자기 라디오를 갖고 있었다. 그리고 라디오를 입수한 마사오가 푹 빠진 것은 외국 팝송이었다.

팝송. 그것은 잿빛 구름 새로 비쳐 드는 일곱 색깔 빛.

팝송. 그것은 초원에 흐드러지게 핀 색색의 꽃.

팝송. 그것은 낡은 것을 모조리 날려버리는 향기로운 바람.

자나 깨나 팝송. 앉으나 서나 팝송. 수업 중에도 쉬는 시간에도, 양호실에서도 화장실에서도 팝송, 팝송, 팝송!

팝송을 만나면서 풍경이 확 달라졌다. 마사오의 눈앞에 새로운 문이 열렸다. 문 너머에서 자유의 종소리가 드높이 울려 퍼지고 있다. 그 소리는 마사오의 마음을 거세게 뒤흔들고, 가슴을 뜨겁게 달구고, 온몸을 짜릿하게 했다. 태어나서 처음 맛보는 엑스터시였다. 자신은 축복받았다고 느꼈다. 앞으로는 우리 시대다. 어른들은 따라올 수 없다.

제9위는 폴 매카트니와 윙스, 〈Give Ireland Back To The Irish〉. 제8위는 폴 사이먼, 〈Me And Julio Down By The Schoolyard(나와 훌리오와 교정에서)〉.

전에 신청곡 엽서를 보냈을 때, '교정'인 줄 꿈에도 모르고 상상으로 '황제'라고 쓰고 말았다. 활자 정보가 많지 않았으니 귀로 들어 판단할 수밖에 없었다.

지지난달, 마사오는 처음으로 〈뮤직 라이프〉를 샀다. 가진 것은 그것 한 권뿐. 벌써 몇 번을 읽었는지 모른다. 보물 같은 음악 잡지이지만, 한 달에 1000엔 받는 용돈으로는 매번 살 결심이 서지 않았다.

프로그램은 중반에 접어들었다. 제5위는 치커리 팁, 〈Son Of My Father〉. 가요곡에는 절대 없는 이상야릇한 곡이다.

라디오를 들으며 신청곡 엽서를 썼다. 지난주 새 음반 코너에서 소개한 티 렉스의 〈Metal Guru〉가 등줄기에 전류가 흐르는 것처럼 엄청나서, 1위에 오르기까지 꼭 응원해야겠다고 생각했다. 엽서를 소개해줄 가능성을 높이려고 일러스트도 곁들였다. 주소는 벌써 안 보고도 쓸 수 있다. 우편번호 502, 기후 시 이마코 정 2-21, 기후 방송 〈홀리데이 히트 팝스〉 앞.

제3위는 C. C. R., 〈Someday Never Comes〉. 지난주 4위

에서 한 계단 올라섰다.

아, 곡 참 좋다. 저도 모르게 넋 놓고 듣게 된다. 다음 주쯤 1위 하지 않을까.

제2위는 로버트 존, 〈The Lion Sleeps Tonight〉. 리-리리-리리리-리리리리리워웜웜웨이. 따라서 흥얼거린다.

"마사오, 너 아직도 안 자니?" 계단 밑에서 어머니 목소리가 들렸다. 라디오 소리가 아래층까지 들리는 모양이다.

"좀 있으면 자요." 거칠게 대답하고는 기껏 좋던 기분을 망쳐놓았다고 분개했다.

드디어 제1위. 매주 듣다 보면 결과는 예상할 수 있다. 지난주에 이어 2주 연속으로 아메리카의 〈A Horse With No Name〉이 탑을 차지했다. 마사오도 신청곡 엽서를 보냈다. 다쿠가 엽서를 보낸 사람들의 이름을 읽어준다. 숨을 멈추고 라디오에 귀를 갖다 댔다.

"이 곡을 신청해주신 분들은 나가라 중학교의 레몬 양, 나카타 중학교의 몬지로 군, 누런 변기 군, 청바지와 코털 군 또, 이나바 중학교의 무좀 군, 야마모토 우라라 양, 내일의 조지 해리슨 군……."

오오! 마사오는 저도 모르게 주먹을 부르쥐었다. 얼굴이 화끈 달아올랐다. '내일의 조지 해리슨'이 자신의 펜네임이다. 신청곡 엽서를 보냈더니 자기 이름을 읽어준 것이다.

이래서 라디오가 좋은 것이다. 라디오를 체험하면서 자신이 부모를 통하지 않고 세상과 직접 연결돼 있다고 느꼈다.

〈A Horse With No Name〉의 기타 전주가 흘러나오자 전율이 등골을 훑었다. 턱을 괴고 눈을 감으니 지금 있는 두 평짜리 공부방이 먼 외국의 사막처럼 느껴졌다.

가사를 모르기 때문인지 이미지는 무한정 확대되었다. 쨍쨍 내리쬐는 태양 아래 젊은이가 말을 끌고 걷고 있다. 선인장, 부츠, 긴 금발. 머릿속에 잇따라 떠오른다. 음악을 들으며 공상에 빠지는 것은 처음 있는 일이었다. 이것도 팝송의 힘이다. 아마치 마리의 노래를 듣고 생각나는 것은 굵은 다리뿐이다.

프로그램은 새 음반의 하이라이트 부분을 소개하는 것으로 끝났다. 그러자 곧바로 전파가 뒤섞여 북한 방송이 끼어들었다. 마사오는 침대에 누워 한숨을 쉬었다. 더 듣고 싶은데. 우리 집에 오디오가 있으면 얼마나 좋을까. 매번 드는 생각이었다. 오디오가 없으니 레코드도 살 수 없고, 팝송은 그저 라디오를 통해 듣는 수밖에 없었다. 일주일에 한 번꼴로 어머니에게 조르는데, 그때마다 대답은 "우리 집은 그렇게 비싼 거 못 사"였다. 마사오의 집에는 책꽂이도 없었다. 부모님이 책을 읽는 모습은 본 적도 없다. 중학생이 되어 깨달은 사실인데, 그의 집은 문화 수준이 낮은 것 같다.

창밖에서 개구리 울음소리가 시끄럽게 들려왔다. 생긴 지 이제 겨우 5년째인 주택단지는 뒤쪽이 산이고 나머지 삼면은 논밭이다. 걸어서 갈 수 있는 거리에 서점이 없고, 레코드 가게는 옆 통학구역까지 가야 있다. 네온 간판 같은 것은 눈 씻고 찾아봐도 없다.

기후 현 가카미가하라 시 소가하라. 기후 시도, 나고야도, 도쿄도, 세계도, 모든 게 그저 멀기만 한 촌동네다.

불을 끄고 타월 담요를 덮으니 5분 만에 잠이 들었다. 매일 동아리 활동 때문에 피곤해서인지 꿈은 꿔본 적도 없었다.

2

월요일 아침, 검도부 아침 훈련을 마치고 체육관 옆 수돗가에서 세수를 하는데, 농구부의 '도시', 즉 미즈노 도시오가 말을 붙였다. 제2차 성징이 한창이라 덩치가 크고 늘 무슨 냄새가 난다.

"마사오, 너 나왔더라."

도시는 손으로 비누 거품을 내서 달 표면 같은 여드름투성이 얼굴에 문질렀다.

"그래, 1위 아메리카. 매주 보내니까."

지난밤 신청곡 엽서 이야기라는 것을 금세 알아들었다. 같은 학년 라디오 친구들은 모두 서로의 펜네임을 알고 있다.

"난 틀렸어. 미셸 폴나레프를 신청했는데, 4위인데도 왜 곡을 안 틀어주는 거냐."

"운인 걸 어쩌겠어."

그때 테니스부의 '야스베에', 즉 호리베 야스오가 나타났다. 근시에 운동신경 꽝인 주제에 여자들에게 인기가 있을지도 모른다고 테니스를 선택한 멍청한 녀석이다. "너 나왔더라." 야스베에도 똑같은 말을 하더니 안경을 벗고 세수했다.

"우리 동아리 2학년 선배가 사이먼 앤드 가펑클 엘피 샀다던데." 도시가 말했다.

"정말이냐?"

"응. 베스트 앨범. 히트곡이 전부 들어 있다나 봐."

"좋겠다. 우리도 들어볼 수 없을까?"

"선배네 집에 놀러 간다고? 나 가본 적 없는데."

"어떻게 좀 안 되냐?" 마사오는 애원했다.

도시는 잠시 침묵하더니 "알았어. 물어볼게" 하고 입을 오므리고는 얼굴의 비눗기를 물로 헹궜다. 그들에게는 최신 엘피를 가진 사람이 있으면 아는 사람의 아는 사람 집까지도 쳐들어가는 게 상식이었다.

"A반 가네모토 게이코는 티 렉스의 《Metal Guru》를 샀다더라." 이번에는 야스베에가 말했다.

"역 앞 찻집 딸 가네모토 말이냐? 세상에, 걔 팝송 좋아하냐?"

"고등학교 다니는 언니가 있어서 집에 시카고라든지 엘턴 존의 엘피가 있다나."

"부러워라. 너 그거 빌려봐. 나도 좀 듣게."

"물어봤는데 언니 레코드라 안 된대. 그야 그렇겠지. 흠집 나면 자기가 야단맞을 테니까."

"마사오, 너희 집도 이제 웬만하면 오디오 사지 그러냐?" 도시가 말했다.

"옳소, 옳소." 야스베에도 비난 투로 말했다.

대꾸할 말이 없는 마사오는 잠자코 코를 훌쩍였다.

셋 다 같은 시기에 팝송을 좋아하게 돼서 초등학생 때보다 더욱 우정이 두터워졌다. 반은 각자 다르지만 매일 함께 집에 가는 사이다. 그 때문에 마사오는 자기 집만 오디오가 없는 탓에 레코드를 빌려 듣고 빌려주지 못하는 상황에 주눅이 들어 있었다. 하기야 도시와 야스베에도 이피 두세 장 가진 정도다. 한 장에 500엔이라는 가격은 중학교 1학년에게 상당히 비싼

값이다. 하물며 2000엔이나 하는 엘피를 사려면 기요미즈의 무대에서 고추 내놓고 뛰어내리는 것만큼 용기가 필요하다.

"어이, 너희, 얼른 교실에 들어가라."

그때 '턱돌이', 즉 히라마쓰가 연결 통로에서 소리쳤다. 고집 세 보이고 하관이 발달한 이 국어 교사는 생활지도 담당으로, 모든 학생이 교칙을 지키게 하는 데 엄청난 정열을 쏟는 중년 남자였다. 거만하고 엄격한 성격에 걸핏하면 반성문을 쓰게 시키는데, 그런 주제에 여학생들 앞에서는 엉큼한 농담이나 늘어놓으며 싱글벙글댔다. 그렇기에 남학생은 다들 그를 싫어했다.

"아침 청소까지 3분 남았다. 지각하면 벌줄 테니까 그리 알라고."

학생들이 우르르 흩어졌다. 마사오도 건물로 들어가려는데 턱돌이가 "어이, 후쿠다" 하고 불러 세웠다.

"너 이리 좀 와봐라." 무서운 표정으로 손짓한다.

짚이는 데가 있던 마사오는 자진해서 몸을 굽히고 머리를 내밀었다.

턱돌이가 마사오의 머리에 손을 얹고 손가락 사이에 머리카락을 끼었다. "이거 봐라, 손가락 밖으로 삐져나왔잖냐. 이번 주 중으로 깎아."

"네." 마사오는 순순히 대답하고 발길을 돌렸다.

가카미가하라 시에 네 개 있는 중학교는 어디나 남학생이 머리를 빡빡 깎아야 했다. 그런데 인접한 기후 시에서는 장발을 인정해주니 도무지 납득할 수 없었다. 그저 태어난 곳을 원망할 뿐이다.

"야, 바지 꼴이 그게 뭐냐?"

뒤에서 나팔바지를 입은 상급생이 걸린 듯했다.

마사오가 다니는 소가하라 중학교는 교칙이 무척 엄했다. 교사들은 덮어놓고 금지하는 게 올바른 학생 지도라고 믿는 터라 자유 냄새가 나면 컵라면이라도 금지할 듯한 기세였다. 신발은 흰색 운동화만 허락되고, 양말도 흰색, 여학생은 흰 양말을 접어 신어야 한다. 가방에 액세서리를 다는 것은 금지(부적은 가능하다), 스티커도 안 된다. 통학구역 밖으로 나갈 때는 교복을 입어야 한다. 보호자 없이 영화를 보러 가면 안 되고, 어른 동반 없이 학생만 시 경계를 넘으면 안 된다. 그런데 그런 엄격한 시선이 최근 팝송을 노리기 시작했다.

"장발에 룸펜 같은 옷차림으로 엉덩이를 흔들면서 노래하는 괴상한 외국 놈들이 있다던데, 내 네놈들한테 일러둔다만 그런 걸 들으면 성적이 떨어지니까 그리 알아라."

중간고사 끝나고 열린 전교생 집회에서 턱돌이가 우스꽝스럽게 엉덩이를 흔들어 보이며 말했다. 마사오는 팝송이 나쁜 놈 취급을 받은 게 분했지만, 3학년인 누나는 심지어 라디오에도 관심이 없었던 터라 "아사히 정에 사는 시노다, 1학년 때부터 전교에서 5등 밑으로 떨어져본 적이 없는데, 비틀스 듣다가 성적이 떨어져서 기후 고는 이제 무리라더라" 하고 신나서 동생을 위협했다.

사정이 그러니 교내 방송에서 팝송은 턱도 없는 소리였다. 점심시간이나 청소 시간에는 무미건조한 클래식 아니면 이지 리스닝이 나오니 여기가 무슨 노인네들 요양소냐 싶은 상황이다.

종이 울려 아침 청소가 시작되었다. 왁스 칠을 한 복도를 전교생이 무릎 꿇고 마른걸레로 닦는다. 아침부터 이런 일을 하는 곳은 시내에서도 소가하라 중학교뿐이다. 학교 환경 미화 콩쿠르에서 현(縣) 3위를 차지하는 바람에 교사들이 1위를 노리게 되었다. 일은 전부 학생들에게 시키니 얼마든지 목표를 높게 잡을 수 있다.

옆 반에서 도시가 원정 왔다.

"야, 시카고 멤버, 일곱 명 다 이름 말할 수 있냐?"

"그럼. 로버트 램에, 테리 카스, 피터 세트라, 대니얼 세라핀……."

마사오는 완벽하게 대답하고는 의기양양하게 콧구멍을 벌

름거렸다.

"그럼 C. C. R.는?"

"존 포거티, 스투 쿡⋯⋯."

요새 그들은 이렇게 누가 이름을 더 많이 외우나 그것만 겨루고 있었다. 팝송 입문자는 외워야 할 고유명사가 수두룩하다. 이게 시험에 출제된다면 하루 열 시간도 공부할 수 있다.

천장 스피커에서 비지스의 〈Melody Fair〉가 흘러나왔다. "오오!" 흥분한 마사오와 도시는 고개를 쳐들고 복도를 둘러보았다. 마찬가지로 고개를 쳐든 학생이 몇 명 더 있다. 몇 안 되는 1학년 팝송 애호가들이다. 야스베에가 엉거주춤하게 몸을 낮춘 자세로 달려왔다.

"누가 갖고 온 거냐?"

"몰라. 상급생 아냐?"

"비지스는 틀어주는구나."

"카펜터스는 안 되는데, 어떻게 된 거지?"

"난들 알겠냐?"

셋이서 얼마 동안 귀 기울여 들었다. 자신들은 이 곡을 안다고 주위 동급생들에게 자랑하고 싶은 기분이었다. 그런데 1분쯤 뒤 갑자기 음악이 중단되었다. 여기저기서 "아아" 하고 실소가 터져 나왔다.

"턱돌이가 방송실로 달려가서 중단시켰겠지." 도시가 어깨를 축 늘어뜨렸다.

"맞아, 맞아. 제목 보고 이지 리스닝으로 착각했나 보지. 시작도 바이올린이겠다."

"비지스도 안 되는군."

"돈 매클레인도 안 되고, 뉴 시커스도 안 되고……. 티 렉스는 학교에 불이 나도 못 틀게 할 거야." 마사오도 한숨을 쉬었다.

얼마 동안 무음 상태가 이어지다가 여느 때와 같이 클래식 음악이 흐르기 시작했다.

"혁명이 필요해. 레볼루션이야."

친구들 중에서 제일 유식한 야스베에가 중얼거렸다.

"오, 비틀스! 〈Revolution〉, 그거《Hey Jude》B면이지?"

"《Hey Jude》의 주드는 유도를 말하는 건가."*

"그럴 리 있냐."

"그럼 뭔데?"

"몰라."

그들의 이야기는 끝을 몰랐다. 동호인이 있다는 즐거움은 초등학생 때만 해도 맛볼 수 없던 것이었다. 그것도 문화적인

---

* 주드와 유도는 일본어 발음이 비슷하다.

향기가 나는 동호인. 세 사람은 올해 팝송이라는 숲에 발을 들여놓았다. 숲은 깊고 끝이 없을 듯했다.

3

점심시간, 맛도 재료도 집에서라면 틀림없이 불평했을 수준의 급식을, 맛없는 데 익숙한 탓에 인권유린이라는 생각도 하지 않고 배 속에 쑤셔 넣고 교실에서 한숨 돌리는데, 도시와 야스베에가 방송실에 한번 가보자고 부르러 왔다.

"어떤 레코드가 있는지 체크해보자."

"그거 좋은데. 가자."

셋이 함께 교무실 옆에 있는 방송실로 갔다. 다른 교실과는 다른 두꺼운 문을 열고 안으로 들어가니, 2학년 방송 위원이 칸막이 뒤에서 콘솔 앞에 앉아 있었다. 지금 나오는 음악은 졸음을 부르는 피아노 연주다. 테이블에서는 학생 몇 명이 방송 신청서를 쓰고 있었다. 각 위원회가 연락 사항을 방송해달라고 신청하는 것이다. 그중에 A반 가네모토 게이코가 있었다. 이 여학생은 전부터 말괄량이 같은 행동이 튀곤 했다. 교복이 하복으로 바뀌자 슈미즈 없이 세일러복을 입는 탓에 몸을 조금 숙이거나 하면 허리의 맨살이 드러났다. 성격도 활발해서 남학생들 틈에도 거침없이 끼었다.

가까이서 보니 꽤 예뻤다. 버섯머리 밑에서 동그란 눈이 되록되록 움직인다. 여학생들 사이에서는 '오케이'라고 불렸다.

"너 여기서 뭐 하냐?" 초등학생 때 한 반이었던 야스베에가 말을 걸었다.

"레코드 틀어달라고 왔는데 안 된다고 혼났어."

오케이 앞에는 티 렉스의《Metal Guru》이피가 있었다. 셋이 동시에 손을 뻗으며 보여달라고 졸랐다. 사진만 봐도 흥분되었다. 티 렉스는 '글램 록'이라고 불리는 새로운 유행의 중심적 그룹이었다. 리더인 마크 볼란은 남자인데도 화장을 하는데, 그게 세간에 대한 용기 있는 반역처럼 여겨졌다.

"'내일의 조지 해리슨', 그거 후쿠다지? 어제 〈홀리데이 히트 팝스〉에 이름 나왔더라." 오케이가 말했다.

"네가 어떻게 아냐?" 후쿠다는 얼굴이 화끈 달아올랐다. 오케이와 말을 해보는 것은 처음이었다.

"다들 알아. 1학년 중에 신청곡 엽서 보내는 애, 열 명도 안 되는걸."

"그러냐. 그나저나 너희 집에 엘피 있다며?"

"응. 언니 거지만."

"어떤 거?"

"시카고랑 엘턴 존이랑 산타나랑 핑크 플로이드랑⋯⋯." 손을 꼽으며 센다. "비틀스도 있고, 롤링 스톤스도 있고⋯⋯."

"좋겠다. 완전히 레코드 가게잖아."

"우리 언니, 지난달에 아이치 현 체육관에서 시카고 콘서트 봤다."

"진짜? 엄청나다."

그 말을 듣고 셋 다 눈이 동그래졌다. 외국 가수의 내일 콘서트에 간 사람이 가까이 있다는 것만으로도 그들에게는 마음의 팡파르가 울려 퍼지는 사건이었다.

"나도 가고 싶었는데 중간고사 기간이라고 엄마가 안 된다지 뭐야. 대신 여름방학 되면 오사카 친척 집에 놀러가는 김에 에머슨, 레이크 앤드 파머를 고시엔 구장에서 볼 거야."

마사오는 듣기만 해도 현기증이 나는 것 같았다. 역 앞 상점가 애들은 역시 다르다. 걸어서 갈 수 있는 거리에 가게들이 있다는 것만 해도 부러운데, 게다가 팝송이 가까이 있기까지 하다.

"가네모토, 몇 번을 와도 네 레코드는 못 틀어줘."

칸막이 뒤에서 방송 위원이 얼굴을 내밀고 말했다. 눈이 위로 찢어지고 뻐드렁니인 그는 와타나베라는 이름이다. 똑같은 초등학교에서 통째로 올라오는 터라 전학생을 제외하면 대체로 얼굴을 안다.

"가네모토는 시끄러운 것만 가져오니 말이지."

"하드록이라고 하네요. 와타나베, 너 진짜 아무것도 모른다."

"아무튼 안 돼. 히라마쓰 선생님이 나한테 선곡을 맡기셨다고."

"뭐 어때서? 한 번만 듣자."

"안 돼."

"듣자."

"안 돼."

둘이 옥신각신하는 옆에서 선반에 열 장쯤 있는 엘피를 체크했다. 프랑시스 레 명곡선, 니니 로소 영화음악집, 프랑크 푸르셀 악단, 다이쇼고토의 선율……. 나머지는 모르는 클래식이다.

"대체 누가 고른 거야?" 도시가 눈살을 찌푸리며 말했다.

"졸업생. '기증'이라고 쓰여 있어." 야스베에가 재킷에 붙은 종이를 발견하고 말했다. 보아하니 매년 졸업생이 기증하는 모양이다.

"왜 비틀스를 놓고 가지 않는 거냐. 우리 학교에선 절대 유명한 사람은 안 나올 거다."

그때 교무실 쪽 문이 열리더니 턱돌이가 험악한 얼굴로 들어왔다. 학생들 사이에 긴장이 감돌았다. 턱돌이는 "방송 위원, 연락 사항이 있으니까 잠깐 음악 좀 중단해라"라고 하고는, 와타나베가 철금을 딩딩딩 치자 마이크를 향해 이야기했다.

"학생 제군에게 알린다. 오늘 뒤쪽 신사에 본교 학생 것으로 보이는 자전거가 세워져 있었다. 세미드롭 핸들, 5단 기어 자전거고, 차체 색깔은 검정과 주황. 방향 지시등 있음. 임자는 지금 즉시 교무실로 출두하도록. 자전거는 이미 이쪽에서 보관하고 있다. 이상."

보아하니 무허가 자전거 통학을 한 학생이 있나 보다. 턱돌이는 이런 종류의 위반자를 적발하는 게 더없이 즐거운 사람이다. 분명 혼쭐을 내놓고 반성문을 쓰게 할 것이다.

"너희는 여기서 뭐 하는 거지?" 턱돌이가 1학년 네 명을 돌아보며 말했다.

"아뇨, 그냥……." 마사오가 대표로 얼버무렸다.

턱돌이는 테이블 위에 있던 티 렉스의 이피를 집었다. "이게 뭐냐? 이건 또 뭐 하는 광대야?"라고 하며 더러운 것 보듯 상을 찌푸렸다.

"선생님도 다 안다. 너희, 매일 밤 라디오나 듣고 외국의 팝송이란 거에 미쳐 있지?"

"선생님도 들어보실래요? 멋있어요." 오케이가 농을 했다.

"얼빠진 소리. 귀가 썩겠다." 턱돌이는 이피로 가네모토 게이코의 머리를 탁 쳤다.

"아이참, 그러지 마세요." 가네모토가 발돋움을 해서 레코드를 빼앗았다.

"가네모토, 너 속옷을 왜 안 입어." 턱돌이가 세일러복 틈으로 맨살이 드러난 것을 알아차리고 말했다.

"입었다고요, 브래지어는."

오케이가 실눈을 뜨고 가슴에 손을 얹으며 호스티스처럼 교태를 부렸다. 마사오도 다른 학생들도 눈을 의심했다. 같은 중1이라는 게 믿기지 않았다.

"이 자식이, 너 자꾸 그러면 보호자 부른다……."

턱돌이는 턱을 부들부들 떨더니 오케이를 붙들고 등을 냅다 쳤다.

"꺅, 엉큼해라. 선생님, 하지 마세요."

"너희 넷 다 교무실로 와라." 머리에서 김을 내뿜을 듯했다.

"어? 저희도요?"

"넷 다!"

억울하게 덤터기를 썼다고 셋이 마주 보았다. 시야 끄트머리에서는 와타나베가 뻐드렁니를 감추는 것도 잊고 냉소를 짓고 있었다.

마지못해 따라가니, 외국 음악을 좋아하는 것은 마음이 들떠 있다는 증거이고 그런 것에 관심을 갖는 놈이 비행을 저지르고 성적이 떨어지는 것이라고, 칠판에 도해까지 그릴 듯한 기세로 훈계를 늘어놓았다. 그 탓에 점심시간이 날아갔다.

오케이는 반성문을 사백 자 원고지 석 장 써 오라는 벌까지 받았다.

"쓸 게 뭐가 있다고."

이 여학생은 당연히 반성하는 눈치도 없이 입을 삐죽 내밀며 토라졌다.

비록 혼은 났지만 마사오는 어쩐지 기분이 유쾌했다. 오케이 자신이 팝송이다. 유머러스하고, 시건방지고, 자유를 사랑하고, 용기가 있다.

교실로 돌아와 같은 반 학생들을 상대로 "턱돌이한테 걸려서 교무실에서 혼났다" 하고 자랑했다. 반항은 훈장이다.

방과 후에는 검도부 연습을 하며 땀을 흘렸다. 어째서 특별활동으로 검도를 택했느냐 하면 청춘 드라마 〈나는 사나이다!〉의 모리타 겐사쿠에 감화된 것이었다. 마사오의 학년만은 여자 부원도 있어서 선배들이 "작년까지는 학교에서 제일 땀내 나는 부란 소리를 들었는데"라며 감격했다. 여학생이 있으니 기합을 주지 않는다. 지도교사는 늘 없기 때문에 자유 연습을 할 때면 도망가서 배구를 하고 노는 상급생도 있었다. 야구부 등은 군대 못지않게 엄격한 터라, 적당히 편하게 지내고 싶은 마사오에게는 딱 맞는 운동부였다.

연습 중에 3학년들이 구석에 모여 수군거리고 있었다. "시노다랑 몇몇이 미술실에 모여서 포크 기타 치더라"라고 했다.

포크 기타? 마사오는 그 말을 듣고 소름이 돋았다. 그때까지 기타는 장난감밖에 본 적이 없었다. 음악실에 있는 악기는 피아노와 관악기뿐이다. 집에는 리코더밖에 없다. 〈A Horse With No Name〉이나 〈Heart Of Gold〉는 포크 기타로 연주한다는 생각을 하니 무릎까지 후들거렸다.

"구경하러 가자." 3학년이 연습복 차림으로 우르르 나갔다. 마사오는 달랑 1초 망설이고 따라가기로 했다. 1학년 주제에 '저도 끼워주세요'라고 말할 수는 없다. 뒤에서 슬쩍 보기만 해도 된다. 소리만 들어도 상관없다.

4층 맨 끝에 있는 미술실로 가자, 소문을 들은 남녀 학생이 열 명쯤 복도에 모여 있었다. 3학년들은 안으로 들어가고, 하급생들은 눈치 보느라 복도에서 구경하는 상황이었다.

오케이가 약삭빠르게 안에 들어가 있었다. 마사오를 발견하더니 살짝 손을 흔든다. 하여간 겁을 모르는 여학생이다.

포크 기타를 학교에 들고 오는 게 교칙 위반인지 아닌지는 모르지만, 교사에게 들켰다가는 분명히 그냥 두지 않을 것이다. '학교는 공부하는 곳'이라느니 뭐니 하면서 해산시킬 게 틀림없다.

마사오는 모여 있는 학생들 제일 뒤에서 발돋움을 했다. 교실 한복판에 공부를 잘하고 나팔바지와 굵은 벨트 차림이 늘 눈에 띄는 시노다라는 3학년이 기타를 들고 책상에 걸터앉아 있었다. 그 모습이 너무나도 멋져 보였다.

기타를 든 3학년은 그 밖에도 더 있었다. "야, 튜닝 맞춰." "G7이 어디 짚는 거더라?" 그런 대화가 어른스럽게 느껴져 마사오는 격하게 동경심을 품었다.

3학년들은 비틀스의 〈Michelle〉을 연주했다. 전주만 듣고도 마사오는 졸도할 것 같았다. 난생처음 생으로 들은 포크 기타의 음색.

"비틀스의 〈Michelle〉, 〈Michelle〉, 〈Michelle〉."

마사오는 그 곡을 안다는 티를 내고 싶어서, 주위 사람들에게 소곤거리는 목소리로 연거푸 곡목을 말했다. 누가 물어본 것도 아닌데.

흥분이 가라앉을 줄 몰랐다. 청춘 드라마의 일원이라도 된 기분이었다.

　방송실에서 말을 튼 뒤로 오케이는 쉬는 시간에 놀러 오기 시작했다. 마사오와 도시, 야스베에 사이에 억지로 끼어들어 팝송 이야기에 참가하는 것이다.

　"영국 3대 기타리스트 알아?"

　"그야 물론이지. 에릭 클랩턴, 제프 벡, 지미 페이지잖냐."

　"우리 집에 셋 다 레코드 있는데. 지미 페이지는 레드 제플린의 엘피지만."

　빈집에 숨어들어 죄다 꺼내놓고 듣고 싶을 만큼 부러웠다.

　오케이는 남학생 앞에서도 내숭을 떨지 않고 자지러지게 웃으며 마사오의 등을 퍽퍽 때리곤 했다. 얼굴이 예쁘다 보니 약간 가슴이 두근거린다. 좋은 냄새도 난다. 소문에 따르면 최근 2학년이 편지와 함께 둘이 나눠 가지는 하트 모양 펜던트를 주었다고 했다. 결과가 어떻게 됐는지는 모른다. 성격도 대담한 오케이는 "우리 점심시간에 티 렉스 틀자" 하고 겁 없이 제안했다.

　"응? 그러자. 다 같이 듣고 싶잖아."

　"턱돌이가 달려올걸." 도시가 눈살을 찌푸렸다.

　"급식 중엔 턱돌이도 자기 반 교실에서 먹으니까 당장은 못

올 거라고. 턱돌이는 F반 담임이니까 교실이 3층에 있잖아. 달려와도 2분은 걸려. 〈Metal Guru〉는 2분 25초. 25초 동안 버티면 끝까지 틀 수 있어."

"진심이냐?" 야스베에는 쓴웃음을 지었다.

"후쿠다는 어때? 같이 안 할래?"

얼굴을 바싹 들이대는 바람에 마사오는 순간 얼굴이 빨개졌다. "방송 위원은 어쩌고?"

"이번 주는 와타나베가 당번이니까 괜찮아. 걔, 우리 동네 사는데 어렸을 때 우리 언니 졸개였거든. 들개가 짖었다고 오줌 싼 것도 내가 아니까 위협하면 내 말 들을 거야."

대체 어떻게 생긴 자매냐 싶어 어이가 없었다. "교무실에 있는 다른 선생님도 가만 안 있을 텐데."

"어떻게든 될 거야." 오케이는 끝까지 강경했다.

마사오는 자신에게는 무리라고 생각하면서도 한편으로는 실제로 하면 유쾌하겠다고 공상했다. 실행에 옮기면 대번에 유명해질 것이다.

"너희 참 성실한 애들이구나." 오케이가 업신여기듯 말했다.

"그래도……." 세 사람은 어물거렸다.

여담이지만 오케이는 지난번 반성문을 원고지 두 장으로 줄여 제출한 모양이다. "까짓거, 어머니가 깜박 잊고 슈미즈를 못

빨았습니다, 죄송합니다, 하면 그만이라고"라며 명랑하게 웃었다. 하여간 대단한 근성이다.

그날은 교육위원회 총회가 있다고 해서 오전 수업만 했고 동아리 활동도 없었다. 급식을 먹고 나면 하교라 학생들은 한순간의 자유를 손에 넣었다.

세 사람이 집에 갈 준비를 하며 "뭘 하고 놀까" 하고 의논하는데, 오케이가 스텝을 밟듯 엉덩이를 흔들며 나타났다.

"얘들아, 레코드 보러 안 갈래?" 손가락을 딱 튀긴다.

"어디로?" 마사오가 물었다.

"뭐하면 기후까지 가도 되고. 데쓰메이 정 길모퉁이에 있는 레코드 가게."

오케이는 태연하게 말했다.

"전철 타고?"

"너 자전거 타고 기후까지 가려고? 그쯤 되면 사이클링이야."

"이런 시간에 얼쩡거리면 붙들릴 텐데."

야스베에가 난색을 표했다. 마사오도 찬성하지 않았다. 기후 번화가에는 불량배가 득시글거린다. 눈만 마주쳐도 돈을 빼앗긴다고 했다.

"너희 진짜 용기 없다."

겁먹은 세 남학생을 보며 오케이는 허리에 손을 얹고 한숨을 쉬었다.

"나카타라면 좋아." 도시가 말했다.

나카타는 소가하라의 옆 동네인데, 역과 직결된 쇼핑센터가 있어서 조금은 번화한 곳이다.

"그럼 고토 악기에 갈래?"

"그래, 그건 좋아."

가까운 곳으로 정해졌다. 고토 악기는 점포 절반에 레코드를 들여놓은 악기점이다. 마사오가 알기로 가카미가하라 시에 레코드 전문점은 없었다. 전파상 한구석이라든지 슈퍼 이즈미야 한구석이라든지, 덤처럼 매대가 있는 게 전부다. 하기야 마사오는 심지어 그런 곳에도 가본 적이 없었다. 집에 오디오가 없으니 기가 죽어 가까이 가지도 못했다.

걸어서 갈 수 있는 거리는 아니므로, 일단 집에 들렀다가 교복을 입은 채 자전거를 타고 집합 장소인 역 앞으로 향했다. 레코드를 볼 수 있다는 것만으로 마사오의 기분은 고조되었다. 집을 나설 때 "대체 언제 오디오 사줄 건데요?" 하고 불만을 말하자, 어머니는 "아버지한테 여쭤보렴" 하고 쌀쌀맞게 대꾸했다. 당분간 라디오 신세를 져야 할 모양이다.

역 앞에는 이미 다들 모여 있었다. 도시와 야스베에는 교복을 입었고 오케이만 사복 차림이었다. 벨보텀 청바지에 영어가 쓰인 노란 티셔츠, 신발은 검정 농구화였다. 가죽 벨트가 굵다. 어째 그것만으로도 압도되는 기분이었다. 남자 셋은 멋지다는 말도, 어울린다는 말도 못 하고 흘끔흘끔 훔쳐볼 뿐이다.

여자는 좋겠다. 남자는 까까머리이니 어떻게 해도 감자에 옷을 입혀놓은 것처럼 보인다.

자전거 넉 대가 한 줄로 서서 달렸다. 햇살이 눈부시다. 어제 장마가 걷히고 드디어 본격적인 여름이다. 여름방학이 되면 마음껏 라디오를 듣고 싶다. 신청곡 엽서도 잔뜩 보내고 싶다. 그리고 이성 교제도 하고 싶다. 마사오는 마음에 둔 여자애가 몇 명 있었다. 지금은 오케이도 그중 한 명이다. 그중에서 누군가에게 편지라도 써볼까. 그런 생각만 해도 아랫도리가 서글퍼진다.

대략 10분 만에 국도변에 위치한 고토 악기에 도착해 넷이 안으로 들어갔다. 손님은 아무도 없었다. 계산대에도 사람이 보이지 않는다. 이 부근 개인 상점은 다들 이런 느낌이었다. "여기요" 하고 불러야 안에서 누가 나온다.

가게 중앙에 레코드가 진열되어 있었다. 벽에는 기타를 걸어놓았다. 그중에 일렉트릭 기타가 있어 마사오는 저도 모르게 시선이 그쪽으로 쏠렸다. 천장 조명을 받아 광택이 반드르르 흘렀다. 어쩌면 저렇게 아름다울까. 너무나도 숭고해 보여 갖고 싶다고 생각하는 것조차 황송하게 느껴졌다.

오케이는 이피가 진열된 곳 앞으로 다가가 익숙한 동작으로 음반을 골랐다. 도시와 야스베에도 돈을 가져왔는지 만일의 사태를 대비해 레코드를 찾기 시작했다.

마사오는 어차피 못 살 테니까 아예 엘피를 구경하기로 했다. 지금까지 〈뮤직 라이프〉나 〈거츠〉에서 광고로만 봤던 엘피의 재킷이 눈앞에 있는 것이다. 조급한 마음을 억누르며 선반에 꽂힌 엘피를 한 장씩 살펴봤다. 마사오는 핑크 플로이드의 《Meddle》에 흥분하고, 존 레넌의 《Imagine》에 한숨을 쉬고, 케이스에 든 석 장짜리 《The Concert For Bangladesh》에 기절초풍했다. 5000엔이라니 중학생은 죽었다 깨어나도 살 수 없는 가격이다.

"여기요." 오케이가 가게 안쪽을 향해 사람을 불렀다.

"어서 오세요." 친절해 보이는 아주머니가 앞치마 차림으로 나왔다.

"이거 들어봐도 될까요?" 오케이가 당당하게 시청을 부탁했다.

"그래요."

아주머니가 웃는 얼굴로 승낙했다. 가게 안에 노래가 흘러 나왔다. 마사오가 누구 곡이냐고 묻자 딥 퍼플의 〈Highway Star〉라고 오케이가 가르쳐주었다.

"이 그룹, 다음 달에 일본에 오거든. 나고야는 그냥 통과하니 까 못 보지만."

다다다다. 기관총 연사 같은 드럼 소리가 쏟아진다. 기타 는 잘 드는 칼 같다. 오오! 엄청나게 멋진 사운드였다. 누가 설 명해주지 않아도 최신 하드록이라고 알 수 있었다. 도시와 야 스베에의 얼굴이 상기되었다. 마사오는 전력으로 달려가 슈퍼 이즈미야 옥상에서 "이게 록이다!" 하고 세상을 향해 부르짖고 싶은 충동에 사로잡혔다.

오케이가 리듬에 맞춰 몸을 움직이며 머리를 좌우로 흔들었 다. 그게 꽤 멋져 보였다. 마사오도 따라 하려 했지만 쑥스러움 이 앞서는 바람에 동작이 영 어색했다.

"아줌마, 이거 주세요."

오케이가 지갑에서 돈을 꺼내 음반을 구입했다. 마사오는 이 앞서가는 여학생이 그저 부러울 따름이다.

"남는 건데 이거 너희 가지렴." 아주머니가 비틀스의 포스터 를 전원에게 주었다.

우어. 생각지도 못한 행운에 그들은 그 자리에서 펄쩍펄쩍

뛰었다. 유전이라도 발견한 것처럼 기뻐하는 것을 보고 아주머니가 요란하게 웃었다.

가게에서 나와 대각선 맞은편에 있는 볼링장 매점에서 주스를 마시기로 했다. 오케이가 간다기에 따라간 것이다. 현관홀 옆에 핀볼 머신이 늘어서 있고, 다른 중학교 불량배인 듯한 소년들이 모여 있었다. 엄청나게 생긴 바지를 입었다. 소가하라 중학교에는 본격적인 불량배가 없는 터라 시야에 들어온 것만으로도 긴장됐다.

오케이의 태도는 당당했다. 그중에 안면이 있는 사람도 있는지 가볍게 인사도 주고받았다.

"여기 있는 주크박스에서 팝송을 들을 수 있거든." 오케이가 말했다.

기계 앞으로 가보니 가요곡에 섞여 팝송이 열 곡 이상 들어 있었다. C. C. R.의 〈Someday Never Comes〉를 발견한 마사오는 그 자리에서 꼭 들어보고 싶어졌다.

50엔 동전을 꺼내 생전 처음 주크박스로 음악을 들었다. 첫머리의 기타 연주에 쾌감이 몸을 훑었다. 정말 좋은 곡이다.

"퍼싱가리멤버(First thing I remember) 워즈아스킹파파와(was askin' papa, "why?"), 포데어워매니싱(For there were many things), 아디두노오오오(I didn't know)."

들리는 대로 따라서 흥얼거렸다. 영어만큼은 확실하게 공부해야겠다고 굳게 다짐했다. 언젠가 한 곡 완벽하게 부르고 싶다.

그때 웬 아저씨와 아주머니가 다가왔다. "너희 어느 중학교지?" 부채로 얼굴을 부치며 온건한 어조로 묻는다. "우리는 시(市) 청소년 지도원이란다." 주머니에서 완장을 꺼내 보여주었다.

핏기가 슥 가셨다. 도시와 야스베에도 표정이 흐려졌다. 근처에서 핀볼을 하고 놀던 불량배들은 이런 일에 익숙한지 엷은 웃음을 띠고 "야, 가자" 하더니 경쾌한 발걸음으로 흩어졌다.

마사오가 학교 이름을 대자 "학년이랑 이름도 가르쳐주겠니?"라고 말하기에 순순히 시키는 대로 했다.

"너희는 착실해 보이니까 나쁜 일은 안 할 것 같지만, 이런 곳에 드나들면 아까 같은 애들이 꼬드기기도 하니까 조심해야 해."

아주머니는 상냥한 목소리로 타일렀다.

"넌 사복 차림이구나. 통학구역 밖으로 나올 때는 교복을 입어야 하잖니."

아저씨는 오케이에게 복장에 대해 주의를 주며 소지품 검사를 하자고 했다. 오케이는 입을 오므리고 마지못해 가방을 열어 보였다.

금세 집에 돌아간다는 조건으로 해방되었다. 가슴이 두근거렸지만 생각보다 태도가 친절해서 맥이 빠졌다.

"왜 꼭 교복을 입어야 하는 건데?" 집에 가는 길에 오케이가 분개했다. "인권유린 아냐?"라고 어른스러운 말을 한다.

"학교에 연락이 가려나?" 야스베에는 그게 걱정인 모양이다. 마사오도 마찬가지였다. 턱돌이가 알면 절대로 가만있지 않을 것이다.

C. C. R.를 듣고 부풀었던 기분이 푹 꺼지고 말았다.

5

걱정했던 대로 즉각 학교에 연락이 갔다. 이튿날 방과 후 1학년 전원을 운동장 그늘에 집합시켜 긴급 학년 집회를 열었다. 어제 전교에서 서른 명 이상이 통학구역 밖 번화가에서 놀다가 지도원에게 들켜 주의를 받은 모양이다. 2학년은 다른 건물의 공작실에서, 3학년은 체육관에서 각각 집회가 열렸다.

여섯 학급 240명이 운동장 흙바닥에 쭈그리고 앉았다. 턱돌이가 험악한 표정으로 학생 앞에 서서 "호명하는 녀석은 앞으로 나와라"라고 날카롭게 말했다. 마사오도, 도시도, 야스베에도, 오케이도 이름을 불렸다. 그 밖에 열몇 명이 불려 나갔다. 여학생은 오케이뿐이었다. 교사들은 학생들을 에워싸듯서 있었다.

"오전 수업 하루 했다고 이 꼴이냐. 선생님은 슬프다. 이제부터 시작될 여름방학은 대체 어쩔 셈이냐? 공부도 안 하고 유홍가나 돌아다니면서, 불량배라도 될 생각이냐?"

침을 튀겨대며 고함을 쳤다. 그런데 턱돌이는 유홍가를 '유홍가'라고 말했다. 명색이 국어 교사인데, 단어도 제대로 모르는 모양이다.

"다행히 1학년 중엔 기후까지 간 학생은 없지만, 나카타도 안 되는 건 안 되는 거다. 통학구역 밖으로는 용건이 있을 때만 나갈 수 있다. 놀려면 소가하라에서 놀아라."

연설을 늘어놓으며 저 혼자 흥분하는 타입인 턱돌이는 점점 목소리가 커졌다.

"도대체가 중학생이 돼서 왜 그렇게 놀려고 드는 거냐? 학생의 본분은 공부 아니냐. 남는 시간엔 동아리 활동을 해야지. 하루 세 시간 예습 복습을 하고 하루 두 시간 동아리 활동을 하면 자전거 타고 딴 지역에 놀러 갈 시간이 없을 텐데. 어이, 앞으로 불려 나온 학생들. 어제 어디서 뭘 했는지 한 명씩 애들 앞에서 말해봐라."

턱돌이의 명령으로 돌아가며 전날 한 행동을 신고했다. 마사오는 "1학년 D반, 후쿠다 마사오입니다. 어제는 나카타에 있는 레코드 가게에서 레코드를 구경하고, 그러고 나서 근처 볼링장에 가서 주크박스로 음악을 들었습니다"라고 있는 그대로 말했다.

도시와 야스베에는 "후쿠다와 똑같습니다" 하고 생략했다. 그런데 오케이가 똑같이 말하자, 턱돌이가 기다렸다는 듯 "가네모토는 그게 다가 아닐 텐데!" 하고 별안간 언성을 높였다. 갑자기 떨어진 불벼락에 학생 전원이 무심코 고개를 움츠렸다.

"넌 사복이었다며? 지도원한테 연락받았다. 야단스러운 청바지에 티셔츠를 입고 히피 같은 몰골이었다던데. 넌 어째서 교칙을 안 지키는 거냐. 네가 태도를 바꾸지 않으면 1학년 전원 여름방학 동안 통학구역 밖으로 못 나가게 할 거다."

턱돌이가 콧구멍을 벌리며 위협하듯 말했다. 그러자 오케이의 표정이 바뀌었다. 겁에 질린 게 아니라 도전적인 눈빛이었다.

"선생님, 어째서 1학년 전원이죠?" 오케이가 냉정하게 맞받아쳤다. 마사오는 옆에서 움찔했다.

"연대책임이다. 그런 것도 모르냐?"

설마 말대답을 할 줄은 몰랐는지 턱돌이의 표정이 굳었다.

"전 좋아하는 옷을 입고 좋아하는 음악을 듣는 게 왜 그렇게 나쁜 일인지 모르겠는데요."

오케이가 또다시 반론을 했다. 그 말에 마사오를 비롯해 1학년 전원이 숨을 삼켰다. 지금까지 살면서 자신의 동갑내기가 선생에게 반항하는 것을 처음 본 순간이었다.

턱돌이의 얼굴이 순식간에 시뻘게졌다.

"뭐야? 너처럼 마음이 들떠 있는 인간이 비행을 저지르고 그러는 거다. 그렇게 안 되게 선생님들이 열심히 지도하고 유흥가를 배회 못 하게 감시해야 한단 말이다. 너 하나 때문에 얼마나 많은 사람이 힘든 줄 아냐?"

오케이 앞까지 다가가 말을 퍼붓는다. 당장이라도 손찌검을 할 분위기였다.

"선생님." 오케이가 턱돌이의 눈을 보며 말했다. "'유흥가'가 아니라 '유흥가'예요."

마사오는 숨을 삼켰다.

다음 순간, 턱돌이가 오케이의 따귀를 때렸다. "어디서 건방진 소리를 해!" 메마른 소리가 주변에 울려 퍼졌다. 버섯머리로 깎은 머리칼이 날개처럼 흔들렸다.

오케이는 바로 얼굴을 정면으로 향하고 강한 눈빛으로 턱돌이를 똑바로 쳐다보았다.

턱돌이의 뺨이 부들부들 경련했다. 이성을 잃은 어른의 얼굴이었다.

또 철썩. 이제 말은 나오지 않았다. 세 번째. 가차 없는 일격
이었다. 이를 악문 오케이의 눈에서 커다란 눈물방울이 쏟아
졌다. 그래도 그녀는 울음을 터뜨리지 않았다.

마사오는 충격을 받았다. 같은 열두 살에 이렇게 강한 여자
애가 있다니. 한 발짝도 물러나지 않고 어른에게 반항한다.

오케이의 담임인 젊은 여교사가 달려와 "가네모토, 이리 와
서 선생님이랑 이야기하자"라며 팔을 붙들었다. 억지로 잡아
끌고 건물 쪽으로 데려간다. 하지만 화가 난 게 아니라는 것은
여교사의 창백한 얼굴을 보면 알 수 있었다. 오케이의 담임은
오케이를 도우려는 것이다. 자기 반 학생이 부조리한 폭력을
당한 것에 대해 턱돌이에게 무언의 항의를 하는 것이다.

조금은 마음이 놓였다. 교사가 모두 독재자는 아니다.

무거운 공기가 흐르고, 머리가 허옇게 센 학년주임이 그 자
리를 수습하듯 이야기를 이어받았다.

"요컨대 선생님들은 너희를 걱정하는 거란다. 이제 곧 여름
방학이 시작될 텐데, 너희가 모두 방학을 잘 보내기를 바라는
거야. 그러기 위해선 먼저 교칙을 지키고……"

온화한 어조였다. 교사들은 명백히 태도를 누그러뜨린 것이
다. 턱돌이는 평정을 가장할 여유도 없이 벌게진 얼굴로 허공

을 노려보고 있었다.

마사오는 어깨에 들어가 있던 힘이 빠지는 것을 느꼈다. 어른은 원래 이렇다. 자신에게 불리하면 힘으로 억누르려고 한다.

머릿속으로 팝송을 연주했다. 로버트 존의 〈The Lion Sleeps Tonight〉. 어째선지 그 곡이 떠올랐다. 리-리리-리리리-리리리리리리웜웜웜웨이. 먼 곳으로 가고 싶었다. 더 넓은 세상으로.

근처 나무에서 매미가 일제히 울기 시작했다.

6

"이 학교 규칙은 역시 이상해." 아침 청소를 하며 도시가 화난 표정으로 말했다. "사촌 둘이 기후 시에서 중학교 다니는데, 둘 다 장발이고, 신발은 흰색 외에도 검정이랑 감색도 허용되고, 가방에 스티커 붙이든 말든 교문에서 일일이 검사하지도 않고, 남녀가 교환 일기 쓰다가 걸려도 교무실로 불려 가서 주의를 받지도 않고, 기후 시에선 좀 더 자유가 허용된다고. 나고야는 그보다 훨씬 자유스럽다고 하고. 도쿄엔 사복 입는 학교도 있다더라. 그런데 우리 학교는 이거고 저거고 죄 금지잖아.

이게 대체 뭐냐고."

"그걸 왜 나한테 묻냐." 마사오는 코에 주름을 잡았다. "내가 금지하는 것도 아닌데."

"가네모토가 어제 한 말이 옳아. 좋아하는 옷을 입고 좋아하는 음악을 들으면 안 되는 거냐고."

"그럴 리 있냐?"

"그렇지? 그런데 왜 금지하는 건데? 우리 중학교 3년간이 벌칙 게임이냐? 그런 거라면 뭐에 대한 벌칙인데?"

"나한테 묻지 말라니까."

"어른은 새로운 게 분한 거야." 옆에서 야스베에가 빈정거리 듯 말했다. "비틀스도 머리가 겨우 그 정도 길다고 박해받았잖아? 자기들이 더는 따라 할 수 없는 걸 젊은이가 하는 게 분한 거야."

"아아, 맞아." 어른스러운 말에 마사오는 감탄했다.

"어제 우리 아버지가 그러더라. 우리 아버지, 대머리잖아? 젊은이의 장발은 열 받는다, 중머리는 보기만 해도 속이 시원하다고."

"어이구, 기가 차네." 쓴웃음을 지었다.

그때 오케이가 가방을 들고 나타났다. 지각했는데도 여유 있는 걸음걸이다. 모두가 유명인을 보는 듯한 시선으로 돌아보았다. 어제 있었던 일로 오케이는 1학년 전원에게 인정을 받게 된 모양이다. 앞으로 그녀를 업신여기는 학생은 없을 것이다. 특히 남학생은 존경심마저 품고 있었다.

"안녕." 오케이는 어제 눈물을 보였던 게 거짓말인 것처럼 명랑하게 말했다. "오, 안녕." 세 사람도 인사했다.

"오늘 급식 시간에 나 할 거야." 오케이가 턱을 치켜들고 대담하게 미소를 지었다.

"뭘?"

"교내 방송으로 티 렉스를 틀 거야."

"진짜로?" 마사오는 놀랐다.

"응. 튼다면 틀어. 또 맞아도 상관없어."

오케이는 똑바로 앞을 보며 성큼성큼 걸어갔다. 세 사람은 할 말을 잃고 멍하니 그녀를 배웅했다. 등도, 엉덩이도, 다리도, 온몸에 과즙이 꽉 찬 것처럼 싱싱했다. 어른들이 분해할 만도 하다는 생각이 들었다.

그녀의 뒷모습을 바라보는데 갑자기 몸서리가 났다. 넌 어쩔 거냐, 넌 사내 아니냐, 하고 신이 말한 듯한 기분이 들었다.

점심시간이 되어 마사오는 3분 만에 급식을 다 먹었다. 아니, 2분이었을 수도 있다. 식빵을 우유로 꿀꺽꿀꺽 삼키고, 기름 찌꺼기가 잔뜩 있는 고래 고기 튀김을 와일드하게 입에 쑤셔 넣었다. 잊어버리고 양념을 안 한 게 아니냐고 악평이 자자한 당면 수프는 먹기를 거부했다.

교실에서 빠져나와 복도를 달려가 계단을 뛰어 내려가서 1층 현관홀에 이르렀다. 얼마 지나지 않아 도시와 야스베에도 숨을 몰아쉬며 나타났다. 여기서 만나기로 약속했다.

"가네모토, 진짜 할까."

"그럼, 그럼. 걔라면 진짜 할 거다."

셋이 기둥 뒤에 숨어 방송실 앞 복도를 살폈다.

청소가 끝난 뒤, 마사오가 "나도 가네모토랑 같이하련다"라고 했더니, 도시와 야스베에는 잠시 입을 다물었다가 "그럼 나도"라며 콧구멍을 벌름거렸다. 초등학교 때부터 같이 어울려 놀던 사이이지만, 이 정도로 강하게 우정을 느껴본 적은 처음이었다. '중학생이 되면 여러 가지를 경쟁해야 하고 차이도 벌어진다, 그러니 친구가 중요하다'라고 가르쳐준 사람은 아버지였다. 요새는 귀찮아서 아버지와 말도 하지 않지만, 오늘 그 말이 생각났다.

바로 앞 계단으로 오케이가 내려왔다. 세 사람을 보더니 눈을 동그랗게 떴다.

"여기서 뭐 해?"

"우리는 스쿨 메이트. 네 뒤에서 춤춰주려고." 도시가 제법 멋있는 소리를 한다.

"개랑 원숭이랑 꿩이야. 조금은 도움이 될 테니까 데려가라." 마사오도 질세라 나선다.

의미를 이해하고 오케이의 얼굴에 웃음꽃이 피었다. 남쪽 섬의 꽃처럼 매력적이었다.

"내신에 영향이 있을 텐데."

"이제 막 시작인데 까짓거 무슨 대수야." 야스베에도 위세가 좋았다.

"그래, 가자."

오케이가 출발 신호를 보내 넷이 걸음을 뗐다. 천장 스피커에서는 졸음을 부르는 클래식 음악이 흘러나오고 있었다. 저런 재미없는 것 따위 발로 뻥 차주겠어. 마사오는 점점 흥분했다.

방송실 문을 열자 당번인 와타나베가 테이블에 혼자 앉아 뻐드렁니를 드러내고 급식을 먹고 있었다. "뭐야, 너희들." 의아스레 쳐다본다.

"와타나베, 내 레코드 틀어줘." 오케이가 이피를 들어 흔들었다.

"안 돼. 어차피 록 아니면 팝송일 거 아냐. 그리고 나한테 반말하지 마. 같은 동네 살아도 중학교에 들어왔으면 선배라고 불러."

"그래? 그럼 와타나베 선배, 레코드 틀어줘. 안 틀어주면 옛날에 개한테 쫓기다가 오줌 쌌다고 전교에 방송할 거야."

와타나베의 얼굴이 순식간에 빨개졌다. "멍청한 소리 마. 그게 언제 적 얘기인데. 엄청 쪼그맸을 때라고."

"아니네요, 선배가 초등학교 4학년 때 얘기네요. 우리 언니가 안 구해줬으면 똥도 쌌을 거면서."

"바보, 누가 그런 걸 싸냐."

"좀 틀어달라니까."

"안 돼, 절대 안 돼. 얼른 나가." 와타나베가 손으로 내쫓는 시늉을 했다.

오케이가 눈을 가늘게 떴다. 심호흡을 한 번 한다. 기계 앞으로 성큼성큼 다가가더니, 바늘을 들어 올려 틀고 있던 엘피를 턴테이블에서 꺼냈다. 음악이 멎었다.

"야, 하지 마." 와타나베가 일어섰다.

"선배, 뭐 어때요." 도시가 즉각 두 팔을 벌려 앞을 가로막았다. 체격이 좋으니 와타나베가 순간 주춤했다. 마사오와 야스베에는 회유를 맡기로 했다. "선배님, 진정하고 천천히 급식이라도 드시죠. 오늘 당면 수프 맛있던데요. 네? 네?"

다음 순간, 일렉트릭 기타의 요란한 전주가 방송실에 울려 퍼졌다. 장장장자장. 오오, 성공이다. 소가하라 중학교에 티 렉스를 틀었다. 개교 이래 처음 있는 쾌거다. 워워워예에, 예에에. 마크 볼란이 초장부터 부르짖는다. 모두 들어라. 놀라라. 이게 우리들 시대의 새로운 음악이다. 어른들은 멈추지 못한다. 언제나 시대는 변하는 법이다. 마사오는 온몸에 소름이 돋았다.

지금쯤 턱돌이는 3층 자기 반 교실에서 허둥대고 있을 것이다. 학생들은 놀라 입을 다물지 못하고 있을까. 그리고 몇 안 되는 팝송 팬들은 껑충껑충 뛰고 싶은 기분일 것이다.

"볼륨 스위치가 어느 거야?" 오케이가 말했다.

"맨 오른쪽 레버. 그보다 그거 좀 꺼. 내가 선생님한테 혼난다고."

방송 기기 콘솔로 다가가려는 와타나베를 셋이 막았다. 와타나베는 마음이 약한지 단호하게 저항하지는 않았다. "너희 대체 뭐야." 목소리에 울음기가 섞였다.

음량이 커졌다. 오케이가 볼륨을 만진 것이다. 글램 록이 건물 내에 작열한다. 그렇지만 이건 좀…….

"야, 가네모토, 소리가 너무 커." 마사오는 당황해서 말했다. 이렇게까지 했다가는 여느 때 같으면 너그럽게 봐줄 선생님들까지 그냥 못 넘어가게 될 것이다.

"이건 위험해. 소리를 좀 줄여." 야스베에도 걱정했다.

"무슨 소리야? 록은 최대 음량으로 듣는 게 당연하잖아."

오케이는 여유 있게 몸을 들썩이고 있었다.

이 여자 뭐지. 너무 심하다니까. 야, 가네모토.

아니나 다를까, 교무실 쪽 문이 열리더니 모르는 교사가 얼굴을 들이밀었다. "너희, 뭐 하는 거냐." 매서운 목소리가 날아들었다.

"금방 끝나요." 오케이가 당당하게 맞받아쳤다.

"어이, 그거 꺼라. 방송 위원은 어디 있냐?"

"선생님, 제가 방송 위원이에요. 1학년들이 쳐들어와서요." 와타나베가 두 손을 들었다. 마사오의 얼굴에 침이 튀었다.

교사가 앞으로 나와 오케이의 팔을 붙들었다. 오케이가 팔을 뿌리쳤다. 다리를 벌리고 버티고 서서 턴테이블을 사수하듯 몸으로 감쌌다.

"아니, 얘가 뭐 하는 거냐."

"싫어요. 끝까지 틀 거예요."

오케이의 결사적인 저항을 나머지 셋은 그저 잠자코 바라보는 수밖에 없었다. 2학년은 밀쳐낼 수 있어도 교사는 어떻게 못 한다. 야, 가네모토, 이제 됐지 않냐? 금세 마음이 약해졌다.

"또 너희냐."

입구에 누가 나타났다. 오케이의 예상대로 약 2분 만에 턱돌이가 온 것이다. 방송실에 긴장이 스쳤다.

턱돌이는 전원을 둘러보더니 재빨리 사태를 파악하고 성큼성큼 벽으로 다가가 배전반 같은 것을 열어 레버를 내렸다. 그 순간, 소리가 사라졌다. 콘솔의 미터들도 급사한 것처럼 바늘이 왼쪽으로 홱 넘어갔다. 조금만 더 들으면 되건만 곡이 중단되었다. 끝까지 틀지 못했다.

마사오는 핏기가 가셨다. 오케이는 굳은 표정으로 우두커니 서 있었다. 이제 불벼락이 떨어지겠구나.

그런데 또 얼마나 고래고래 소리 지를까 싶었던 턱돌이는 잠시 언짢은 표정으로 서 있더니 이피의 재킷을 집어 들었다. 마크 볼란의 사진을 보더니 "흥" 하고 콧바람을 분다.

"너희, 급식은 다 먹었냐?" 조용히 물었다.

"네, 먹었어요." 마사오가 대답했다.

"이건 뭐라는 음악이냐?"

"영국의 글램 록이에요."

"이거 남자 아니냐? 남자가 머리 파마하고 화장도 해?"

"네."

"흥. 별 요상한 게 유행하는군."

턱돌이는 쓸쓸한 표정으로 쓴웃음을 짓더니 한숨을 쉬었다.

여느 때와 다른 모습에 마사오는 곤혹했다. 이전 같으면 따귀를 올려붙였을 장면인데.

턱돌이는 또다시 전원을 둘러보았다.

"이번엔 봐주마. 학생 수첩에 교내 방송으로 록 트는 게 금지란 말은 없으니까. 육성회하고 상의해서 앞으로 어떻게 할지 검토할 거다. 그렇지만 카펜터스 정도면 찬성하는 학부모가 있어도 이건 아닐걸. 학교에서 들을 음악이 아니야."

턱돌이의 입에서 카펜터스의 이름이 나왔다는 게 뜻밖이었다.

"뭐냐, 후쿠다. 나도 카펜터스쯤은 안다."

"아, 예."

"어이, 넌 방송 위원이 돼서 뭘 하고 있어?" 공격의 방향이 이번에는 와타나베를 향했다.

"선생님, 얘들이 갑자기 쳐들어와서 억지로 튼 거예요." 와타나베가 뻐드렁니를 드러내며 억울함을 호소했다.

"선배가 1학년들한테 얕보여서 어쩌려고 그러냐?" 턱돌이가 농담조로 말하며 와타나베를 쿡쿡 찌르고는 흰 이를 드러냈다.

전혀 예기치 못한 전개였다. 대체 뭐가 어떻게 된 일인가.

오케이는 그동안 내내 외면하고 있었다. 턱돌이도 오케이에게는 아무 말 하지 않았다.

"자, 다들 교실로 돌아가라. 급식은 좀 더 천천히 먹고."

턱돌이가 손뼉을 짝짝 쳤다. 넷이서 줄줄이 방송실 밖으로 나왔다.

"안 맞았네." 야스베에가 나지막이 말했다.

"그러게." 도시가 짤막하게 대답했다. 오케이는 입을 열지 않았다.

터덜터덜 복도를 걸었다. 대화는 없었다. 천장 스피커에서는 이제 아무 음악도 나오지 않았다.

7

"홀리데이 히트 팝스!"

또다시 일요일 밤이 찾아왔다. 마사오는 공책을 펴고 순위를 적을 준비를 했다. 20위에 그래스루츠의 〈The Runway〉가 등장해 처음으로 순위에 진입했다. 17위는 롤링 스톤스의 〈Tumbling Dice〉. 새로운 곡은 언제나 가슴이 설렌다. 아무것도 없던 황야에 길이 나고 집이 한 채씩 들어서는 느낌이다.

새 음반 코너에서는 딥 퍼플의 〈Highway Star〉를 소개했다. 오케이가 저번에 산 레코드다. 역시 그녀는 후각이 발달한 것 같다. 다시금 들어봐도 역시 근사한 곡이다.

어느새 저도 모르게 몸을 들썩이고 있었다. 쿵쿵 발로 리듬을 맞춘다. 계단 밑에서 어머니가 "왜 그렇게 시끄럽니" 하고 불평했다.

역시 어른들은 모른다. 이건 우리들 음악이다.

방송실에서 있었던 일은 순식간에 학생들 사이에 퍼져, 그들은 영웅으로 떠받들어졌다. 교사에게 반항해서 점심 방송에 록을 틀었다는 사실이 시골 중학생에게는 크나큰 쾌거였다. 어쩐지 훈장을 수여받은 기분이었다.

동경하는 시노다 선배를 복도에서 마주쳤을 때는 "너 후쿠다 동생이지? 티 렉스 나도 좋아한다"라고 말을 건네 왔다. 하늘에 오를 것 같았다.

조역인 마사오조차 그 정도였으니, 주역인 오케이는 그야말로 여왕이 탄생한 듯한 분위기였다. 늘 팝송 팬들에게 둘러싸여 있었고, 다들 그녀에게 의견을 구했다. 복도를 걸으면 모두가 돌아보았다. 다른 상급생에게도 편지가 온 듯, 그 때문에 마사오는 마음을 졸였다.

오케이는 변함없이 명랑하고 쾌활하다. 담임에게 주의를 받고 부모에게도 연락이 간 모양이지만, 전혀 아랑곳하지 않고 미셸 폴나레프를 흥얼거리고 있다.

중간고사 결과가 나왔다. 오케이는 영어에서 100점을 맞았다. 담임이 직원회의에서 "팝송을 좋아하는 학생은 영어에 관심을 보이는 것 같습니다"라고 감싸는 듯한 발언을 한 모양이다.

나도 더 열심히 해야지, 라고 마사오는 생각했다. 더 넓은 세계로 가려면…….

턱돌이는 조금 달라졌다. 이전만큼 일방적으로 호통치는 일이 없어졌다. 오케이에게 손찌검을 한 뒤로 벼락이 떨어졌다는 정보는 아직 없다.

그렇지만 잔소리가 많은 것은 여전해서, 어제도 자란 머리카락을 잡고 "이번 주 중으로 자르라고 했는데 까먹었냐" 하며 훈계를 늘어놓았다. 우리 중학교는 대체 언제가 되어야 장발을 인정해줄까.

한 가지 낙담한 일도 있었다. 반에서 홈룸 시간에 교내 방송에 관해 토의했다. 마사오가 '팝송을 틀어도 되지 않나'라고 의제를 제안했기 때문이다. 마사오는 열심히 의견을 말했지만, 학생들 태반이 관심을 보이지 않았다. 그리고 부반장인 여학생이 '포크는 괜찮지만 시끄러운 건 안 될 것 같다'라고 말하면서 막연히 '정도 문제'라는 결론이 내려졌다. 다른 학생들은 자신이나 오케이만큼 자유를 원하지 않는 모양이다.

분명 세상이 원래 그런 것이리라. 자유를 갈망하는 인간이 극소수 있고, 변화를 원하지 않는 인간이 압도적인 다수를 차지한다. 한 학년 여섯 학급 중에 팝송 팬은 약 열 명뿐이다. 그게 지금의 현실이다.

5위는 시카고의 〈Make Me Smile〉이었다. 브라스 사운드가 멋지다. 시카고는 '반전 록의 거물'이라고 불린다. 베트남전쟁 반대. 정치가 따위 날려버려라.

2위는 C. C. R.의 〈Someday Never Comes〉. 드디어 다음 주면 탑을 차지할 것 같다.

디제이 다쿠가 신청곡 엽서를 읽었다.

"소가하라 중 오케이 양이 내일의 조지 해리슨 군에게. '이 곡 좋지? 저번에 땡큐'라는군요. 무슨 일 있었나요? 궁금하네요. 그리고 혼조 중의 지조마루 군은⋯⋯."

마사오는 순식간에 얼굴이 화끈 달아올랐다. 오오오. 이게 청춘인가. 내일 만나면 대체 어떤 표정을 지어야 하지. 아랫도리가 찡하고 서글퍼졌다.

그리고 1위는 3주 연속으로 아메리카의 〈A Horse With No Name〉.

마사오는 의자에 몸을 기대고 눈을 감았다. 메마른 기타 사운드와 맑은 하모니에 몸을 맡긴다. 정경이 눈앞에 선명하게 떠올랐다.

하루하루 팝송이 더 좋아진다.

이 에세이는 1972년에서 1977년까지 내 팝송 청춘기를 그린 것인데, 1977년을 종점으로 삼은 것은 파퓰러음악 역사에 있어서도 필연이었다는 생각이 새삼 든다. 록도 소울도 재즈도 1978년에는 몰라보게 달라졌다.

록은 AOR와 산업 록으로, 소울은 디스코 뮤직으로, 재즈는 퓨전으로, 마치 미리 짠 것처럼 같은 시기에, 그리고 각자의 주도 아래, 간단히 말하자면 상업주의의 산물이 되었다. 그때까지 록의 ㄹ 자도 말해본 적이 없는 인간들이 대학생이 되더니 갑자기 서퍼로 변신해서 "이글스는 최고야" 같은 소리를 지껄이기 시작했다. 마치 옷 가게에서 옷을 고르듯 음악도 패션 아이템의 하나가 되었다. 하여간 거지 같은(그렇지만 돈이 되는) 시대에 돌입했다. 그렇기에 나는 운 좋은 세대였다고 생각한다. 록이 무구했던 시대가 내 청춘기였다.

꽤 오래전에 어느 잡지 인터뷰에서 저명한 경영자가 '무슨 무슨 감상은 취미가 아니다'라는 발언을 한 것을 보고 납득할 수 없었던 기억이 있다. 경영자는 아마 일도 취미도 능동적으로 임해야 한다는 말을 하고 싶었을 것이다. 이해가 안 되는 것은 아니지만, 지금도 역시 동의는 못 하겠다.

돌아가신 우리 아버지는 낚시에 골프, 마작까지 취미가 많다 못해 집에 있는 날이 없는 분이었지만, 일흔을 넘기면서 체력이 쇠하고 같이 즐길 상대도 없어지면서 무료한 노후를 보내야 했다. 지루하겠다고 내가 책이며 영화 디브이디 등을 골라 보내드려도 그다지 관심을 보이지 않았다. 소양이 없으니 명작을 모르는 것이다. 감상력은 젊은 시절 길러놔야 한다는 것을 통감했다. 그렇기에 그 점에서도 십대 때 록에 열중할 수 있어서 다행이었다. 취미의 왕도는 바로 감상이다. 동지 여러분, 우리 노후는 절대로 따분하지 않겠죠?

이 에세이는 오랜만에 즐거운 작업이었다. 쓸 게 하도 많으니 소재가 없어서 곤란한 일도 없었다. 다만 워낙 오래전 일이라 잘못 기억하는 게 있을 수도 있다. 혹시 있다면 사과드리고, 또 지적해주시기를 부탁드린다.

보너스 트랙으로 수록한 단편소설은 이전에 잡지 〈소설 신

초)에 썼던 작품인데, 언젠가 시리즈로 써보고 싶다는 생각이 있었지만 내가 게으른 탓에 한 편만 쓴 채로 공중에 뜬 상태였다. 몇 년 만에 다시 읽어보니 오쿠다 소년의 중학생 시절 정경과 똑같아서(어디까지나 픽션이지만), 이 책에 수록하면 딱 좋겠다 싶어 이렇게 빛을 보게 되었다. 여기서도 록에 감사. 록을 만나지 않았다면 나는 작가가 되지 않았을 것이다.

열광의 음악으로 구원받은 문화 청춘의 에세이

임진모(대중음악 평론가)

국내에서도 많은 팬을 지닌 밴드 '퀸' 하면 보통은 〈Bohemian Rhapsody〉를 대표작으로 기억하지만 퀸을 일찍이 혹은 열광적으로 접한 사람들은 성공하기 전의 1974년 앨범 《Queen Ⅱ》와 그 수록곡 〈Seven Seas Of Rhye〉를 최고작으로 손꼽는다. 그들은 반드시 '호감'만이 작용하지 않는 개념인 마니아로 흔히 취급된다.

마니아들은 대중들에게 널리 알려진, 이른바 히트곡을 꺼리기 때문에 불가피하게 대중들의 수용 양상과는 일정한 틈새가 존재한다. 마니아들은 거기에서 약간의 우월감을 맛본다. 예술적 감식안 측면의 비교우위를 으스대는 게 아니라 그런 각별한 취향이 일정 기간의 '몰입과 광기'라는 요소가 개입해 구축한 것임을 뿌듯해하는 것이다. 대중예술 종사자들은 대부분 학창시절 마니아 아니면 준(準)마니아의 경험을 소유하고 있다.

오쿠다 히데오 역시 10대 소년과 청소년 시절 곡 하나하나에 열중한 마니아였다. 이 책은 얼핏 오쿠다 히데오가 좋아했던 영미 팝과 록의 명반, 명곡이 숨 가쁘게 나열되면서 음악 다큐적, 정보적 성격이 강해 보인다. 1970년대에 청소년기를 보내면서 록을 끼고 산 사람들은 그의 비틀스, 아메리카, 티 렉스, 에머슨·레이크 앤드 파머, 핑크 플로이드, 딥 퍼플, 올맨 브라더스 밴드, 브루스 스프링스틴, 보즈 스캑스, 조니 미첼, 더 밴드, 스틸리 댄의 앨범 리스트와 청취 연대기를 보면서 상당히 고개를 끄덕였을 것이다. "이 사람의 과정도 나랑 비슷했구먼……."

저자가 묘사하듯 라디오, 특히 음악전문 채널인 FM 방송을 밤새 듣고, 친구들과 열띠게 어떤 밴드의 음악이 더 괜찮은지 격론을 벌이고, 부모에게 스테레오 오디오를 사달라고 조르고, 마치 의식(儀式)인양 록 스타의 패션을 따라하고, 전문잡지를 애독하고, 거기 나온 화려한 수사의 비평가 리뷰와 평점에 매달리고 그러면서도 밥벌이와 무관한 것 같은 음악에 허우적거리고 있다는 것에 늘 초조했다는 애기는 그 시대를 음악으로 산 마니아들에게는 공통분모라고 할 필수적 통과의례였다.

특히 1959년생 동갑인 데다 경기 소사에서 자란 나처럼 기후 현 가카미가하라 시 출신의 시골 소년이라는 점은 필자하고는 유사성을 넘어 사실상의 일체감을 느끼게 한다. FM을 강타하고 있는 곡을 시골이라는 열악한 환경으로 인해 구하지 못해 안달해본 적이 있는 사람은 그 절절한 심정을 안다. 게다가 (그처럼) 작가를 꿈꾸거나 (나의 경우) 평론가를 열망해 글쓰기라는 공통 지향을 가질 경우 그 갈등의 정도는 깊다.

때문에 스틸리 댄을 언급하는 대목에서는 절대적으로 공감했다. 이 2인조 팀은 결코 대중적인 존재는 아니었지만 빼어난 음악으로 발표하는 앨범마다 다수에게 어필하는 이상적 영토를 굴착한 아티스트다. 글 쓰는 사람은 대개가 베스트셀러 작가의 가벼움을 싫어하고 또 광적인 팬을 거느린 컬트 작가도 현실적으로 부담스러워 한다. 음악 관련 일을 꿈꾸는 사람은 거의가 이런 딜레마에 시달린다. 그랬으니 그 중간의 자족(自足) 지대로 비상한 스틸리 댄을 오쿠다 히데오가 작가로서의 미래지향과 관련, 선망하고 동경했을 수밖에.

솔직히 입시라는 것에 짜증이 폭발한 1977년 고3을 지나 이듬해 어렵사리 들어간 대학의 1학년 때 '빽판'이 닳도록 반복 청취하고, 편애하고 그래서 남들 앞에서 우쭐하게 만들었던 앨범이 바로 스틸리 댄의 《Aja》였다. 이런 사실이 오쿠다 히데오의 심적 갈등과 더불어 펼쳐지니 정말 소름이 돋는다. "내 인생 방침은 중학교 1학년 여름에 정해졌을 것이다. 자유롭게 살고 싶다, 남이 안 하는 일을 해보고 싶다, 체제와는 반대편에 서고 싶다, 소수파로 있고 싶다." "록을 만나지 않았다면 나는 작가가 되지 않았을 것이다."

그의 이러한 회상에서 중1 여름을 중3 겨울방학으로, 작가 대신에 평론가로만 바꿔 적으면 나하고도 정확히 딱 들어맞는다. 그는 티렉스가 첫 충격이라면 나는 비틀스고, 그는 1977년 서구를 떠들썩하게 한 섹스 피스톨스의 펑크를 그때 들었겠지만 나는 수년 뒤인 1983년에 처음 접한 것 등 약간의 차이가 있지만 '1972년에서 1977년까지'의 음악 몰입 상태는 상기한 대로 닮은꼴 아닌 합동 수준이다.

돌이켜보면 경제적으로 고달프고 사회적으로 소외되었어도 영미 록과 팝 그리고 우리 가요를 듣고 성장하면서 문화적으로는 행복했다. 음악이란 것이 없었다면, 그것과 인연을 맺지 못했더라면 열등과 열패로 청소년기와 20대를 보낸 나는 도대체 뭐가 됐을까 하는 생각을 지금도, 하루에도 몇 번씩 한다.

그는 록이 수많은 10대를 구원했다고 쓰고 있다. 마니아라면 오쿠다 히데오처럼 록이겠지만 난 록이란 어휘를 그것을 포괄하는 '음악'으로 바꾸고자 한다. 음악은 그 매혹적인 선율과 리듬으로 듣는 이를 몰입과 광기로 끌어간다. 그는 주변의 무관심과 때로는 핀잔 속에서 10대 시절을 건강하게 세탁하는 저주받은 특권을 누린다. 그 음악 청춘이 사는 세계는 구세계가 아닌 신세계다.

광기가 주조하는 정화(淨化)의 에너지는 곧 문화자본이 된다. 미디어는 입버릇처럼 정치경제 혹은 사회적 시대를 거쳐 문화시대를 맞았다고 한다. 에세이와 단편소설로 엮은 이 책에는 결국, 감성과 감수성이 지배하는 이 시대를 수혈해주는 문화자본이 하나의 정책으로 통일되어야 하는 정치경제, 사회와 달리 '다양성'을 공급하면서 우리 삶을 풍요롭게 해주고 충분한 쉼을 제공할 것이라는 메시지가 저류하고 있다.

젊음의 조건이라 할 몰입과 광기의 미덕을 고스란히 전해주는 이 책의 진정한 가치가 여기에 있지 않을까. 지금도, 앞으로도 우리는 음악으로 쉬어야 하고 음악을 힘으로 만들어야 한다. 그래서 책의 시대배경은 1970년대지만 단순한 추억과 회상이 아닌 실은 미래로 시제를 맞추고 있다. 우리 사회의 희망도 이 문화자본의 건강성을 흡수할 수 있느냐에 달려 있다고 본다. 하지만 세상 돌아가는 판은 조금의 낙관을 허락하지 않는다.

로큰롤의 고향으로 돌아가는 귀향기

성기완(3호선 버터플라이 기타리스트·시인)

오쿠다 히데오의 《시골에서 로큰롤》은 소리의 고향으로 돌아가는 귀향기이자 학창시절의 재방문기라 할 수 있다. 그의 학창시절은 1960~70년대였고 때는 음악의 전성기였다. 그래서 음악과 학창시절은 거의 완전히 동일시된다. 확실히 음악은 당시 청년문화의 중심이자 진수였다. 이야기는 1년 2개월간의 신문 연재소설을 마치고 괜찮은 오디오 세트를 장만하면서 시작된다. 저자는 아날로그 비닐 음반을 다시 꺼내 들으면서 새삼 그 생생함을 재발견한다. 확실히 디지털은 풍부한 음역대를 재생하지만 존재감에 있어서는 아날로그 음반을 당할 수 없다. 저자의 표현대로 아날로그 음반의 소리는 "세부까지 각이 서 있고, 노이즈까지 포함한 전체의 에너지 감이 엄청나다."

요즘 젊은이들은 이런 기분을 알까? 사고 싶었던 비닐 음반을 수소문 끝에 찾아내 턴테이블에 걸 때의 흥분감을. 이 책을 읽는 동안 그런 맛이 뭔지 아는 독자들은 짜릿한 공감의 스릴을, 모르는 독자들은 새로운 문화적 호기심의 자극을 느낄 것이다.

저자는 특유의 소박하고 온유한 문체 속에서 자신을 과히 드러내지 않으면서도 섬세하게 취향을 짚어나간다. 의외로 그는 탄탄한 클래식 록의 데이터베이스를 갖고 있다. 그에 더해 비닐 음반, 옛날 라디오 프로그램, 디제이, 팝송, 포크 음악, 학교의 방송반 등 음악과 관련된 추억의 목록들이 아스라이 펼쳐지는데, 술술 읽히는 편한 글을 따라가다 보면 어쩌면 이렇게 우리나라 70년대의 로큰롤 키드가 겪은 체험담과 닮았는지! 깜짝 놀라게 된다. 역시 음악은 만국 공통언어인가.

그 과정에서 자연스레 발견되는 것은 저자의 말대로 '자유'에 대한 열망이다. 자유의 측면에서 본다면 한국도, 일본도 시골이다. 그가 표방하고 있는 '시골 사람'의 관점은 어쩌면 원본 마스터 테이프가 존재하는 중심, 즉 서구의 나라들에서 멀리 떨어져 복제되고 열화된 생생함을 체험하며 자란 동아시아 젊은이의 자기규정인지도 모른다.

21세기에도 사람들은 여전히 20세기 음악에 빠져 있다. 몇

십 년 된 음악이 요즘 음악보다 더 신선하게 느껴지는 경우도 있다. 옛날 음악을 찾아 듣는 건 젊은 힙스터들의 필수 항목이다. 이런 현상은 디지털 시대의 음악이 딱히 들을 만한 게 없음을, 음악의 시대가 갔음을 방증한다. 이 때문에 음악 이야기를 할 때면 젊은이들보다 늙은이들이 오히려 기세를 올린다. 그럴 수밖에 없는 이유가 있다는 것을, 오쿠다 히데오는 시종 위트를 잃지 않으면서, 다시 말해 꼰대스럽지 않게 건넨다.

시골에서 로큰롤

1판 1쇄 발행 2015년 10월 20일
1판 2쇄 발행 2015년 11월 23일

지은이 · 오쿠다 히데오
옮긴이 · 권영주
펴낸이 · 주연선

책임편집 · 강승현
편집 · 이진희 심하은 백다흠 강건모 이경란 오가진 윤이든
디자인 · 이승욱 김서영 권예진
마케팅 · 장병수 김한밀 정재은 김진영
관리 · 김두만 유효정 신민영

(주)은행나무
121-839 서울특별시 마포구 양화로11길 54
전화 · 02)3143-0651~3 | 팩스 · 02)3143-0654
신고번호 · 제 1997-000168호(1997. 12. 12)
www.ehbook.co.kr
ehbook@ehbook.co.kr

잘못된 책은 바꿔드립니다.

ISBN 978-89-5660-923-2 03830